Gaea

Gaea

龍緣

龍與少年的相遇

大風颳過——著

龍緣

卷壹

目錄

第一章

至鳳翔帝之後的一百多年，
鳳神無限尊貴，龍神無限被貶低，
甚至有了捕殺龍精之舉。
四大護脈神變為護脈鳳神、護脈凰神、護脈麒麟與護脈玄龜。
護脈龍神之說，漸漸不能公開提及，只能私下中流傳。

他躲藏在長長的青草叢中，窺視著不遠處的空地。

此時正是三月初，春意盎然的好時節，陽光燦爛，坦蕩蕩地照著這片郊野，和風清涼，放眼望去，天與地之間，只有綿延的青草與兩、三棵老樹，以及那條不算寬的黃土小道。

小道上，站著兩個少年。

一個衣衫半短不長，半新不舊，一個玉冠束髮，長衫翩翩。

一個斜扛著一把破劍，劍鞘鏽跡斑斑，一個腰懸寶劍，劍鞘上裝飾著美玉，劍柄上懸掛的淺色流蘇在風中微微地搖。

他縮在草裡透過縫隙小心翼翼地窺視，一動不敢動。

樂越站在少青山下郊野中的黃土小道上，扛著佩劍，叼著根狗尾草，眯眼盯著眼前的人。

所謂冤家路窄，昨天他的小師弟和清玄派的人起了糾紛，讓人打成了一顆爛桃子，橫著被抬回了師門，他正準備殺去清玄派給師弟討個說法，恰巧在這裡撞到了洛凌之。

洛凌之，清玄派掌門的愛徒，和他樂越一樣是師門中的大弟子。

此時，洛凌之像是壓根兒不曉得有那麼一回事似的，端著一貫的斯文態度向他道：「樂兄，我有事急需趕回師門，不知可否行個方便，讓我先行？」聲音溫雅有禮，神情謙和。

樂越齜牙笑了笑，拔出了牙間的草：「洛兄，既然我湊巧遇見你，有的事情不說清楚不好，昨天你們清玄派的幾個人打傷我十二師弟一事，至今尚未解決，你這位大師兄能不能給我個說法？」

他開門見山，直奔正題，雖然是詢問的話語，語氣卻不甚客氣。

洛淩之依然謙和地笑了笑：「鄙門師弟與貴派弟子糾紛一事，已上報家師與師伯，等待他們處置。其中可能有些誤會，還望不要因此小事，傷了兩派的和氣。」

話既客氣，又在理，態度分寸都拿捏得恰到好處。

樂越冷笑一聲，將手中的狗尾草轉了兩下：「洛兄，我師弟此刻正像個開花的柿子一樣在床上躺著，你預備用這輕飄飄的幾句場面話，就把此事敷衍過去？」

洛淩之無奈笑了笑：「我方才所言並非含混托辭，待到家師與師伯們徹查此事完畢後，定然會給貴派與令師弟一個交代。若樂兄此時就想出氣，那我就任憑樂兄出手教訓一頓，絕不會還手，可否？」

聽了這幾句話，樂越卻不好再說甚麼了，打不還手的人這種事，他樂大俠從來不做，況且此時逼著洛淩之，可能真要不出甚麼結果，洛淩之畢竟只是個弟子，一非長老，二非掌門，看他平時溫溫吞吞的模樣，也未必壓制得住下面的師弟。

樂越皺眉思索了下，道：「好吧，今天就暫且算了，望貴派早日給個說法。過幾天就是論武大會，今年我們青山派一定會一雪前恥，奪回令旗。三月十五，鳳崖山頂，還望與洛兄多多切磋！」將劍從肩頭放下，向一側跨了一步，讓開道路。

「甚是期待，定不爽約。」洛淩之微笑著抬了抬衣袖，「多謝樂兄，先告辭了。」他從容離去，淺青的衣袂在風中微微拂動，衣衫背後，一枚八卦圖案鑲嵌在幾朵流雲紋中。

他在草叢中怔了怔。

八卦圖案？流雲紋？似乎這便是他要找的……

他回憶著離開小河溝之前，父王曾經說過的話——

「你要找的人在一個名叫清玄的修道門派裡，凡是那門派中的人，都會穿背後印有八卦和流雲圖案的衣服。你千萬千萬要記清楚，早日找到那個人。」

父王長嘆了一口氣，抬起一隻前龍爪按在他的頭頂上：「昭沅，我的兒，我們一族丟了這麼多年的臉面，就指望你爭回來了！」

他微微蠕動了下，緊緊地盯著洛凌之的身影。

洛凌之走後，樂越隨即也大步離去，並未發現數丈遠的野草中，那雙黑漆漆的眼。

青山派曾經是個很輝煌的門派，「曾經」這兩個字傷感地陳述著他如今的潦倒。

青山派坐落在少青山最高、最青翠的山頭，據說，當年青山派最輝煌的時候，庭院數進，飛檐重重，屋宇連綿，好似人間仙境，不愧爲習道修仙門派中的第一門。

但如今的青山派只剩下幾間半破半舊的殿閣矗立在荒草叢生的山頂，門派中僅有一位掌門、三個長老、十來個弟子，加在一起統共不到二十人。

唯有正殿中那塊滿是塵土和蜘蛛網的「天下玄宗第一派」匾額與山腳下那座殘破的白石山門，還昭示著往日的榮耀。

樂越在山腳下的鎮子中採買了師門中最近需用的一些物品，拎著裝滿瓶瓶罐罐的包袱，扛著一袋大米，踏著夕陽的最後一抹餘光回到了師門內。

身為大師兄，照顧師弟們乃是他義不容辭的責任，作為大弟子，孝敬師父和三位師叔也是他應盡的義務。

樂越一直覺得自己在師門內就像是所有人的乾爹，大的小的瑣事都有他的一份。米麵油鹽，他要協助大師叔採辦；所有弟子的日常修習功課，他要協助二師叔監督；房子漏了雨、窗子破了洞，他要協助三師叔修葺；師弟們內訌互毆時，他要用鐵拳鎮壓調停，師弟們和別人打架吃了虧，他要用拳頭將面子討回來，就連師父和師叔們喝多了酒，也需要他端茶遞手巾加捶背。

樂越時常會覺得過得挺累，於是他就在心中嘆息：誰讓我生來就註定會成為一個舉世無雙的大俠呢？古人都說了，老天要降大任給某個人的時候，必定會先折磨他、摧殘他、勞累他，天生的大俠，當然要比別人過得辛苦。

回到師門後，樂越先將食材送進廚房，讓大師叔安排晚飯，再去見師父，稟報遇見洛凌之一事，左耳進右耳出地聽了師父關於修道者一定要寧心靜氣豁達隱忍寬宏仁愛，萬不可輕易與人起衝突的教誨若干，而後又去後廂房內，探望依然躺在床上養傷的小師弟。

小師弟鋪平在床上眼淚汪汪地看著他：「大師兄，你要給我報仇。」

樂越豪邁地握起拳頭：「放心，大師兄一定替你報仇。」

小師弟的淚眼亮晶晶的：「大師兄，聽說你今天碰見了洛凌之，你揍他了沒有？」

樂越正色道：「呃，所謂冤有頭債有主，打你的人並不是洛凌之，雖然清玄派和我們青山派不共戴天，但這件事還是要找打你的那兩個人對不對？」

小師弟癟癟嘴，眼神哀怨：「大師兄，不要緊，我知道你打不過洛凌之。」

樂越橫起眉毛：「誰說我打不過他！」捲起衣袖再握緊拳頭。「師弟，你放心，過幾天論武大會上師兄一定把洛凌之打成一個比你現在還爛的爛柿子給你出氣！」

小師弟終於滿足地睡了。

樂越摸摸扁扁的肚子，去廚房吃晚飯，剛剛拿起個饅頭咬了一口，便有一隻手伸出來拉了拉他的袖子。

樂越叼著饅頭回頭，看到三師弟樂韓愁眉緊鎖的一張苦臉。

「大師兄，有件要事我想跟你說說。」

樂越嚥下嘴裡的饅頭：「喔？甚麼？」

樂韓有個毛病，說話時總是喜歡繞圈子，至少要繞個十圈八圈才能接近重點。樂越咬著饅頭，又去拿了一碗粥，坐在廚房門檻上，一邊啃饅頭喝粥，一邊聽樂韓講述。

樂韓的愁容在廚房昏黃的油燈光芒下又添了一絲沉重：「大師兄，你知道，論武大會，三天後就要開了。」

樂越含著饅頭應道：「嗯。」

樂韓肅然地接著說：「小師弟的傷這次真的很嚴重，我剛剛去看了，他在床上疼得直叫喚。」

樂越喝了一口粥點頭：「嗯啊。」

樂韓皺著眉頭嘆息：「我看小師弟的傷起碼要養一個月上下。」

樂越再咬了口饅頭：「嗯。」

樂韓嘆道：「就算請江湖中最頂級的神醫，我看最多只能讓他半個月後爬起來。還好，沒有傷到筋骨，否則，傷筋動骨，就要養一百天了。」

樂越再喝了一口粥：「唔。」

樂韓又長嘆一口氣：「唉，我真的是很愁。三天後論武大會就要開了，小師弟他又傷得那麼重……」

樂越繼續啃饅頭，樂韓惆悵地看他：「怎麼大師兄你現在還不愁？」

樂越心道，你講了半天，到現在還沒有告訴我重點，我要怎麼愁？

樂韓傷感地說：「大師兄，我們發過誓，今年一定要大敗清玄派，奪回令牌，但，現在，三天內小師弟他一定好不了。」

樂越放下空粥碗，抹抹嘴角：「不用擔心，小師弟他武功那麼爛，上場也就是個充數的，必輸無疑，沒他我們還能少輸一場。」

樂韓驚詫地看著他：「怎麼，大師兄，我說了這半天你果然還是沒想到？難道師父師叔師弟我們全師門上下果然都沒有另一個人注意到？」

樂越忍著捏住樂韓脖子把他要說的關鍵內容搖出來的衝動皺眉道：「甚麼？」

樂韓嘆了口極其長的氣，終於將最要緊的一段話說了出來：「大師兄，論武大會規定，每個門派必須參加第一關的全部六項比試，每項比試必須派出兩名十五到二十五歲的年輕弟子，且每名弟子只能在第一關中參加一項比試，也就是說，每個門派必須有十二個以上的弟子參加，否則便以不夠資格爲由，不准參與……」

樂越最後的一口饅頭哽在喉嚨口處，瞪大了雙眼。

樂韓憂傷地道：「大師兄，我們一共就十二個師兄弟，現在小師弟被打得下不了床，只剩下十一個人，要怎麼參加論武大會？」

論武大會，全稱是天下論武切磋大會。這個會始於一百年前，每五年開一次，最終在論武大會上奪魁的門派將獲得「天下第一派」的令牌。五年之內，被尊爲天下第一派。

自一百年前第一次論武大會起，「天下第一派」的令牌便始終屬於清玄派。

但，一百年之前，還沒有論武大會的時候，這塊令牌曾經屬於青山派。那時候的青山派也叫作清玄派，清玄派其實曾是青山派的本名。

青山派的弟子小時候都曾聽過師父或師叔講古，講述青山派曾經的光輝歲月和與如今的清玄派的那些恩怨。

一百一十年前，鳳祥帝弒兄奪位，做了應朝第八位皇帝，天下人習慣稱他繼位之後起的應朝爲南應，鳳祥帝改服易幟，重設祭祀，玄門道派的規矩也因此受了影響。當年的清玄派掌門德全子與其師弟德中子便有某些觀念相左，德中子盜走天下第一派令牌，自立門戶，聲稱自己才是清玄派正宗，德全子固守成規，不思變通，已當不起天下第一派掌門。

此事越鬧越大，居然鬧到了鳳祥帝耳中，鳳祥帝道：「世間之事，原本便沒有甚麼是理所應當，甚麼是理所不應當，既然他們都自認是清玄派的正宗，不妨便比試一下，贏者為清玄派掌門。索性以此開個天下論武大會，奪魁的門派便賜以『天下第一派』的令牌。」

於是鳳祥帝便降旨開了第一次天下論武大會，親自做評判。這次論武大會上，德全子舊疾發作，敗給了師弟德中子，從此，眞正的清玄派只能改名叫青山派，而德中子自立的門派從此叫作清玄派。「天下第一派」的令牌也落入了德中子的手裡。

樂越的師父鶴機子在某次敘述這段過往的最後，如此問：「你們知不知道為甚麼德全子師尊要將清玄派改名為青山派？」

入神聆聽的某小弟子脫口而出：「知道，因為我們門派在少青山上！」

鶴機子意味深長地微笑搖頭：「否，否，師尊命名，必定包含玄理，豈會因地而名這麼浮淺？」

眾弟子們便一同睜大詢問的雙眼。

鶴機子捻著長鬚悠然地望著窗外的遠山：「師尊他如此命名的深意是——唯有留得青山在，才能不怕沒柴燒啊——」

眾弟子都默然。

鶴機子含笑回身凝視著他們：「你們都領悟到師尊的用心了嗎？」

眾弟子們繼續默然。

只有當時年方七歲的小師弟樂魏用力點頭道：「明白了，師尊是在教導我們，廚房裡一定不能沒柴，要不然就做不成飯，大家都要餓肚子了！」

總之，不管青山派是因爲甚麼特別的涵義才叫了青山派，自從德全子含恨敗北後，一百多年來，青山派就從沒在論武大會上勝過一場，反倒是清玄派每次必定奪魁，清玄派成爲了名副其實的天下第一派，日益昌盛，連皇親國戚及朝中重臣都將自家孩子送進清玄派修習武功及仙道之法。

與之相反，青山派則一天天沒落，門下弟子越來越少。五年前，論武大會上，青山派再度一敗塗地，樂越的十名師兄投靠到清玄派門下，十二歲的樂越因此成爲了首席大弟子。

樂越平生最不齒叛徒，尤其是眾位師兄這種嫌棄自己門派弱小、叛逃進敵營的叛徒，五年前他便發誓要在論武大會上替天行道，將這伙人及清玄派上下打個落花流水，讓他們因背叛師門一事後悔得淚流滿面。

居然，老天在大仇將報的最要緊關頭給他出難題，讓小師弟被死對頭清玄派打得下不了床。樂越恍然醒悟，這是陰謀，恐怕是清玄派爲了讓他們參加不了論武大會而耍的陰謀！

卑鄙啊，太無恥了！

樂越緊急召集眾師弟，一同到師父的書房內，商議如何解決這個燃眉之急。

二師弟樂吳說：「要不然讓師父或哪位師叔把鬍子剃掉，裝成和我們一樣的弟子吧。」

眾人起初覺得可行，但仔細端詳過師父和師叔的臉之後，發覺不可行。師父和師叔們的鬍子可以剃掉，頭髮可以染黑，但臉上縱橫深刻的皺紋塡不平，怎麼也不像二十五歲以內的少年郎。

東想西想了五、六個主意都判斷爲不可行後，鶴機子道：「眞的沒辦法，就只能爲師臨時再收個徒弟了。」

四師弟樂秦說：「但我們青山派如今不受人待見，哪會有人立刻願意加入我派？」

鶴機子和三位師叔長嘆，其餘的小弟子們又開始愁眉苦臉。

樂越道：「要不這樣吧，從山下隨便抓個甚麼人，讓他暫時加入我派，過了這一關再說。」

樂秦咬指道：「那樣會不會被告上衙門說我們逼良爲道？」

樂越說：「那能怎麼辦？花錢雇一個？我們有錢去雇？」

樂秦默不作聲。

樂越用拳頭一敲桌子：「反正現在也沒更好的辦法，就先這麼定了，現在回去睡覺，明天一早我就下山，給師父抓個徒弟回來！」

夜半，將近三更時，青山派中一片寂靜。月如銀，風似紗，一個小小的黑影悄悄地越過山牆，潛進了青山派的院落中。

他在院中小心翼翼地左轉右轉，窺視一排排廂房。

青山派屋破不怕賊偷，一向沒有讓弟子巡夜這麼一說，眾弟子都是入更回房，倒頭便睡，一頓好夢到大天亮。

黑影在廂房外的花叢附近來來回回窺探，忽然吱呀一聲，有扇門開了，黑影顫抖了一下，嗖地鑽進了花草叢中。

從門內出來的是樂越的七師弟樂齊。他晚飯時多喝了一碗粥，睡到半夜內急，迷迷糊糊爬起來去茅房。

樂齊從茅房出來，路過院中小徑，聽到身邊的花叢裡有窸窸窣窣的聲音。樂齊正在半夢半醒之間，神智不大清楚，只當是野貓在草中打架，看都不看，繼續往房中去。

一陣夜風挾著草香拂過，樂齊忽然聽見身後有個稚嫩的聲音在喊：「師兄、師兄。」

他在矇矓中疑惑地回頭，依稀覺得這聲音有些像十二師弟，又比十二師弟更稚氣，只見昏暗的月色下，小徑的花叢邊站著一個模糊的人影。

那人影問：「師兄，我迷路了，你能告訴我大師兄的臥房在哪裡麼？」

樂齊瞇著惺忪睡眼道：「你怎麼連大師兄的屋子都找不到，我們這排房左首第一間不就是麼……」

那個人影立刻道：「謝謝師兄。」

樂齊覺得自己好像眨了眨眼，然後那個人影便突地不見了。

月色，清風，寂靜的庭院，濃重花影，一切都如迷離之中的夢境，似乎甚麼都沒發生過。

樂齊揉揉眼，拖著步子回房躺下。

夢，剛才一定是睡迷了作夢來著。

樂越枕著胳膊躺在床上，呼呼酣睡，夜色中，一個黑影悄悄地趴上了他的窗台。

黑影小心翼翼地舔濕窗紙，再用前爪撓破，順著撓開的窟窿無聲無息地鑽了進來。

三尺，兩尺，一尺，他漸漸逼近樂越床沿，在床沿邊盤旋了一圈後，輕輕落上樂越的被角，向著被筒外樂越的胳膊露出尖亮的獠牙……

樂越正在作一個美夢，夢中他扛著一把大劍橫掃清玄派，將清玄派眾人殺得抱頭鼠竄。清玄派掌門重華子被他打翻在地，大叫饒命。樂越哈哈大笑，一把揪住重華老兒的鬍子：「叫三聲樂大俠饒命，本大俠就饒了你！」

重華子立刻點頭不迭：「樂大俠饒命，樂大俠饒命，樂大俠饒命……」樂越鬆開重華子的鬍鬚，得意大笑，豈料重華子突然低頭，一口咬在了他的右臂上。

胳膊一陣疼痛，樂越抬起左手，重重抓下——

只聽嗷的一聲，樂越一個激靈，醒了。

他的右臂依然在疼，左手中有一團涼涼滑滑的東西在拚命掙扎扭動。

甚麼東西？樂越驚異地迅速翻身，摸到右側床頭矮櫃上放著的火折子，點亮油燈。昏黃的燈光中，他看清了手中的東西。

那東西只有五、六寸長，身體有些像蛇身，圓滾滾的，渾身長滿了金黃的鱗片，腹側淺黃，腹部銀白，四隻小爪上長著尖尖的爪鉤，頭頂還有兩隻小小的犄角。似乎是一條——

樂越皺眉端詳著他：「你是龍？潛進本少俠屋中想做甚麼！」

龍，對於樂越這種修真門派的弟子來說，並不稀罕。

據說，龍分三等，一等是龍神，二等是雲龍或水龍，三等爲龍精。

龍神乃神族，生活在九重天上、浩瀚滄海中，凡夫俗子無緣得見。雲龍和水龍棲息在深山湖海之中，無拘無束，也很難見到；但龍精卻和山野精怪相似，長在山林中，河溝裡，偶爾可以遇見。

以往尊崇龍的時候，尋常人連碰見末等的龍精，都十分敬畏。但自從一百多年前鳳祥帝登基以來，龍被貶下祭壇，開始不値錢了。甚至還有略通法術的人獵殺龍精，抽筋鋸角，剝皮褪鱗，以此維生。如今達官貴人中，正時興繫龍筋絲帶，穿龍皮靴，束龍角簪。龍精被捕殺甚多，難以在山林中容身，也有些爲求活命，趁著月黑風高時潛入尋常人家宅院，吸食凡人精血，墮入妖道。

這隻四爪蟲一樣的小龍應該是隻年幼的龍精，還沒長到一尺長，居然就學著吸血害人了。樂越瞧了瞧右臂上的牙印，還好沒被咬破，遂抬起右手，彈彈小龍精的腦袋：「竟敢來吸本少俠的血，眞是活膩歪了，看我不鋸了你的角、剝了你的皮，抽出你筋來做彈弓！」

小龍精在樂越手中瑟瑟顫抖，兩隻前爪抱在一起，黑漆漆的眼珠淚汪汪地望著樂越：「我……我不是龍精……」

居然會說話？

樂越再次皺眉，龍精生下來時並無法力，有的即使修煉數百年也不會變成人形或口吐人言。

小龍精依然顫抖著，淚汪汪地看著他：「……我沒有想吸你的血……我想找洛凌之……爲甚麼是你不是洛凌之……」

樂越的眉越皺越深：「洛凌之？洛凌之是清玄派的，你爲甚麼摸進我們青山派？」

小龍精用前爪輕輕撓著樂越的虎口處：「我我我眞的是想找洛凌之，我咬你是因爲我以爲你是洛凌之，我不是想吸血，我只是……」

樂越瞇眼：「只是怎麼？」

小龍精打了個哆嗦，低下頭。

樂越捏住他的脖頸，拎著他晃了晃。

「照你的意思，你原本是想吸洛凌之的血，但認錯了地方，把青山派當成了清玄派，就這樣誤傷了本少俠我？」

小龍精立刻拚命點頭，四隻小爪在空中抓撓了幾下，又道：「我不想吸血，眞的。」

樂越摸著下巴：「喔，那你找洛凌之想做甚麼？」

小龍精又垂下頭，不吭聲了。

樂越慢悠悠道：「是不是覺得他是清玄派大弟子，血更稀罕點，喝了對你的修煉更有幫助啊？」

小龍精顫抖著抬頭：「我不……」

樂越捏緊他，又晃了晃：「你不是龍精？你摸錯了門？你當樂少俠我是傻子，拿這種哄三歲娃娃的話哄我？快說，你到底是爲甚麼來的！幕後有無別的妖怪主使？休想扯出洛凌之把此事蒙混過去！我們青山派與清玄派雖然勢不兩立，但降妖伏魔乃修眞門派第一要務，對你這種已入妖道的精怪我向來不留情，你最好快老實認帳，要不然……」樂越在油燈的黃光中露出森森白牙。「我就先鋸了你的角，再去了你的鱗，抽出你筋，把你風乾了做藥引！」

小龍精抖成了一團，拚命扭動起來。爪子用力撓著樂越的手，低頭一口咬住他的拇指。

樂越揪住龍角將他的牙齒從自己手指上扯開；小龍精鼓起腮對準樂越的臉，呼地吐出一個火球。

樂越驚訝道：「喲，你還會噴火？」

小火球只有兩三個豌豆那麼大，晃晃悠悠地飄動，樂越等他好不容易飄到眼前，輕輕吹了口氣，火球熄了。

小龍精掙扎了幾下，嘴裡咕咕唧唧唸了幾句甚麼，空中驀然閃出幾道閃電，劈向樂越的右手！閃電如頭髮絲般粗細，劈在手面上微有些麻癢，像螞蟻爬過。

樂越瞧了瞧右手，再瞧了瞧小龍精，索性不動了。

小龍精猛吸一口氣，鼓起肚皮和腮，又對準樂越，呼的一聲，噴出一片水霧。

樂越覺得臉上觸到了幾點涼意，抬袖擦了擦：「竟敢將口水噴到本少俠臉上，我先把你的牙拔下來吧。」

小龍精怔怔地僵了一瞬，閉上雙眼，兩行淚順著眼角流下：「你殺了我吧。是我誤犯大錯，命該如此。但殺死龍神，你這個凡人必遭天譴，我會在死後用魂魄告訴父王，讓他寬恕你。」

????

龍神?

樂越舉著這隻金閃閃的幼龍又端詳了一下,嗤笑一聲:「喂,說笑的吧,你是龍神?」

幼龍睜開漆黑雙眼:「我馬上就要被殺了,爲何還要騙你,被凡人制住,說出我是龍神只會讓我更加恥辱罷了。」

幼龍再度閉上雙眼,活像一個引頸就戮的高潔義士,樂越瞬間覺得自己變成了迫害無辜欺凌弱小的惡霸。

龍兄,是你半夜偷爬進我的屋子,啃了我的胳膊,因法術太低才被我拿下的,爲何此時倒像是你我的立場顛倒一樣?我只不過嚇唬了你兩句,你有必要如此悲壯麼?

樂越嘆了口氣,算了,大俠不和幼蟲一般見識。他將語氣放得和緩:「你看看自己,連一尺長都沒有,法術如斯低下,你說你是龍神,讓我怎麼相信你?」

幼龍又睜開眼,剛才樂越說他小,法力低下,戳中了他的痛處,傷了他身爲龍的自尊。

「你放開我,我給你看證據。」

看到樂越猶豫的神色,幼龍冷冷接著說:「你擔心甚麼?我不是你的對手,而且逃跑這種事,我還不屑做。」

說得跟挖窗紙,偷爬進別人臥房還偷著咬人的那個不是你一樣。樂越非常胸襟廣闊地忍著沒把這句話說出來,嘆了口氣道:「好吧,既然你這樣說,我就姑且相信你。」

反正這隻幼龍就算是龍精，也是龍精裡最傻的那種，逃跑了也不可惜。

樂越鬆開幼龍，把他擱在棉被上。

幼龍從床上騰空而起落到地面，爬到屋子中央，嘀嘀咕咕又唸了一句甚麼，周身冒出一股白煙，白煙之中，又嘭地冒出一道火光。火燎著煙，樂越被嗆得咳了兩聲，煙與火之中，又蹭地冒出一道金光，屋中央隱約出現了一個人影。

「變成人形之術，因爲我不久前剛剛用過一次，所以這次比較耗費法力。」

火已熄滅，白煙漸漸散去，站在屋中央的人影模樣逐漸清晰，樂越的屋子一瞬間明亮起來。

在方才幼龍趴著位置站著的，是一個似乎比樂越小了幾歲的俊美少年，頭束金冠，身穿淺金色鑲銀邊外袍，銀白內衫，外袍之上有水草暗紋，衣衫微動時，暗紋便像在水中搖曳一般，容貌如清月的光輝，仙氣十足，華貴逼人。

樂越在心中道，金子和銀子的顏色畢竟與尋常顏色不同，穿在身上，就立刻看起來值錢了。

少年掌中托著一顆晶瑩明珠，珠身似乎環繞著淺淺的七彩流光，一條金色龍紋在明珠中盤旋游動。

少年道：「七色仙光的龍珠乃是龍神的證明，你是修習仙道的人，應該知道吧。」

樂越坐在床上點頭：「嗯，聽說過。這樣看來，你確實是龍神。」

有龍珠的龍至少是雲龍或水龍那一等的，而且龍精也不可能在如此幼小時變幻人形，看來，這條幼龍的確不是龍精。

少年微微笑了笑，將龍珠收起。

樂越道：「但，龍神不應該到凡間的吧？你爲甚麼要來找洛凌之？」

少年神色僵了僵，沒有說話。

樂越道：「唔，如果天機不可洩露，我就不再多問了。」

少年走到屋角桌邊，拉了一張椅子坐下：「我是到凡間來找人的。今天我在山下的草叢中，看見你和洛凌之，覺得他應該就是我要找的人。我不會隱形之術，怕被凡人發現，打算趁天黑去清玄派找他驗證。我明明進了寫著清玄派三個字的山門，卻不知爲何來了你的門派。我只能告訴你這麼多，其他的事關天機，不可再說了。」

樂越掀開被子，披了件外衫在床沿上坐著：「哦，我們門派如今叫青山派，但一百年前是叫清玄派的，山下的山門是在那時候建的，所以就刻著清玄派三個字。因此讓你誤會了，眞是不好意思。」

少年抬起頭，靦腆地笑了笑：「那個，是我自己找錯，不是你們山門的錯，你不用向我道歉。」

樂越也笑了笑，起身走到少年坐著的桌前，拎起茶壺，倒了一杯茶水放在少年手邊：「方才有些小誤會，鬧了一點不愉快，我向你賠個不是，望龍賢弟你不要見怪。」

他忽然親切地稱呼少年爲龍賢弟，態度與剛才大相徑庭，少年不由得有些無措：「呃，沒甚麼，本來……本來也是我先得罪了你。」

樂越拖了把椅子在他身邊坐下，繼續親切地道：「我看你人形的模樣比我年輕，龍形時也……

十分年少的樣子，所以就冒昧喊你一聲賢弟。在下名叫樂越，乃青山派的首席大弟子，請問龍賢弟你貴姓？年歲幾何？」

他從出生起，就和父王一起受盡白眼，從來沒有誰這樣友善地和他攀談過，突然遇到這樣的善意，他有些受寵若驚，拚命裝作鎮定地回答道：「嗯，我叫昭沅，再過五年就一百歲了。」

樂越扯動面皮笑道：「喔，原來不是賢弟，應當稱呼一聲昭兄。」

他吶吶地道：「你喊我昭沅就可以。」昭兄兩個字，讓他感到有些招架不住。

樂越十分爽快地道：「好，那你也喊我樂越就好，既已互稱姓名，你我從此就算是朋友了。既然已經是朋友，有幾件事我必須先告訴你。」

朋友，這兩個字讓他的心怦怦地跳得快了，有些眩暈。

除了父王之外，他一向都被鄙視、被冷落，沒有誰肯和他做朋友，現在，這個凡人居然說自己和他是朋友。

原來凡人中，真的有很多人，都是很好的。

他抬頭望著樂越充滿真誠的眼睛，嗯了一聲。

樂越神情變得鄭重：「昭沅你今晚走錯了地方，又耽擱了那麼久，趕去清玄派恐怕已經來不及，想必你是打算明天再去清玄派嘍？」

昭沅點頭。

樂越道：「我要先提醒你一聲，清玄派是個很大的門派，和我們又窮又破的青山派不一樣，門禁森嚴，每夜都有很多法術高強的人站崗巡夜。你如果潛進去，別說到洛凌之那種首席大弟子的臥房，恐怕過不了大門或圍牆十步，就會被發現。清玄派的人都不大講理，我說句可能會惹你不高興的實話，昭沅你眞的不大像龍神，而且肯定不是他們的對手。你被抓住後，清玄派的人不會像我這麼懂道理，聽你解釋。你該有所耳聞，我們凡間自從鳳祥帝開始，尊鳳貶龍，尤其是清玄派這種緊抱著皇家大腿的狗腿門派，更像和龍不共戴天一樣。清玄派的人抓到你，恐怕連句話都不讓你說，直接就手起刀落，喀嗞——唉——」

樂越搖頭嘆息。昭沅的神情慢慢僵了：「但我……」

但他一定要進清玄派，一定要見洛凌之，一定要驗證出他是不是那個人，否則……

不過，假如眞的如樂越所說……

他握緊拳頭，捏縐了衣襟。

樂越不動聲色地察看著他的神情，再嘆息一聲：「不過，我有個辦法，可以讓你如願以償。」

昭沅驚詫地抬頭。

樂越道：「你說想找洛凌之驗證，這驗證的方法，是不是需要他的血？」

昭沅緩緩點頭。

樂越笑道：「如果是這樣，那就好辦了，幾天之後，清玄派和我們青山派都要去參加論武大會。你既然能變成人形，可以換下這身衣裳，混在我們青山派的弟子中，一起去參加。洛凌之是大弟子，一定會到場。他相當厲害，天下各派的同輩弟子中，只有我能打敗他，因此我與他必定會有一戰，到時候我趁機替你砍他一劍，弄點血給你，不就可以了？你覺得這個方法好不好？」

樂越心中的小算盤在劈里啪啦地響著，有種山窮水盡後豁然開朗的興奮。

這條傻龍簡直是老天送過來頂替十二師弟的，正好可以省事了。

昭沅聽了他的話後，雙眼明亮起來，神色裡帶著感激，點了點頭：「嗯，我覺得這是個好辦法，只是，可能有些麻煩你。」

樂越心花怒放：「不麻煩不麻煩。」

他覺得自己和昭沅說的那些不算是假話，這項買賣互惠互利，這條傻龍並沒有吃虧，樂越笑咪咪地看著滿臉感激的昭沅，感覺自己坦坦蕩蕩。

樂越笑得山花爛漫：「只是我要和師父、師叔們說一聲，你放心，他們是好人，我會把你是龍的事情瞞著他們。天亮我就帶你去見他們。」

昭沅再點頭：「嗯，那就依你說的辦吧。」

樂越將剛才斟好的茶水放到昭沅手中：「來，你先喝杯茶，我們再聊一聊，應該不多久天就亮了。」

昭沅端著杯子喝了口茶水，凡間的茶水，味道很特別。

他握著杯子嘗試著與樂越聊天：「我可不可以也問你一件事情？」

樂越立刻頷首：「隨便問吧。」

昭沅羞澀地笑了笑，小聲問：「你們青山派和清玄派，是不是有仇？」

之前見樂越和洛凌之在山下時就不太友好，方才聽樂越說清玄派，似乎也不怎麼喜歡的樣子。

樂越道：「哦，是啊，我們是死對頭，勢不兩立。」

他將青山派與清玄派結怨的前因後果，與多年恩恩怨怨的一些往事，滔滔不絕地道來。足足說了半個時辰才接近尾聲。

樂越喘了口氣，喝口茶潤潤喉嚨：「……清玄派從德中子開始，爲了榮華富貴，緊抱住朝廷的大腿，專門在背後陰我們，我師父的一位俗家師伯成親的時候貼了一張龍鳳呈祥的窗花，就被清玄派的人以用龍侮辱鳳神，有辱皇上爲由，上告朝廷，那位師伯舉家被抄，差點連命都沒了。」

昭沅手中的茶杯忽然喀啦一聲，碎成了幾瓣。

樂越詫異地望著他，只見昭沅滿臉憤怒，咯咯地磨了磨牙齒：「凡間的皇帝果然對龍族蔑視至此，雖然那個皇帝是靠鳳凰一族得的皇位，但他的祖先，是由我們護脈龍神選中，才能建立如今的朝代，實在是忘恩負義！」

樂越眨了眨眼。

那個……他在說啥？

樂越探詢地問道：「呃，昭沅，你剛才是不是在說……你們護脈龍神？」

昭沅驀然神色大變，目光驚慌，臉色煞白，雙手無措地微微顫抖，被他捏碎的杯子碎片喀啦喀啦掉在地上。

樂越的心中劇烈地翻騰起來，喔喔，好像聽到了很了不得的事情。

護脈龍神……要是這隻傻龍眞的就是那傳說中的護脈龍神……那他找洛凌之豈不是要……玉皇大帝、太上老君，今天眞是個非同一般的日子！我知道了甚麼天大的祕密！這個祕密如果是眞的，那可眞要命，眞的會要人命啊！蒼天，我還是裝作不知道吧！

樂越咳了一聲，故作鎭定地扯了扯面皮：「哈哈，是我聽錯了，我甚麼都不知道哈哈，來，昭兄，我們繼續聊，我告訴你，我們青山派啊……」

昭沅渾身戰慄，臉色慘白地盯著他：「不，你一定猜到了。」

樂越急忙搖頭：「沒有沒有，我眞的不懂是甚麼意思，我眞的甚麼都沒……」

昭沅起身，緊緊揪住了他的胳膊：「沒錯，我是護脈龍神，請你一定要幫我保密，倘若被鳳凰族知道此事，我們一族便永無翻身之日了。」淚光閃爍，懇求地看著樂越的雙眼。「求求你……」

樂越腦中漿糊一片，手中冒出了冷汗。

如果是眞的，那可不是鬧著玩的……

他嘆了口氣，點頭道：「你放心，我絕不會說，如果你說的是眞話，我去告密，朝廷絕對不會留我活口，說不定還把我們師門全部殺光，就算爲了自己，我也會當從來沒聽過這事。」

昭沅怔怔地望了他半晌，方才慢慢鬆開手。

樂越揉揉額角，嘆了口氣：「話說，我都不知道我現在是不是還在作夢了。」

護脈龍神，天下人人皆知，不過樂越一向以爲那是無稽之談。

相傳盤古開天闢地後，女媧用黃土造人，在凡間被尊稱爲媧皇氏或女媧母。女媧人首蛇身，其親族爲蛟，天帝賜蛟神龍角龍鱗，在天池中化形爲龍，從此護佑凡間人主，順天意，擇君王，或庇佑其江山，或顛覆朝代，另立君主，稱爲護脈龍神。

護脈龍神不在龍的三等之內，自成一支。正因護脈龍神的存在，龍才在凡間備受尊崇。歷朝歷代龍都是帝王的象徵，皇帝衣袍、一國的旗幟、皇帝用的器皿上，都以龍爲飾，以示尊貴。歷代帝王都設祭壇祭祀龍神，龍在凡人眼中，代表至高無上。

相傳，除了護脈龍神之外，天庭還另設有三支護脈神，鳳凰護佑后妃，麒麟護佑亂世梟雄或王公猛將，玄龜護佑治世賢臣。

幾千年來，世人一向以此傳說供奉眾護脈神。直到一百多年前。

那時應朝承元帝駕崩，立遺詔傳位予太子和熙，皇子和暢起兵奪位，自稱有其母妃的鳳神護佑。

和暢殺兄奪得皇位，改國號爲鳳祥，稱鳳祥帝。鳳祥帝繼位後便改服易幟，將龍袍改成鳳袍，皇家的龍旗改成鳳旗，重設祭壇，砸掉龍神之位，改祭鳳神。又下令皇城之中凡有龍飾處，一律改爲鳳。鳳凰有雌雄之分，皇帝以鳳爲飾，后妃以凰爲飾，大貶龍神，並下詔命天下禁止供奉龍神。至他之後的一百多年，鳳神無限尊貴，龍神無限被貶低，甚至有了捕殺龍精之舉。四大護脈神變爲護脈鳳神、護脈凰神、護脈麒麟與護脈玄龜。護脈龍神之說，漸漸不能公開提及，只能私下中流傳。

護脈神之說太過玄妙，樂越雖然是修仙門派中的弟子，仍然不大相信這種傳說。

但如今，所謂的護脈龍神近在眼前，不相信反而比較困難。

昭沅方才洩露天機，太過驚恐，維持不了人形，又變回了幼龍的模樣，縮在樂越床上，把頭插進棉被中。

樂越在床沿坐下，看了看他那連頭帶尾不到一尺長的小身體。假如這隻幼龍眞是護脈龍神，他能明白爲啥鳳凰可以幫著皇子篡位，取代龍神的地位。

樂越拍拍被子：「呃，傳說當年鳳祥帝是靠著鳳神的支持才做了皇帝，鳳神打敗了龍神，是不是眞的？」

昭沅身體蜷了蜷，插在棉被下的頭輕輕點了點，棉被微微起伏。

樂越摸摸鼻子：「原來是眞的，爲甚麼護脈鳳神會打你們護脈龍神？」龍不是應該比鳳凰厲害麼。

昭沅身體僵硬了，一動不動。

這件事應該是他的痛處，還是不要不厚道地戳了。樂越於是改口問：「鳳凰奪了你們的位子，天庭不管嗎？到玉帝那裡去告他們一狀不就可以了？」

昭沅的爪子緊緊抓住了床單。

唉唉唉，看來這件事也是他們一族的痛處，也不再繼續問了吧。

樂越頓了頓，卻又忍不住再問：「你這次找洛凌之，是不是想讓他謀朝篡位做皇帝，這樣你們就可以打敗鳳凰，重新做護脈龍神了？」

昭沅蠕動了一下，將腦袋從棉被中拔出來，紅腫黯淡的雙眼眨了眨：「洛凌之不是謀朝篡位，是鳳凰要讓別的人謀朝篡位，改朝換代。」

樂越瞪大眼：「啊？」

昭沅卻又將頭插回棉被中。

樂越吁了口氣：「好吧，問甚麼你也不肯說，我也就不再問了，反正你這種機密事情我知道得越多，死得越快。」站起身踱到窗邊，天已經快要亮了。

昭沅把頭深深埋在被子中，緊閉著雙眼。

剛才樂越問的幾句話都戳在他的心上，刺痛了護脈龍神一百多年來屈辱的老瘡疤。

當年，敗給鳳凰丟掉護脈神位子的，正是他父王。

小時候，昭沅一直很迷惑自己到底應該算哪一種龍。

他從出生起，就和全家一起住在又窄又小的小河溝中，父王母后哥哥姐姐弟弟妹妹，七條龍窩在一起，非常擁擠。

這條小河溝，還是他母后的娘家表舅東海龍王敖廣同情他們家無處安身，贈送給他們的。小河溝向東拐幾個彎兒，變成一道寬闊的水域匯入東海，那是敖廣表舅公家所管轄的地方，浩浩蕩蕩，無邊無際。表舅公居住的水晶龍宮更是金碧輝煌，隨便一間殿閣，都有他們家整個兒住的地方那麼大。

表舅公在天上打個噴嚏，凡間便會烏雲密布，電閃雷鳴，表舅公在雲端吐口唾沫，人間就會大雨滂沱，晝夜不息。表舅公如果現出真身在海裡翻個身，東海便能水面水底倒個個兒。

像敖廣表舅公這樣的，才是龍神，最高等的龍。

昭沅發現自己似乎也不是水龍和雲龍，雲龍水龍都生活在寬闊的江海之中，自在逍遙，還會行雲施雨，他們的鱗片有青色白色紅色等等，唯獨沒有金黃色。

至於末等的龍精……

昭沅剛懂事的時候有一次曾經問過父王：「我們是不是龍精？」

父王立刻陰沉地瞇起眼，鬍鬚炸起：「再把我們跟那種下等東西扯上你就滾出去，別再喊我父王！」

哥哥姐姐弟弟妹妹們各自蹲在角落裡同情地看他，昭沅耷拉著腦袋默默退開，從此不敢再提「龍精」二字。

如果三種都不是，那會是甚麼？他很疑惑，又不敢問。

父王時常說：「咱們其實是龍神，而且是玉帝親自封的龍神，最尊貴的那種。」父王說這話的時候，總是會半閉著眼睛躺在小河溝底柔軟的淤泥中，用龍爪撫摸著鬍鬚，幽幽地望著遠方。

在這種時候，千萬不能問父王：「爲甚麼我們住在這種地方，不像表舅公那樣？」

如果問出了口，父王便會突然老毛病發作，在河溝中翻騰咆哮「全是我的錯全是我的錯全是我的錯……」一面咆哮，一面用力撞頭，一面用龍爪刨抓河溝底的淤泥，最後用淤泥將自己埋起來。

昭沅有兄弟姐妹五個，他恰好是正中間的那個，上面一個兄長一個姐姐，下面一個弟弟一個妹妹。哥哥和姐姐比他年長很多，弟弟和妹妹又比他年幼很多，都玩不到一起。他有時游出河溝去找魚蝦蟹蚌玩，但總被冷落，魚蝦蟹蚌們還會湊在一起，對著他指指點點。

昭沅不知道他們究竟在議論甚麼。

昭沅第一次到敖廣表舅公家是他五十歲的時候，表舅公的兒子摩霆表舅成親，母后帶著他們兄妹五個前去送賀禮，吃喜酒。

西北南三海的龍王也帶著賀禮和家眷前來道喜，敖廣表舅公的孫女澤覃表姐既溫柔又美麗，讓昭沅忍不住想去親近。

但其他的小龍合起伙來欺負他，不讓他接近澤覃表姐。

南海敖欽表舅公的龍孫澤瑞、澤思與西海敖閏表舅公的孫女澤瑚態度尤其倨傲，昭沅剛要穿過遊廊向澤覃表姐處移動，就被澤瑞、澤思合伙堵住去路，澤瑚伸手將他推了個趔趄：「喂，這裡是龍王的子孫才能來的地方，你這隻小泥鰍不要亂闖，再不趕快退下，我讓蝦兵蟹將們把你趕出去！」

昭沅昂頭分辯：「我不是小泥鰍，我也是龍，我父王也是龍王！」

澤瑞、澤思、澤瑚大笑起來，澤思大聲道：「你的父王是龍王？哈！是甚麼龍王？小河溝裡的龍王？哈哈！」

昭沅漲紅了臉，澤瑚道：「全族都知道你爹爹是龍中的敗類，最沒用的龍！被一隻鳥給打敗，丟盡了我們龍族的臉！現在我們在凡間少了很多供養，凡人居然讓鳳凰爬到我們頭上，低等的龍還被當尋常的牲畜來殺，全是你爹的錯！你爹還把自己當成王啊，甚麼王？丟臉王！」

昭沅氣得渾身顫抖，大聲喊：「妳胡說！」

澤瑚揚起下巴：「甚麼胡說，不信你問你爹去、問你娘去，問問看你爹是不是龍中的敗類，是不是丟臉王！」

澤瑞扯扯澤瑚的衣袖：「算了算了，瑚妹，我們不要和他計較，我娘說了，他爹爹是個衰鬼，衰鬼的孩子就是小衰鬼，和他說話會沾上晦氣。走吧，我們去那邊玩。」

澤瑚斜了昭沅一眼，跟著澤瑞離開，澤思走了兩步，又回身道：「喂，小衰泥鰍，你別靠近澤覃姐姐啊，你要是敢把衰氣沾給姐姐我一定對你不客氣！姐姐才不會理你這種低等的泥鰍！」攥起前龍爪示威似地揮了揮，轉身去追澤瑞和澤瑚。

昭沅怔怔地站了片刻，突然發力追上去，揚起爪子對準澤思的脊背狠狠抓下。

澤思嗷的一聲龍嘯，猛地回身，脊背上被昭沅抓出了幾道血口，鱗片翻起，露出皮肉。澤思用龍尾狠狠捲起氣旋，口吐水霧，兩爪如鉤對著昭沅劈頭蓋臉地抓下。

澤瑚和澤瑞也被驚動，急衝過來幫忙，四條小龍扭打成一團。

昭沅以一敵三，自然異常慘烈。待到長輩們匆匆趕來、將他們拉開時，昭沅已經遍體鱗傷，從頭到尾幾乎沒有一片完整的龍鱗。

澤思除了被他抓傷脊背外，尾巴還被他咬了一口；澤瑞的鼻子被他撓破了兩道；澤瑚的爪子和腰側被他抓出了幾條血口。

哥哥姐姐弟弟妹妹們圍住昭沅替他裹傷口，母后則彎腰低頭，不斷地對著澤瑞、澤思、澤瑚的爹娘和幾位表舅公賠不是：「小兒頑劣，是我不懂管教，希望表舅表兄和嫂嫂們大人不計小人過，看在他還是個孩子的份兒上，不要和他計較。」

昭沅躺在水草上，異常委屈。為甚麼母后要道歉，要那麼卑躬屈膝、低聲下氣，明明是他們的錯，他要起身申辯，被大哥一爪子按回水草上：「你就省省力氣，少給母后添亂吧。」弟弟咿咿呀呀地用爪子撥撓著他的龍尾，吧嗒吧嗒替他舔傷口；大姐嘆了口氣：「誰讓咱們的爹，確實落魄了呢。」

母后賠了半天的不是，澤瑞、澤思和澤瑚的爹娘才露出寬宏大量般的表情，施恩似地說了幾聲算了。

澤瑚的娘摟著女兒向昭沅的母后道：「棠妹妹，我多嘴多說妳幾句，凡人有句話，叫作男怕入錯行，女怕嫁錯郎。想想妳沒出嫁之前，何等的尊貴嬌艷，三界中，有幾位龍女比得上妳的身分？妳怎麼就不長眼，非要嫁給甚麼護脈龍神。記得我當時就勸過妳，說他們和我們這種眞正的龍神不同，所謂的護脈，說句難聽的，就是奉天庭的命令去保護凡人的守衛。誰料妳嫁的這個，還是守衛中的敗類，連那個小小的位子都被鳳凰那種小鳥給奪了，變成了一條喪家之龍，連累我們整個龍族都體面全無。但大家都寬宏大量，沒和你們家計較。看看妳現在，只能住在一條小河溝裡，爪子也粗糙了，鱗片也黯淡了，哪裡還有當年嬌艷的模樣？就連生的兒子，都盡得他爹的眞傳，不懂道理，沒用又狂躁。唉，我看在眼裡，都不禁替妳傷感！」

昭沅氣得差點又從水草上爬起來，連按著他的大哥龍爪都在顫抖，大姐瞪起眼睛：「喂，老姑婆，妳說得太過分了吧！」弟弟蹭在昭沅身邊，噗噗地對著澤瑚的娘吐水泡：「老姑婆……啵，老姑婆……」

澤瑚的娘斜瞥了他們一眼：「看，我說的沒錯吧，不光是兒子，女兒也這樣，大的小的都一樣，都和他們老子一個樣。」

總算敖閏表舅公開口說了句：「妳也適可而止吧，說得太過了。」澤瑚的娘方才悻悻地住了口。

母后挺著脊背，口氣依然很謙和：「多謝沁姐姐替我操心。是我不懂管教孩子，這次是昭沅錯了，我回去會好好教他，讓他懂道理，知禮儀，明白甚麼是眞的對，甚麼是眞的錯。我從未後悔選擇了辰尙做我的夫君，他住宮殿享祭祀受凡間衆人叩拜時我跟著他，他住小河溝變成同族口中的喪家之龍我依然會跟著他。」

母后向敖廣表舅公告辭，帶著他們兄弟姐妹五個回到了小河溝中。

在回去的路上，母后突然向他們囑咐道：「昭沅這一身傷，回去後如果惹你們父王問起，你們就說是和別的小龍嘔氣打起來傷的，你們父王被挖苦的事，一個字都不要提，明白了沒？」

五隻小龍一起點頭，昭沅卻依然想不明白。

爲甚麼父王會被挖苦？喪家之龍到底是怎麼回事？爲甚麼不可以在父王面前說？父王爲甚麼經常發狂？

直到他的傷好得差不多了，某一天，父王又發狂將自己用淤泥埋起來，母后把他們五兄妹帶到小河溝外的一個偏僻角落，告訴了他們父王屈辱傷痛的過往。

母后說，他們的父王辰尙原本是天帝親封的護脈龍神，護佑凡間君主，主掌國運。一百多年前，要擇選新皇帝時，辰尙依照一貫的規矩和舊皇帝的意願，選擇了皇長子。但與辰尙同爲護脈神的一位鳳神，愛上了自己守護的某位妃子，那位妃子天賦異稟，可以看見護脈神的眞身，鳳神向妃子洩露了天命，妃子是個貪心的女人，一心想讓自己的兒子成爲皇帝，在臨死前懇求鳳神，幫助她的兒子成爲皇帝。

昭沅的母后說到這裡時，長長嘆息：「你們的父王與那位鳳神乃是多年好友，替他隱瞞了這場私戀，但他怎麼也沒想到自己的好友居然眞的答應了那個女人的要求，他更沒有想到，好友會爲了滿足那個凡人女子的願望，逆天而行，與他翻臉爲敵。」

當鳳神護著那個妃子生的兒子起兵造反時，辰尙傻掉了。那場爭鬥持續了許多天許多夜，地上，是造反皇子率領軍隊在與自己的兄長血戰；天上，是護脈龍神和護脈鳳神的大戰。

辰尙這邊毫無準備，鳳凰那邊卻蓄謀已久。護脈鳳凰一族護佑嬪妃，數千年來都居於護脈龍神之下，不滿已久，無知的凡人還經常以龍代表男，鳳凰代表女，讓很多公鳳凰都難以忍受，對龍神嫉恨萬分。這位鳳神的作爲得到了幾乎所有護脈鳳凰的支持，合全族之力對付辰尙，鳳神更事先卑鄙地盜走了辰尙的龍珠並且將之打碎。護脈龍神只有一個，辰尙寡不敵眾，更因失去龍珠法力大損，最終只能含恨敗走。

昭沅的大姐道：「護脈鳳凰太卑鄙了，全族就沒有一個好東西！無知的凡人用龍代表男，鳳凰代表女，怎麼不見我們雌龍有甚麼意見，偏偏就被他們的公鳳凰拿來做話柄，嘁，一群氣量窄小卑鄙無恥的敗類！」

昭沅的大哥問了許久之後樂越詢問昭沅的問題：「我們護脈龍神既然是玉帝親自冊封的，爲甚麼父王不去玉帝面前討個公道？護脈鳳族如此任意妄爲、篡改天命，天庭爲何不派兵拿他們問罪？」

母后再長長地嘆息。

她說，昭沅他們的父王去過天庭，到玉帝面前討個說法，但因鳳神與那個妃子有私情時，辰尙替其隱瞞，方才釀成後來之禍，所以玉帝說護脈鳳神固然違背天理、大逆不道，辰尙也是罪魁禍首之一，難辭其咎。

玉帝道：「本帝當年親封你們一族爲護脈龍神，擇凡間人主，護凡間國運，爲眾護脈神族之首，現在你連鳳凰都壓不住，又怎能繼續服眾，繼續當此重任？」

昭沅的大姐睜圓雙眼：「於是天庭就這麼任由著鳳凰在人間繼續稱霸，肆意妄爲？可憐的父王灰溜溜地住進這個小河溝，被罵作喪家之龍，受盡白眼？」

母后道：「也不是。但凡出現朝代更替或謀朝篡位之事，凡間都會遭一次劫難。玉帝慈悲，體恤眾生，鳳神幫助的皇子篡位後，若再生動盪，凡人將會又受一次苦難，所以玉帝下旨，讓天庭眾仙與神將們暫時不要過問此事，給凡人一段休養生息的時間，也賜給你們父王一次贏回尊嚴的機會。」

昭沅的大哥冷笑道：「父王他現在正在淤泥裡睡著哩，機會在哪裡啊？」

母后微笑道：「你別急，聽母后把話說完。玉帝說，護脈鳳族逆天行事，更改了天命，但一、二百年中，天命將會再次出現變數，倘若能找到這個變數、把握機會，就能重正護脈龍神之位。」

昭沅小心翼翼地挪了挪前爪：「要是找不到、把握不了機會呢？」

大哥立刻道說：「那還用問，就是我們一家從此永遠睡在小河溝的淤泥裡嘍。」

昭沅再問：「變數到底是甚麼？」

母后沉默，大哥用龍爪敲了下他的腦袋：「笨，用尾巴梢想也知道肯定是沒出現，要不然父王此時還會在淤泥裡睡覺嗎？」

昭沅也沉默。

那個變數到底是甚麼？

機會會不會眞的出現？

數年後，終於有一天，父王和母后將他們兄妹五個叫到小河溝的正中心，肅然地說，變數似乎出現了。

父王那天既沒有幽怨地懷舊，也沒有發狂咆哮撞礁石，而是神采奕奕、精神煥發，從鬍鬚到尾巴梢都閃著光芒。

父王就這樣精神抖擻地告訴他們，凡間的變數終於出現了。一直以來，龍屬陽，鳳屬陰，自護脈鳳神幫助鳳祥帝篡位登基後，可能是鳳凰陰氣太重，對皇帝們造成了點影響，於是他們閨女越生越多，兒子越生越少，到了這一代，乾脆從皇帝到稀稀拉拉的幾個王爺，後代清一色全是女兒，一個兒子都沒有。換言之，就是出現斷根的徵兆了。

而且，那幾個王爺已經在幾年前陸續薨了，皇帝近日又得了重病，估計也撐不了太久，皇帝家馬上就要斷子絕孫了。

於是，護脈鳳族們正在思忖挑選新的君王，改換新朝，他們挑中的，是如今的鎮國大將軍安順王慕氏一族。

辰尚撫摸著龍鬚微笑道：「禿鳥們萬萬沒有想到，早在多年前，我就布下一著暗棋，和氏其實還有後人。」

鳳祥帝和暢當年篡位時，把太子和熙與其餘的幾個兄弟及其後代統統誅殺乾淨。但他不知道，他還有一位兄長流落在民間。

太子和熙的母后陳皇后初進宮時只是個尋常嬪妃，靠著心計手段一步步向上攀爬，鳳祥帝的母妃肖妃就曾被她陷害過，所以肖妃後來才央求鳳神替她報仇，讓兒子和暢奪位做皇帝。

當陳氏攀爬到貴妃之位時，開始覬覦皇后的位子。她用計陷害當時的宋皇后，說宋后私通護衛，穢亂宮廷，承元帝聽信讒言，廢了皇后，賜她自盡。皇后被廢，就失去了擁有護脈神的資格，她的護脈鳳凰改護別人，對她不再理會。陳氏也被封爲皇后。

宋皇后是個端莊賢德的女子，一向待人寬厚，她遭此冤屈，便有之前曾受過她恩惠的宮女和宦官意圖營救。他們在宋皇后將飲鴆毒的夜裡縱起大火，趁機安排宋皇后逃出皇宮。辰尚與其龍后也動了惻隱之心，在宋皇后出逃時暗中護佑，宋后順利逃脫，隱姓埋名，遁入空門。

但宋后已有了身孕，在尼庵中產下一個男嬰。嬰兒被女尼送到一戶無子的富裕善人家撫養，他實則才是承元帝的皇長子。

這個流落民間的皇子在尋常人家長大，像尋常人一樣娶妻生子，安穩一生。他的兒子也像其父一樣平安長大，娶妻生子，一代復一代，和氏皇族的這支血脈，居然就這樣隱密地在民間延續著。

辰尚一時惻隱幫了宋皇后一把後，就把這件事拋在了一邊，後來他護脈神之位被奪，龍珠被碎，落魄地依附老婆的表舅，窩在一條小河溝裡，更將此事忘了個一乾二淨。

直到近日，傳來和氏即將斷子絕孫，護脈鳳族擬立新皇，更換朝代的消息，辰尚作爲和氏曾經的護脈神，還是略傷感嘆息了一下。

他躺在淤泥裡懷念和氏的皇氣，忽然感應到一點薄弱的年輕氣息隱約在凡間的某個方位流動。

護脈龍神在每個新朝代開始時，都會和第一位皇帝以血爲契，從此便能感應護佑他的子孫後代，直到此朝代氣數將盡，另一個新朝代建立。

護脈鳳神也與鳳祥帝訂了血契，但他們只能感應到鳳祥帝及其子孫的氣息，故而和氏僅存的這點血脈並沒有被他們發現。

辰尚龍珠已碎，法力丟失大半，僅可以隱約感應出這點氣息的所在方位，這位和氏後代確切的身分他卻測算不出來。

所以，只能先選定一個對象，再驗其眞假。

昭沅在樂越的被子裡用前爪抱住頭，很煩惱。

洛凌之應該是他要找的人，因爲父王說，那個人在一個叫作清玄的門派中，他第一眼看到洛凌之就覺得這個人不平凡。

不過，清玄派的人，他只見過洛凌之一個而已，未必一定就是他，萬一不是他，要怎麼再去挑第二個？清玄派那麼不好潛伏進去。

他探出腦袋，小聲問樂越：「清玄派有多少個人？」

樂越抓抓頭：「掛名弟子無數，日前在門派中修煉的，大概有二、三百人吧。」

昭沅憂愁地再趴下。

樂越抬頭看看窗外：「天就要亮了，天亮之後我就帶你去見師父。」

昭沅點頭。

樂越打個呵欠在床上躺下，又伸手戳戳昭沅身邊的被子：「對了，你們護脈龍神是不是也和皇帝一樣，有傳位繼承的？」

昭沅道：「嗯，一般一個朝代一條龍，或者有的不愛做了，就上奏天庭，傳位給下一個。護脈龍神這個位置上一直都是只有一條龍。」

樂越道：「你有兄弟麼？」

昭沅老實回答：「我有一個哥哥、一個姐姐，一個弟弟、一個妹妹。」

樂越驚訝：「你兄弟姐妹不少嘛，爲甚麼不是你的哥哥弟弟做護脈龍神，而是你？」

昭沅又耷拉下腦袋，枕在兩個前爪上，閉著眼不吭聲了。

不會……連這個都是他的痛處吧……或者是天機不可洩露？

樂越看了看他：「嗯，這件事可能關係你們族的祕密，是我多問了，你就當沒聽過哈。」

昭沅細細地唔了一聲：「並不是甚麼祕密，我也是稀裡糊塗當上的。」

那天，他的父王詳細地介紹完這個變數的前因後果後，說：「父王測不出這位和氏後人確切的身分，需要你們去找到他。」

大姐道：「為甚麼是我們？不是父王你去找嗎？」

父王嘆息道：「龍珠已碎，我永遠不能再做護脈龍神了，因此，必須從你們之中挑選一個繼承護脈龍神之位，火速找出那名後人。鳳凰一向精明，耳目遍布凡間，況且宋后亦曾有過一隻護脈鳳凰，所以不能斷定他們完全不知情。你們一定要先一步找到此人，與他重訂血契，以免夜長夢多。」

訂立血契，就是每朝的第一位君王用自己的血融進護脈龍神的龍珠中，從此氣息相通，這支血脈與護脈龍神息息相關。

辰尚道：「你們想要驗證找到的人是否是眞正的和氏後人，就用他的血塗在龍珠上。護脈龍神的龍珠中有一樣東西，只有天命註定的君王才能將血融進龍珠內。」

昭沅的大哥笑道：「在驗證是否屬實的同時也就訂了血契，父王你眞是老奸巨猾。」

辰尚摸著鬍鬚微微地笑：「護脈龍族能否翻身，就賭在這一回上。成為這一代的護脈龍神，肩上便揹負著整個龍族在人間的顏面與榮耀。將來或許會被記載入天庭的史冊典籍中，永享尊榮。你們哪個願意當此重任，把龍珠放在右前爪上，站出來吧！」

昭沅覺得血液在身體中澎湃，心怦怦地跳起來。

辰尙的話雖是對著眾子女說，但目光卻一直落在自己的長子昭灘身上。

昭灘忽然道：「反正我是不會做，弟弟妹妹們誰愛做就誰做吧。」

辰尙瞪起雙目：「昭灘你個小畜生說甚麼？這樣榮耀的責任，父王希望你們爭先恐後，你居然輕描淡寫地說不做？」

昭灘理直氣壯地道：「這件事情做好了是又榮耀又有面子，萬一砸了那不但沒有榮耀和面子，還會揹上斷送掉龍族翻身希望的萬世罵名。風險太大。再則，找出那個凡人倒還不算難，但就算能成功，訂了血契之後，要領著這個凡人一步一步去奪皇位，經歷千辛萬苦成功之後還要看管他的子子孫孫不知道多少代，沒完沒了，實在太麻煩。何不讓別人去，有了榮耀有我的份，有了過錯讓他扛？所以我不做，弟弟妹妹哪位志向遠大，愛做就做吧。」

辰尙氣得龍鱗都青了，鬍鬚奓起：「小畜生，我怎麼會生出你這種忤逆的孽子！」

昭灘道：「父王，我不上你的當不叫忤逆，信了你的話才是傻子。」

辰尙氣噎在喉嚨裡，哽了半晌，慢慢將目光從昭灘身上挪開，掃視其餘四條小龍：「昭淇、昭沅、昭溯、昭汐，你們不要聽昭灘那個小畜生的胡言亂語，護脈龍神乃玉帝親封的職位，至尊至榮，你們都是父王的孩子，父王怎麼會坑你們？勇於承擔重任，才是一條好龍。像昭灘這種不爭氣的龍，他搶著做我都不會讓他做。來，願意承擔此任的把龍珠放到右前爪上，到父王身邊來，乖～～」

昭沅剛才那股因父王的話而激蕩起的熱血已漸漸冷靜下來，此時他覺得大哥不愧是大哥，看事情眞透徹，他的話實在太有道理了。他縮著脖子一動不動，大姐和弟弟妹妹也和他一樣縮著頭一動不動。

昭灕蹲在一旁抱著爪子看，涼涼地插嘴道：「父王，昭溯和昭汐奶牙尚未換，說話都還不俐落，恐怕難以承擔你所說的大任。」昭溯和昭汐立刻奔到他身邊，用腦袋蹭蹭他的龍身。

昭灕接著道：「那麼，恐怕你就只能從昭淇和昭沅中挑一個了。」昭沅頓時將身體又縮得小了些，昭淇狠狠剜了昭灕一眼。

昭灕假裝沒看見昭淇含著殺意的目光，繼續說：「依我看，昭淇最合適。一來她比昭沅年紀大，二來，當年搶了父王你位子的那隻公鳳凰就是因爲愛上了凡間女人才鬼迷心竅，逆天而行，可見一個雌性對一個雄性的影響有時候比天命還大。護脈鳳凰公的管皇帝，雌的管后妃，假如他們也知道了這位和氏的後代，來搶的也一定是隻公鳳凰，昭淇倘若和他對上，萬不得已時，還可以施展美人計，我們豈不更多了一分勝算？」

昭淇不待昭灕說完，已經噌地跳了起來：「父王，傳位一向傳長子，而且大哥見解精闢，思慮深遠，遠遠高於我們，他不做護脈龍神天理難容！千萬不要相信大哥一時的謙讓推脫！他愛護兄妹，想將這個好機會讓給我們，如此高潔的品性，實在讓我和弟弟妹妹們感動欽佩，自嘆不如！」伸爪推推縮在一邊的昭沅。「昭沅，你說是不是？」

昭沅立刻點頭：「啊啊，是，我覺得姐姐說的對。」

幾條小龍爭讓成一團，昭沅的母后在一旁看得頭疼，沒奈何道：「夫君，要不然我們就學學凡人，抓鬮呢？」

辰尚道：「如此重大之事，怎能以抓鬮那種兒戲行徑來定？」用龍爪一拍河床。「統統肅靜，爲父有個辦法！」

昭沅和其兄妹們從扭打中分開，按序趴好。

辰尚抬起右前爪，緩緩張口，吐出一道金光，落在掌心：「這就是可以左右凡間君王廢立朝代更替和國運的龍脈，唯有每代的護脈龍神才能擁有。你們現在將龍珠吐出，放在右前爪上，閉上雙眼。我隨便把龍脈拋出，龍脈落進誰的龍珠，誰就是下一任護脈龍神。龍脈進入龍珠後，除非龍珠被打破，或者由天庭的仙官持玉帝法印取出，否則是拿不出來的，所以也不可更改。」

昭沅戰戰兢兢地吐出自己的龍珠，擱在右前爪上，閉上眼。他有點害怕，他是老三，趴在正中間，這個位置十分不利，他在心裡默唸，不要是我不要是我……

昭沅偷偷將眼皮撐開一條縫，只見父王右爪一揮，龍脈拋出，拋的方向十分明顯，那道金光晃晃悠悠，朝著大哥去了。

昭沅在心底不厚道地默唸，去找大哥吧去找大哥吧去找大哥吧。

金光如他願，筆直地飄向昭灕，眼看飄到一半時，忽然向昭淇的方向偏了偏。

昭沅有些納悶，微微探頭，仔細窺探，發現大哥正鼓著腮，對著龍脈吹氣，把它吹到一邊去。

龍脈被吹得越來越偏，快要向昭淇飄去時，忽然又頓了頓，回飄向昭灕。

昭沅再窺探，發現大姐可能是察覺了大哥的陰險行徑，也以這招應付，把龍脈又吹回大哥那邊。

昭灕和昭淇都暗暗卯足了勁吹，龍脈一會兒飄向這邊，一會兒飄向那邊，反反覆覆，左右不前。

父王用龍爪摸摸鬍鬚，咳了一聲。

昭灕和昭淇立刻同時停住吹氣，昭灕卻趁機動了動前爪，捲起一股勁氣，推動龍脈迅速地飄向昭淇。

昭淇頓時跳起來：「父王，他偷著作弊！」爪子一拍，把龍脈推退數尺。

昭灕笑道：「甚麼作弊？我一直閉著眼，甚麼都不知道啊。」嘴裡這樣輕描淡寫地說，龍爪上卻暗聚勁氣，捲起一道漩浪，捲著龍脈直向昭淇劈去，昭淇拍起水浪抵擋，昭灕再加重些氣力，水漩像一柄長槍一樣，頂著龍脈的槍尖，刺破昭淇的水幕，直扎過來。

昭沅眼看形勢不好，自己可能也會被牽連，連忙抓著龍珠向一旁閃躲，身體卻忽然被重重一撞，原來是躲閃水槍的昭淇無意中撞在了他身上，再加上反撲的水勢，昭沅頓時被撞得頭暈眼花，龍珠脫爪而出。

等到昭淇掙扎著挪開，昭沅揉揉被撞花的眼爬起來，四周忽然一片寂靜，父王、母后、哥哥姐姐弟弟妹妹忽然都目光複雜地注視著昭沅。

昭沅疑惑地四處張望，望見離他不遠處，他的龍珠，正靜靜地躺在淤泥裡。

龍珠上浮動著從沒見過的七彩流光，一條龍形金光在龍珠中慢慢翻騰游曳……

那道金光，好像，就是，龍脈。

父王的龍前爪慈愛地擱在了他的頭頂：「昭沅我兒，這是天意，護脈龍族新一任護脈龍神就是你了！」

昭沉覺得河水在眼前旋轉，大哥伸出龍爪拍拍他的脊背：「弟弟，努力！」

「於是你就這樣成了護脈龍神？」樂越聽他說完，沉默片刻，如斯問道。

昭沉默默地點頭。

樂越再沉默片刻，誠懇地道：「你大哥真不是個東西。」

昭沉垂下眼皮，又將腦袋擱在前爪上，輕聲道：「你說的對。」

第二章

「杜公子，你是不是很喜歡養烏龜？」

天亮後，樂越帶著昭沅去見師父。

昭沅變成了人形，換上了一套樂越的衣裳。樂越帶他穿過院子，直奔正殿。

樂越的師弟們剛睡醒不久，三三兩兩趕去廚房吃早飯，看見樂越扯著昭沅匆匆而過都忍不住讚歎：「大師兄不愧爲大師兄，雷厲風行，說抓人立刻就抓到一個！」

鶴機子正和三位長老在正殿中打坐，樂越領著昭沅大踏步邁進門檻：「師父、師父……」

鶴機子睜開雙目，樂越從身後扯出昭沅，向鶴機子眼前推了推，眉飛色舞道：「師父，弟子心憂師門，昨晚夜不能寐，索性連夜下山，剛好遇見這位賢弟。誰知他竟對我們青山派仰慕已久，此番就是連夜上山，意欲加入我派，我便帶他過來。望師父和幾位師叔能圓他夙願，收他爲徒。」

昭沅初次和這麼多凡人打交道，有些無措，鶴機子和樂越的三位師叔邊聽樂越的話邊打量他，他覺得渾身像長滿了苔蘚，都不知道手腳該怎麼擺放，只好僵僵地笑了笑。

樂越的大師叔道：「你……果眞是想加入我們青山派？」顯然對樂越的話有所懷疑。

樂越立刻道：「大師叔，你老人家別因爲我昨天揚言說要抓人，就當他是我抓來的，師侄我雖然平時愛過過嘴癮，但幾時眞做過偷雞摸狗、綁架打劫的勾當？他千眞萬確是誠心想加入青山派，不信你讓他自己說。」用臂肘撞撞昭沅。

昭沅回憶著樂越教他的謊話，細聲道：「沒、沒錯。我、我是很想加入青山派……」

樂越咳了一聲，小聲道：「聲音大些。」

他前爪緊張得濕濕的，稍微大聲了一些：「青山派是我一直想加入的門派，希望、希望掌門和幾位長老能滿足我這個願望。」

鶴機子捻鬚不語，樂越的大師叔又問：「小公子，你爲何想加入我們青山派？」

昭沅按照樂越的交代小聲答道：「因爲……我從小父母雙亡，家境貧寒，時常吃不飽飯，聽說像青山派這樣的修眞門派弟子既能有飯吃，將來還可以成仙，長生不老，我很羨慕……」

樂越的三師叔道：「但在我們門派，也吃不太好、穿不太好。」

樂越交代的話裡，沒有能夠回答這個問題的詞句，昭沅有些怔怔，樂越及時接過話頭：「沒關係，他說他有得吃就行。」

昭沅急忙跟著點頭。

樂越的大師叔微笑道：「但我看這位小兄弟細皮白肉，渾身貴氣，不像出身貧苦。」

昭沅再怔了怔，樂越又悄悄撞了撞他，假裝沉痛地道：「唉，昭賢弟，我師父和師叔們都目光犀利，恐怕謊話是瞞不過他們的，說實話吧。」

昭沅攥緊拳，慢慢垂下頭。

樂越在交代他如何扯謊之前，曾這樣問過他：「你說過謊沒？」

他點頭。

樂越又問：「那你經常被拆穿不？」

他想了想，再點頭。

樂越摸著下巴道：「這就是你不懂得撒謊的技巧，如果你想欺騙一個人，可以先說一個絕對會被他拆穿的低等謊言，等到他自以爲高明地拆穿後，放鬆警惕，你再將另一個高等的謊言說出來，十有八九，他會完全相信你說的話。」

父王母后和大哥大姐說得沒錯，凡人確實很狡詐。昭沅對樂越產生了深深的敬畏，他想，如果學會了這個，自己是不是就會成爲一條狡猾的龍了。

昭沅在樂越的師父和師叔面前低下頭，按照樂越的囑咐，背出高等謊言的內容：「……我確實不是貧苦人家的子弟，我、我是……我是被清玄派迫害，才連夜逃到這裡，希望掌門能收留我，讓我有一天可以報仇。」

此話一出，正殿中頓時一片寂靜，樂越的幾位師叔微微皺眉，鶴機子的神情裡也帶了一絲沉思。半晌後，鶴機子問：「你和清玄派，究竟甚麼仇恨？」

樂越告訴過他，這個問題可以不用回答，昭沅便一聲不吭地站著。

鶴機子再沉思片刻，捻鬚道：「好，你就暫且留下吧。」

樂越大喜：「多謝師父。」用手扯扯昭沅的衣袖，昭沅也跟著小聲說：「多謝。」

樂越的幾位師叔還面帶疑慮，大師叔遲疑地道：「師兄……」

鶴機子卻已起身道：「就先這樣決定吧。二師弟你先著人帶這位少年去吃些東西，安排好臥房，沒空房就先安排和樂越同住。」轉目向樂越看了一眼。「你隨我來。」

樂越偷偷向昭沅丟個眼色，快步隨在鶴機子身後。

到了書房內，樂越主動關緊房門，笑嘻嘻地問：「不知師父讓徒兒過來有甚麼教導？」

鶴機子椅上坐下，慢悠悠問：「那條龍是昨天半夜潛進來的？」

樂越怔了怔，眨眼道：「龍？師父，你說甚麼龍？」

鶴機子笑咪咪地說：「剛被爲師收進門的那條啊。」

樂越再怔了怔，抖了抖臉皮乾乾笑道：「師父，你眞是老當益壯老而彌堅，甚麼都瞞不過你老人家的法眼！」

鶴機子斂去一半笑意：「少在爲師面前賣乖。我只告訴你，你如果想要這條龍頂著樂魏去論武大會，一定行不通。這條小龍法術低微，爲師一眼就能看出他的眞身，你當論武大會上各派的長老掌門會看不出？」

樂越抓抓後腦：「師父，徒兒打甚麼算盤確實都瞞不過你。他只是一條尋常的小龍精，法術低微，望師父高抬貴手，千萬別抓他。」

鶴機子半閉起眼道：「假如爲師要抓他，早在你帶他進殿時就將他拿下了。他法力雖弱，身上的靈氣卻非同一般，不是尋常的龍吧。」

樂越心中一震，一臉無辜地說：「啊？我看他只是尋常的龍精而已。師父，眼下舉國滅龍，他四處東躲西藏也挺可憐的，能否暫時收留他幾天。徒兒答應了他一個要求，君子必要守諾，等那件事辦完，他自己就會走。」

鶴機子閉上雙目，捻著鬍鬚的末梢：「只是尋常的龍精？唉，既然你遇到了他，便是命中註定的機緣，我派當年曾受過龍神恩惠，此次只當是報答。就讓他暫且留下，把應允他的事情辦到吧。」

樂越從師父書房中出來，大好的算盤落空，有點惆悵。

看來還是須要去山下劫個人給師父當徒弟。不過，就算小傻龍不能頂替小師弟，大丈夫一言既出駟馬難追，弄到洛凌之的血這件事，他一定會辦到。

樂越也想看看，這條傻龍是否真的是護脈龍神，倘若洛凌之真是他要找的人，之後又會發生甚麼事？

樂越快步走到廂房，房中已經擺好了另一張床，被褥一應齊全，那條傻龍正坐在新床邊上，滿臉不安地扯著衣袖。

他看見樂越，就像看見親人一樣面露喜悅，站起身。

樂越肅然道：「告訴你一個壞消息，一個好消息。壞消息就是，我師父沒被那個精彩的謊給糊弄住，看出你是龍了。」

昭沅的臉色立刻變了，目光裡透出驚惶。

樂越接著道：「好事是，你放心，我師父和師叔都是好人，我們門派多年前曾受過龍的恩惠，所以我們不會出賣你，你可以繼續留在這裡，我一定幫你弄到洛凌之的血。」樂越抓抓頭。「不過對我來說，還有個不好的消息，我必須馬上去趟山下，火速給自己找個師弟回來。」

午時，樂越漫步行在鳳澤鎮的大街上，打量著街上來往的行人。三月初的天氣不冷也不熱，天如藍玉，雲似薄紗，楊柳新綠桃花艷，盎然春意欲將人醉。

樂越打算找個合適的人，「和氣」地「勸導」對方暫時加入青山派。他本不想太張揚，在小路上抓一兩個過路的就算了，哪知道從清晨守到近中午，一個恰當的人都沒看到，只好來到人較多的鎮上。

少青山下的城鎮本來叫作龍澤鎮，相傳在很多年前，曾有一位路過的龍神私降雨水解救了一場大旱，鎮中的人感激龍神的恩德，建廟供奉，小鎮的名字也就叫作龍澤鎮。後來朝廷不讓拜龍神了，龍神廟被砸爛改成了土地廟，龍澤鎮也改名叫鳳澤鎮。

鳳澤鎮近日很熱鬧，過幾天就是論武大會，從各地趕來的人都住在鎮中的客棧內。仗劍的俠士、錦袍玉帶的闊綽公子、氣昂昂的英雄少年，甚至還有嬌俏明艷的江湖少女，形形色色，在街上來來往往。

樂越不動聲色地觀察掂量，最終將目光鎖定在不遠處一個賣包子的小攤前。一個灰頭土臉的書生正站在攤邊，文謅謅地向攤主搭訕：「……在下恰恰路過此鎮，但見路上行人都非同一般，風聞最近將在附近有場盛會，故而冒昧打聽一二，敢問是何盛會？」

書生穿著一件半舊的布衫，揹著一只書箱，渾身散發著窮酸氣，攤前來往客人甚多，攤主忙著招呼，見他連包子都不買一個，便懶得搭理他，任由他在一旁絮絮叨叨地詢問，只裝作沒有聽見。

論武大會天下皆知，這人卻一臉困惑地打聽，可見他沒見過世面。而且這個書生看起來不僅窮，還有點呆。樂越在心中道，就是他了。

樂越假裝不經意地晃到包子攤前，故意站在書生身邊，向攤主喊道：「兩個菜包。」接包子時假意手一滑，用力撞在書生身上。

樂越立刻滿臉歉意地側身：「這位公子，抱歉抱歉。」

書生急忙搖手道：「不礙事。」

樂越滿臉歉疚地笑道：「閣下眞是寬宏大量，這樣吧……」從油紙包裡拿出一個包子，將還在紙包裡的另一個送到書生面前。「這個包子，當是我的賠禮，公子別嫌寒酸。」

書生又急忙搖手道：「在下方才已經食過午飯，少俠不必客氣。」

樂越哦了一聲，收回包子，繼續向書生搭訕：「聽口音公子你不像本地人士，又身揹行囊，也是來看論武大會的吧。」

書生的雙眼亮了亮：「原來此處的盛會就是論武大會，吾慕名已久。吾此行乃是趕往京城，參加科試，未曾想到無意碰上這等盛會，眞是巧哉妙哉。」

樂越立刻客氣恭維道：「原來公子是進京趕考的，怪不得渾身流露著斯文之氣，與我們這種江湖粗人大不相同。」

書生也客氣地笑道：「哪裡哪裡，俗話說百無一用是書生，吾不過略讀過幾本書，與少俠這種快意江湖、行俠仗義的英雄少年相比，實在是慚愧至極。」

樂越心道，這個書生看起來又窮又呆，嘴皮子倒挺能說，也謙虛地道：「公子過獎了。」再東扯西扯幾句，套出了書生姓杜，乃江浙人士，樂越覺得是時機進入正題了，便抬頭看看太陽：

「哎呀，時辰不早，在下還要趕回師門，杜公子，先告辭了，論武大會時再見吧。」假意轉身離去。走出不到四五步，果然聽見杜書生在身後道：「樂少俠，請留步，吾還有事想請教。」

樂越止步轉過身，含笑道：「杜公子請說。」

杜書生猶豫地問：「不知論武大會幾時開，具體在何處？」

樂越回答：「兩天之後，三月初十，在城南十餘里的鳳崖山頂。不過，杜公子，我冒昧問一句，你可有住處，又可有觀會帖？城裡的客棧都住滿了人，而且要有觀會帖才能入場。」

杜書生怔了怔，浮起遺憾的神色：「那可怎好？怪不得我找了幾家客棧，都說沒有空房，先不說看不看得成盛會，現在連住處都難找了。樂少俠，不知附近有沒有破廟棄屋之類，只要有片瓦能遮頭便行。」

樂越道：「唉，眼下肯定連那裡都塞滿了人，已經讓丐幫等幫派佔了。」他皺眉沉思片刻，而後說，「嗯……在下的師門倒就在這附近，要不杜公子可以和我回敝派中住一宿。哦，對了，我們門派也要參加論武大會，如果你裝成是我們門派中的弟子，或許可以觀看完全場論武大會。」

他目光灼灼地盯著對方，杜書生神色有些猶豫：「但，這樣太給樂少俠和令師門添麻煩了。」

樂越急忙道：「不麻煩、不麻煩。」

可能他一時喜悅，說得太過急切，杜書生看他的目光裡忽然有了一絲疑惑和防備：「樂少俠，你是否……」

樂越正思忖如何去他疑惑，突然聽到身後不遠處有個聲音緩緩道：「光天化日之下，貿然行騙，是否有違江湖道義？」

語氣雖然溫和平淡，卻含著一股若有若無的氣勢，樂越背上的寒毛豎起，猛地一驚，這個聲音，實在耳熟。

清玄派果然專挑關鍵時刻來找晦氣。樂越猛回身，準備冷笑反問，洛兄爲何要在光天化日之下，說這種污蔑本少俠的言辭？

但他回過身後，卻發現，這句話似乎不是對他說的。

他身後的街中央，不知何時聚集了一堆人，透過人縫，只見人堆正中間站著幾個面目猥瑣的中年男子，亮出兵刃，指著對面的一人。

那人正是樂越的老對頭洛凌之。他一手抓著爲首大漢的手腕，眉峰微聚，神情卻還是一派溫和，微風吹過，拂動他淺青色的衣袂，他的雙眼像是春風中最澄澈的溪澗。

樂越的目光落在洛凌之身後的人身上，雙眼情不自禁地亮了亮。

那人著輕衫，踏絲履，搖著一把折扇，看似一副富家公子的打扮，但，樂越一眼便看出，「他」是個女扮男裝的少女。

樂越一直以爲，鳳澤鎭杏花樓的花魁詩詩是世上最美的女人。但，此刻，望著眼前的少女，他猛然發現以前的自己不過是一隻枯井中的癩蛤蟆，在這一瞬間才爬上井沿，看到了廣闊的藍天。

桃花梨花李花杏花迎春花油菜花在這一刻似乎全部都盛開了，花團錦簇中，那少女的眉眼面容光華燦爛，勝過一切顏色。

樂越再縱觀眼前的情形，於是悟了。

想來這幾個猥瑣大漢也看出了那女孩乃是女扮男裝，意圖上前欺騙調戲，洛凌之便在適當的時刻，適當地挺身而出，大義凜然地英雄救美了。

嘖，他倒總能及時發現這種好事。

樂越再瞄了一眼那幾個猥瑣大漢，心知他們絕非洛凌之的對手，看來這場戲輪不到自己插手，樂越甚是遺憾地準備離去，繼續幹他的正事。

女扮男裝的女孩子卻轉目望向樂越，明眸眨了眨。人堆中一聲大喝，幾個男子已經向洛凌之撲了過去，洛凌之一手仍扣住爲首大漢的雙手，另一隻手揮袖抵擋，從容優雅，游刃有餘。

樂越懶得再看，回身去找剛才的杜書生，卻遍尋不著，背後忽然有人逼近，他的肩膀上被甚麼東西敲了一敲。

「喂！」

樂越一回頭，嚇了一跳，剛才還在洛凌之身後的女扮男裝少女此時正站在眼前。那邊，洛凌之還在與那幾個男子對打中。

少女搖了搖手中的折扇：「那裡看起來沒我甚麼事了，我覺得沒意思，所以就閃出來了。」

樂越道：「路見不平的人還在拔刀助妳中，聽了妳這句話肯定會傷心。」

少女合上扇子，晃了一晃：「這位少俠你一身正派武林人士打扮，見到有人落難，卻只在一旁袖著手看熱鬧，讓他以寡敵眾，似乎也有違俠義之道。」

樂越道：「因為我知道那人絕對能勝，怎好搶他風頭？再則，我看姑娘妳目光精湛，舉手投足、氣質都非同一般，那位路見不平的少俠根本不用上前，那幾個男子，妳不須費力便能打發。」

少女的眼眸中光彩流轉，哧地一笑：「哈，你這個人很有意思，有眼力，有見解，我很欣賞。喂，你叫甚麼名字？」

樂越笑嘻嘻道：「過獎過獎，在下名叫樂越。乃青山派的首席大弟子。」

少女在口中唸道：「樂越樂越……這個名字很特別啊。嗯，我叫琳箐。我不愛人家喊我姑娘，你就直接叫我的名字好了。」

樂越道：「好啊，那妳也叫我樂越就好。」他虛偽地補充一句。「我也不大習慣別人稱呼我少俠。」

他一面和琳箐聊天，一面四處找尋杜書生的蹤影。杜書生卻像蒸發了一樣到處都望不見。琳箐疑惑問道：「你在東張西望甚麼？」

樂越簡單地回答：「找人。」

琳箐眨眨眼，又問：「找誰？」

樂越含糊地答道：「嗯，一個能救命的人。」

他一邊答一邊走，已經快要走到街的盡頭，琳箐亦步亦趨地跟在他身後。

樂越在街口轉了個圈，遺憾地嘆口氣，看來杜書生已變成了掉進大海裡的那根針，很難找到了。

琳箐問：「喂，你要找的那個人，很難找嗎？」

樂越再嘆氣：「是啊，唉，只能再重新找一個了。琳箐姑娘……哦不，琳箐，我今天還有要事要辦，就此告辭。」

琳箐卻像對他產生了十足的興趣，仍然跟著他：「反正我是來論武大會看熱鬧的，現在閒得狠，閒著也是閒著，我幫你的忙好了。」

樂越搖頭：「妳肯定幫不了我。」杜書生跑掉，他有點焦躁，連謊也懶得說，索性倒出實話道：「論武大會在即，我師弟被對頭門派的人打傷起不了床。人數不夠，我們師門就會被取消參加資格。」

琳箐恍然大悟道：「所以你就想臨時找個人，頂替你師弟的位子？」

樂越點頭。

「那還不容易。」琳箐湊到他面前，燦爛一笑。「你覺得我合不合適呀？」

昭沅在臥房中忐忑地待了一整天。

他被樂越的師父識穿了龍身，雖然樂越向他保證過他師父和師叔都是好人，對護脈龍神之事毫不知情，但他仍然有點擔心。

到底該不該相信樂越，他很猶豫。如果他們向護脈鳳凰通風報信，護脈龍族一定就失掉機會，翻不了身了。但要是不相信樂越，又該怎麼辦？洛凌之好像真的不好接近。

他越想越迷惑，腦袋越來越暈，最終不知不覺地變回龍形，鑽進柔軟的棉被中睡著了。

直到窗外的嘈雜聲將他從酣夢中驚醒。

他從被子中鑽出，揉揉眼睛，聽見窗外的院中有人道：「……喂喂，大師兄回來了，又帶了個人回來！」「眞的眞的，大師兄眞厲害，早上找到一個，傍晚又找到一個。」「人在正殿，快去看看，我剛才偷偷看了一眼，大師兄帶回來的人好像是個……」

昭沅豎著耳朵聽，也十分好奇，壯著膽子變成人形，出了房門，悄悄跟在樂越的師弟們身後，到了正殿外，小心翼翼接近門檻。

樂越和一個他不認識的人站在正殿正中，樂越的師父和師叔們坐在上首，神色凝重。

樂越大聲道：「師父，這位公子眞心實意想加入我們青山派，望師父成全！」

樂越的師父一言不發，樂越的大師叔松歲子皺眉道：「不可，絕對不可！」

樂越道：「師父，師叔，弟子不明白，爲何不可？」

樂越身邊的人朗聲說：「是啊，我誠心加入青山派，請問幾位道長爲何不肯收我？」

殿中一片靜默。

少頃，松歲子道：「這位姑娘，我們青山派建派數百年來，一向恪守清規，至純至陽，從未收過女徒。」

在門外看熱鬧的弟子們頓時一片譁然。「女的。」「原來眞的是女孩子。」「我還以爲我看錯了，眞的是女孩子。」……

昭沅在他們身後偷偷用前爪揉揉眼，唔，居然是凡人的女孩子。不知道她好不好看，和姐姐還有妹妹人形的時候是不是一樣。

鶴機子咳了一聲，樂越回頭瞄了師弟們一眼，看到了藏在最後的昭沅，便眨眨左眼，笑了笑。

昭沅也向他笑了笑，站在樂越身邊的那個凡人女孩忽然側轉過身，向他這裡掃了一眼。

昭沅怔了怔，這個凡人的女孩子長得很漂亮，只比姐姐差了一點點，但她看自己的眼光有點冰冷，似乎帶著——敵意。

昭沅想看仔細些時，樂越和那個女孩子又都回過身去。

樂越賠笑道：「師父，清玄派早八百年前就收女徒弟了，眼下事態緊急，何不暫時放下成規？」

松歲子立刻豎眉喝道：「胡說，本派門規，乃祖師爺親自擬定，豈可妄自更改！」

樂越還想接著辯論，他身邊的琳箐先一步笑了一聲：「天地道法圓融廣闊，參修道法的青山派竟然狹隘得容不下一個女徒？」

樂越的幾位師叔臉色變了變，鶴機子輕揮拂塵開口道：「姑娘言之有理，貧道受益匪淺。這樣吧，樂秦、樂楚、樂齊，你們幾個先帶這位姑娘去客房休息，其餘人也都先退下。樂越，你暫且留下，為師有話和你說。」

樂越的師弟們便都應了是，樂秦、樂楚和樂齊領著琳箐出了正殿，去客房休息，其餘弟子做鳥獸散。

昭沅跟在眾人身後離開，他在中庭轉了個圈，預備再回臥房去，身後忽然有個聲音喚道：「喂，前面的那個，你停一下。」

昭沅詫異回頭，看見樂越帶回的那個女孩子在不遠處站著，神情不是很友好，他茫然地眨眨眼。

女孩轉頭向身邊的樂秦燦爛一笑：「我和這位公子好像認識，有幾句話想和他單獨說，師兄可否行個方便，帶我們去個僻靜的地方？」

樂秦被這聲師兄叫得骨頭都酥了，立刻點頭：「好，好。」

昭沅疑惑地跟著女孩和樂秦一起到了後園偏僻的荒地，樂秦離去，留下昭沅和那女孩兩兩相對。

昭沅猶豫地說：「我……似乎，並不認識妳……」他第一次到人間，從來沒有和凡人的女孩子打過交道。

女孩揚起下巴，眼中寒光閃爍：「對，沒錯，你我確實並不認識，我喊你過來是想警告你，樂越是我看上的人，你別想和我搶他！」

昭沅僵住了，片刻後，方才鄭重地說：「師姐，我是雄的。」

女孩也僵了僵，然後橫起眉毛：「誰是你的師姐！我當然知道你是公的！」

她上下掃視著昭沅：「你不會看不出我是誰吧。龍果真是那麼沒用的東西？怪不得被打得翻不了身。」

昭沅驚詫困惑迷茫地怔住了，眼前的「凡人女孩」捲起衣袖，手臂上隱隱浮起光芒：「你這條傻龍，仔細看清楚我是誰！」

昭沅看著她手臂上浮起的紋路，前爪微微顫抖：「妳、妳是……」

琳箐微微一笑：「不錯，我是——」

正殿上，鶴機子摸著鬍鬚慢吞吞地道：「樂越，就算琳箐姑娘並非女子，為師也不可能收她為徒。」

樂越詫異地睜大雙眼：「為何？」

鶴機子嘆了口氣：「唉，樂越啊，你如果再去幫為師抓徒弟，能帶個眞正的人回來嗎？」

「琳箐不是人？」樂越大驚。「怎麼可能？那她是甚麼？」

鶴機子一聲長嘆：「樂越啊，為師一向都告訴你，看事看物不可浮於表象，你乃玄道門中弟子，為何直到今日依然不懂得辨其氣、去其浮、察其內、識其形？」

樂越抓抓頭：「師父，弟子在這個年歲當然無法達到你老人家的高深境界。師父能不能明白點告訴弟子，她究竟是甚麼？」

鶴機子半瞇起眼：「你只要在她的姓上想一想，便能猜到她是誰了。」

昭沅看著琳箐手上浮起的紋路，呆呆地站著。

金紅色的光芒籠在琳箐的手臂上，像暮色中夕陽耀眼的餘光，但他卻感到了寒冬深夜海底最深處的寒冷。

他前爪在顫，身體有一點僵，琳箐洋洋得意地微笑著，昭沅結結巴巴地說：「妳、妳是鳳凰……！」

琳箐的笑容僵在臉上，繼而眉尖微皺，又猛地挑起：「喂，你這條傻龍，看清楚點！我怎麼可能是鳳凰！你是瞎子嗎？你看，你看我的手臂！你看這個紋路，這是鳥毛嗎？這是鱗甲！」

昭沅在她洶洶的氣勢中瑟縮了一下，吶吶地道：「這個光，是紅光……」

琳箐橫起眉毛：「廢話！我是火麒麟，當然是紅光。難道我還能冒綠光？」

昭沅傻了傻，抬起前爪揉揉鼻子，忽然覺得身體沒那麼僵硬了，四周也溫暖了：「原來師姐是麒麟……我看到紅光，就以爲是鳳凰。」

「你這……！」琳箐額上的青筋蹦了蹦，好不容易才壓下一拳敲上他腦袋的念頭，無奈地看了看天，放下袖子。「唉，你眞是傻得沒救了，你不懂得要先看形狀再看顏色？我要是鳳凰還能讓你在這裡站著？唉唉，和你這條傻龍講不清甚麼道理。還有啊，少和我拉關係叫師姐，我看起來年紀很大嗎？」

昭沅猶豫了一下，這個麒麟女孩子好像脾氣有點無常，而且看事情也很奇怪，像他就不愛人家說他小，她卻似乎不喜歡人家說她大。大哥說過，雌性都是不好捉摸的，要愼重對待，於是他小聲地說：「沒有，妳看起來很小。」

琳箐滿意地哼了一聲，又不屑地掃了昭沅一眼：「你是不是被鳳凰打跑的護脈龍神那一路的？我警告你，不要和我搶樂越！我們護脈麒麟一族雖然不愛多管閒事，但你如果礙到我，我也會要你好看！」

昭沅眨眨眼，嗯了一聲。

原來，麒麟姑娘中意樂越，想要成爲他的護脈神。樂越是個很好的人，這眞是件好事。其實他要找的人是洛凌之，並非樂越。當然，這句話不能和麒麟姑娘說。

琳箐緊緊盯著昭沅：「你答應了？不要說謊哦，『要你好看』這句話可不是嚇唬你的！」

「是眞的，我保證。」昭沅使勁點頭。

「那好，我相信你！暫時就這麼說定了！」琳箐豪氣地揮揮手。「先回去吧，待得太久，這個門派中的人該懷疑我們了。」

琳箐轉身邁開大步就走，昭沅忙跟了上去。

走到半路，琳箐忽然側首，小聲說：「嗳，我看上了樂越，你看上了誰呀？你待在青山派裡，是不是也看上了這裡的哪個人？」陽光下她的雙眼閃閃發亮。

昭沅停下腳步，謹愼地說：「這是祕密，我不能說。」

琳箐撇撇嘴，嘖了一聲：「你啊，傻透了。根本就沒長心眼兒，怎麼在凡間混哪？我剛才是套你的話呢，居然這麼容易就上了鉤。你的回答，等於承認了自己是護脈龍那一族的，你懂不懂？」

昭沅張著嘴，傻呆呆僵住了。琳箐又撇撇嘴角：「好吧，看在你喊過我兩聲師姐的份兒上，我教你點最淺顯的道理。今後，假如有人提起與你想隱藏的祕密相關的話題，千萬要裝作甚麼都聽不懂，知不知道？人間的江湖險惡，你要多小心啦。」伸手拍拍昭沅的肩膀。「只要你不和我爭樂越，我是非常希望你能一帆風順的。」她說這句話的時候，居然在微笑。

昭沅愣愣地站在原地，看著琳箐遠去的背影。唉，女孩子，眞的很難捉摸。

昭沅剛剛踏進庭院，樂越的師弟們便紛紛圍過來和他搭訕，以示將他當成了自己人。在他們心裡，昭沅是青山派重新殺進論武大會的救星，所以要用師門情誼減少他變卦跑掉的機會。

昭沅站在人圈中間，聽到有個臉熟的師兄親切地詢問他的年齡，忙戰戰兢兢地按照樂越事先編好的囑咐回答自己年方十六，還沒回答完，又聽到眾位師兄們七嘴八舌地問他籍貫在哪裡、家裡有甚麼人、喜歡看甚麼書、聽甚麼曲兒、喝甚麼茶啊……

昭沅這輩子初次和如此多凡人打交道，緊張得爪子都不知道該怎麼放，回答得磕磕巴巴，樂越的師弟們卻一致稱讚他為人謙和文雅，充滿大家風範。他不懂甚麼叫大家風範，不過憑感覺認為應該是個很好的詞，於是默默地把這個詞記在心裡。

聊著聊著，他和這些師兄們之間的同門情誼似乎已濃得化不開了，聽著大家一口一個師弟地喊他，他覺得心裡暖暖的。

一直聊到了吃晚飯的時辰，昭沅被眾弟子簇擁著進了廚房。樂吳替他找了一副碗筷，洗淨後又用開水燙過，樂韓給他盛了一碗粥，樂秦幫他在蒸籠屜裡揀了顆個頭最大的菜包，樂晉為他端來一張小板凳。

他們四個是事先商量好專門對付傻乎乎的昭沅的，剩下的眾多師兄弟則去找貌似比較精明的琳箐姑娘表露同門情誼去了。

昭沅戰戰兢兢地在板凳上坐下，抓起筷子，四個師兄每人端著一個粥碗，一面吃，一面笑咪咪地看他吃。

樂吳還解釋說：「十三師弟不用覺得拘束，我們師兄弟之間一向這麼互敬友愛。」邊說邊用含笑的目光掃過另三個師弟，示意他們回應。

樂秦和樂晉在籠屜前挑包子，樂晉相中了一顆大包子正要下手，冷不防被樂秦先一步搶了，樂晉捲捲袖子，準備用拳頭將包子奪回，忽然收到二師兄的目光，立刻拉著捲起一半的袖筒笑道：「是啊是啊，我們一直都互敬互讓，從不因雞毛蒜皮的事情起爭執。」

樂秦咬了一口包子，跟著點頭：「嗯嗯，而且，我們同門中，一向師兄謙讓師弟，師弟敬重師兄，就好像親兄弟一樣。」

樂晉一面跟著笑，一面暗暗怨恨地剜了樂秦和那顆包子一眼。

昭沅在凡間尋覓和氏皇族後人的這段時日，對凡人的飲食起居也都見識了一些。凡間的食物聞起來很香，做法千奇百怪，他一直覺得十分稀奇，但都沒有機會品嚐。如今，將軟軟的包子捏在爪中，他的心裡充滿了新奇與喜悅。

他咬了一口包子，頓時感覺這是無上的美味，比他之前吃過的任何東西都好吃。

他小心捏了捏包子皮，觀察了下裡面的餡兒，輕聲問離自己最近的樂吳：「這是甚麼做的？」

樂吳道：「唔，薺菜餡的，今天早上剛從後門外山坡上挖回來的薺菜，還挺鮮的吧？」見昭沅似懂非懂地垂下目光繼續看包子，樂吳又接著說：「嗯，反正都是些山野玩意兒，我們師門窮，天天也就吃這些。有句話說得挺好，粗茶淡飯最養人，昭沅師弟你說是不是？」

昭沅鄭重地點頭：「這個很好吃。」

他的話還未落音，廚房外樂越的聲音已經飄來：「晚飯有甚麼好東西？還有給我剩沒有？」昭沅抬頭，見樂越大步邁進了廚房。

樂吳立刻道：「當然當然，我們甚麼時候敢吃掉大師兄的飯。」

樂秦、樂晉異口同聲：「大師兄，我們把最好的全給你留下了，包子一個大的都沒敢拿。」

樂越拖著聲音道：「沒敢拿？是沒有拿完吧——」從灶台上摸起一只碗盛上粥，再掀開籠屜蓋子，隨便拿了個包子。

昭沅握著咬了幾口的包子從小板凳上站起來，讓到一邊：「你坐這裡吧。」

樂越擺擺手，在鍋灶邊的小凳上坐下：「你不用客氣，我們吃飯一向亂蹲亂坐慣了，你要是覺得這些東西新鮮，愛吃多少吃多少，雖然我們伙食不怎麼樣，但肯定能管飽。」

昭沅覺得，他們每天能吃包子這樣美味的食物，還說飯不怎麼樣實在太謙虛了，再次鄭重地說：「我覺得很好吃。」

樂越見他低下頭，珍惜地啃著包子，便知道他說這句話是眞心的。看來這條傻龍在小河溝裡的日子眞的很艱難，一個包子都稀罕成這樣。

他起身到籠屜邊，又拿了一個包子，遞到昭沅面前：「你還要再吃一個麼？」

昭沅抬起眼，目光中充滿了感激。

不知爲何，樂越有點爲洛凌之的未來擔憂。

吃完飯，樂越帶昭沅回房去，順便將沿途的一些要緊的地方一一指給他看。

比如從這條路往某處走，過了某道院門，就是青山派弟子們習武的地方。從另一條路向北走，是三清殿、祖師殿等大殿閣。

從那邊的小道過了某個月門，是菜園，據說以前是個花園。許多年前，一位先代師祖在那裡參破玄法，飛升成仙了。這處院子似乎並沒有沾上他的仙氣，裡面種的菜和一般的菜長得沒甚麼兩樣。

說到這裡，樂越望著菜園方向咂了咂嘴：「反正我從沒見過神仙，我的師父和師叔們飛升的可能性估計不大。對了，你應該見過不少神仙吧，神仙都長甚麼樣子？是不是和畫上畫的一樣，踩著祥雲飄到這裡，飄到那裡？」

昭沅老實地回答：「我只見過幾位表舅公和他們的家眷，你說的那種神仙我沒見過。表舅公他們很厲害，住的地方很漂亮，看起來都很威嚴。」

這話說了和沒說沒兩樣，樂越只能繼續在心中勾勒神仙的模樣。昭沅問：「你很喜歡神仙？」

樂越極爽快地答道：「當然啊，我們修眞門下弟子，畢生就是爲了做神仙而奮鬥。做神仙能上天入地，自在逍遙，有瓊樓玉宇住、有美酒喝，誰不想？不過，維護正道是我的第一要務，生爲大丈夫，必要有一番頂天立地的作爲。至於成仙，有點縹渺，暫且往後放放。」

路邊花叢中突然傳來啪啪幾下擊掌聲：「說得好！建功立業乃首要之重，人生在世，光陰不過數十載，縱橫江山，睥睨天下，當快意時則快意，於沙場上見豪情，這才是眞丈夫！」

花影裡笑嘻嘻地走出來一個身影，在樂越面前站定，雙眼如星般明亮：「樂越，我眞是越來越欣賞你了。」

樂越乾乾地咳了一聲：「呃，琳箐姑娘，妳在這裡啊，我的幾個師弟們到處找妳，廚房中晚飯快涼了，趕緊去吃吧。」

琳箐又向他身邊走了兩步，笑盈盈地說：「好啊，咱們一起去吧。」

昭沅自覺地向一旁閃了閃，看來麒麟姑娘爲了早日成爲樂越的護脈神，在火速地努力中。爲了不礙琳箐的事，他決定偷偷先走掉。

樂越像突然間喉嚨生了甚麼毛病一樣，又咳了兩聲：「那個……我剛才已經吃過了。」

琳箐眨眨眼：「我不認識去廚房的路，你要帶我過去呀。」

昭沅一點一點不露痕跡地向旁邊閃。樂越又用力咳咳咳了幾聲，抬頭看向路另一頭的某個方向，像發現救星一樣挺直脊背大聲道：「樂宋、樂燕，快點過來！我讓你們帶著琳箐姑娘熟悉一下青山派，怎麼晾她一個在這裡，連晚飯都沒吃？快過來帶琳箐姑娘去廚房！」

路的那一頭，有兩個人影立刻快步跑了過來。

琳箐不滿地轉了轉手中的扇子：「樂越，你的師弟我都不大熟，還是你領我過去吧。」

昭沅已經退到了另一條路的路口，正準備迅速溜掉，樂越躥到他身邊，以迅雷不及掩耳之勢抓住了他的袖子：「師父吩咐我好好照顧昭沅小師弟，我先送他回房間，樂宋、樂燕如果有甚麼照顧不周的，妳只管去和我們師叔說。我先走了，明天見！」

昭沅被樂越抓著，看到琳箐用陰森森的目光往自己身上扎，感到很無奈。我剛才是真心誠意想走掉的，眞的沒有要搶樂越的意思，麒麟姐姐妳千萬要相信。

樂越扯著昭沅，一溜煙地奔進了臥房，方才鬆開昭沅，長舒了一口氣，猛灌了兩口涼茶。

昭沅在床邊坐下，很疑惑：「你爲甚麼要躲琳箐？好像怕她一樣。」

樂越放下茶杯，抓抓後腦：「唉，我當然不是怕她，只是一時之間無法適應，不知該怎麼對她。你看出來沒有？她和你一樣，也不是凡人。」

昭沅道：「我知道。她是麒麟。」我還知道她相中你了，要做你的護脈神。

樂越在椅子上坐下，又倒了杯茶：「她很漂亮，比我見過的女孩子都漂亮。說話也不扭捏，像男子一樣爽快。但，我一想到她是隻麒麟，心裡就很彆扭。唉，最近，我可眞是很有異獸運啊。」

昭沅對他的態度有些困惑：「那又怎麼樣。我是龍，和她一樣不是凡人。你也沒有怕我。」

樂越皺眉刨了刨額前的亂髮：「你……不懂。我是看著你從一隻小龍變成了人，所以沒覺得怎麼樣。但她，我先一開始以爲是人，一想到她眞正的模樣是那種眼如銅鈴、身形壯碩、四肢粗壯、有鬍鬚、會吐火噴煙的麒麟凶獸，就……唉，總之，這種情緒很複雜，你不明白。」

昭沅果然是不太明白，只能道：「她對你沒有惡意，我覺得她挺喜歡你的。」

樂越愁眉苦臉地說：「我就是看出來她可能對我有意思，才不知道該怎麼對她啊。」他深邃地望著遠方。「人和神獸，相差太大。況且，我將來必定要做大俠的，豈能在尚未踏上俠義之道時，就被兒女私情束縛住了手腳！唉！」

樂越他，是不是會錯了「喜歡」這兩個字的意思？

昭沅想解釋，又覺得這種要緊的事還是麒麟姑娘親自和樂越解釋才行，便猶豫著沒有多嘴。他看著樂越憂愁的神色、幽暗的目光，以及望向虛空的模樣，感覺有寒風吹過，頭頂和龍鱗有點發麻，默默地打了個寒顫。

樂越從桌邊起身，走到床前，將自己扔在床上，枕著胳膊望向房梁：「我明天，還要再下山去抓個活人回來。愁啊。老天保佑，讓我這一次能抓個眞的人吧。」

夜裡，昭沅躺在床上，度過了他到凡間以來最安穩的一個夜晚。

他不由自主地胡亂想了很多事情。

關於怎樣找到要找的人，找到之後該怎麼辦，還有將來眞的成了護脈龍神後，會是甚麼樣子。是不是能像敖廣表舅公那樣，做一條頂霸氣的巨龍，稍一吐息，便能遮天蔽日。

那麼，自己全家就能從小河溝裡搬出來了，應該能搬到比較寬敞的地方，有表舅公的水晶宮一半大就行。

對哦，父王都沒有說過，護脈龍神是住在甚麼地方的。

不過，需要多久才能讓這些事情成眞呢？凡人的年歲最多百年上下，要幫他做上皇帝，大概也只要幾十年的時間吧。再來就是守著這個朝代了，大哥說過，凡人的朝代大約也只是持續幾百年。幾十年、幾百年，對於龍來說實在很短暫。只是長長長長歲月中的瞬息而已，很快就能度過。

昭沉想著想著，不知不覺地睡著了。

京城東南角的梧桐巷中，有處雅緻的宅院。白牆墨瓦，門扇半舊，在一堆錦戶朱門中，卻不顯得如何突兀，也不甚惹眼。

宅院之內，房屋不多，只有兩間小廳，幾處廂房，三、四道迴廊。

庭院中有春花夏草秋樹冬石，窗外有樹，亭邊有花，花旁有石，格局布置，有意又似無意，無意勝似有意。

石中縫隙引著一道活水，蜿蜒曲折，匯入一汪清池，再由池旁另一口流往他處，粼粼涓涓。此值暖春，池中浮萍未聚，新荷待發。梧桐翠竹卻已青青鬱鬱，花架上薔薇花開絢爛，宛如雲霞。

迴廊中，擺著一張小桌，有兩人在桌邊坐，各執黑白子，正在對弈。

執黑那人指尖夾著一枚棋子，慢悠悠向對面的人道：「崑崙山的麒麟已經入世，東海邊那處似乎也有異動。麒麟入世，凡間必有大亂。不知鳳君是打算以靜制動，還是待天下動時，再定局面？」

對面那人一時卻未回話，半倚著迴廊的扶欄，長長的衣袖隨薰風微動。少頃，自棋簍內取一白子，在指間把玩：「玄兄你該曉得，我一向懶散，能不動便不動。倒是玄兄你，似乎興趣甚足。」

被稱作玄兄的那人笑了笑：「那自然，鳳崖山最近幾天一定異常熱鬧，我打算再去看看。我不信鳳君你如此沉得住氣，傳言那位被你挑中的人選就在清玄派內，我想你雖在這裡坐著，但手下的小鳳凰們定然已有不少到那邊看著了吧。」

鳳君微微笑了笑，沒有否認。

暖風之中，薔薇花香滲入棋盤的紋理，連細瓷杯中的茶水都染上了一抹陽春的顏色。

鳳君手中白色棋子落上棋盤：「麒麟出，天下亂，龍脈易，江山改。這句話的後一半如今已經是空話了。」忽而拂袖而起，望向廊外。「但江山，的確到了該改的時候，就先隨他去亂吧。」

廊外小竹如碧，梧桐的新葉還是稍淺的綠，第一縷晨光正落上花瓣。

這一日，才剛剛開始。

樂越天剛亮就起身，準備再次下山找個新師弟。

他窸窸窣窣穿衣服時，昭沅就醒了，坐起身揉著眼睛看他。樂越道：「你繼續睡吧，聽到外面有鐘聲響時就起來，到昨天吃晚飯的地方去吃早飯，如果記不得路就跟著我的師弟們一起過去。」

昭沅道：「你不吃飯嗎？要不要我和你一起下山，我可以幫你的忙。」他很想下山看看，到了人間後，他一般在郊野中走動，凡間的市集很熱鬧，看起來很好玩，他卻不敢久留，只能遠遠觀望。

樂越想了想說：「還是不要了，你先老老實實在這裡待著吧。現在鎮上到處都是衝著論武大會來的江湖人，和尚道士遍地跑，萬一看出你是條龍，肯定會追著你砍。我們青山派也很好玩，今天師父和師叔們會帶著師弟們演練武功，你可以去看熱鬧。」

昭沅唔了一聲，默默地坐著不說甚麼了。

樂越套上鞋子，起身整整衣襟，拍拍昭沅的肩膀：「那我先下山去了哈，你接著睡。」

昭沅點點頭，將被子扯回身上蓋好，樂越提著劍拉開門，抬眼看見門前廊下的小石頭路前站著一抹暖雲色的身影。

那身影對著他盈盈一笑：「樂越，你起得好早。」

樂越乾笑道：「哪裡哪裡，琳箐妳起得更早。」

琳箐今天換回了女裝，窄袖小衫細褶裙，一副尋常江湖少女的清爽打扮，比之昨天男裝時的英氣，更顯得明艷可愛，讓樂越眼前又亮了亮。

琳箐微側首打量他：「你要出去？」

樂越道：「嗯，繼續下山去找個人回來做師弟。」

琳箐眨眨眼：「爲甚麼？我不是可以幫忙嗎？」

樂越心道，姑娘，妳是凡人嗎？含混地說：「哦，妳大概不行。」大步走下迴廊。

琳箐快步走到他身邊，仍然笑盈盈地說：「那我和你一起下山吧，我幫你的忙。」

樂越急忙說：「不用了，這事挺累挺麻煩的，哪能讓妳一個女孩子陪著我到處跑。」

琳箐佯裝不樂意道：「你可不要看不起女孩子，說不定我比你還強呢。」

樂越呵呵笑了兩聲，是啊，妳要是變回原形，噴口火就能把我燒成炭，一蹄子就能把我踩成肉餅。

琳箐轉了轉明亮的眼眸：「不過呢，如果你不想讓我和你一起去，我就不跟著你了。」

樂越大喜，抱一抱拳：「那我先告辭了。」

琳箐揮揮手：「路上小心，早去早回。」

昭沅在屋裡聽到了這番動靜，他的床正好在窗子下，便忍不住將窗推開一條小縫偷看。琳箐的言行讓他覺得受益頗多，做一個好的護脈神就應該像她那樣勤勉。

看到樂越向琳箐告辭離去後，他拉好窗扇，突然有隻手從背後拍了他一下：「喂。」

昭沅嚇了一跳，猛回頭，居然看見琳箐站在床前。

他大驚，不由自主用前爪抓緊被角：「妳……妳……」

琳箐撇嘴，鄙視地看著他：「你還是一條雄龍麼？膽子這麼小！瞬間移動的法術你沒有見識過嗎？我問你，方才我和樂越說話時，你是不是在偷看？」

昭沅的臉微熱：「我……我不會做護脈神，所以想看看妳怎麼做的，學一下……對不起……」

琳箐拉了張椅子坐下來：「也是，你這麼傻，是要多學習一些。我比你懂得多，如果你有甚麼想不通的地方就來請教我，我最喜歡幫人，可以教你。」

琳箐友善又親切的態度讓昭沅不知如何是好，不過，他覺得不能拒絕別人的好意，特別是不能拒絕一個雌性主動表示的好意，於是點點頭：「謝謝妳。」

琳箐的表情更柔和了，看他的眼光也軟軟的，充滿善意：「你覺得樂越這個人怎麼樣？」

昭沅想了想，謹慎地回答：「他……人挺好的，很熱心，喜歡幫助別人。」

琳箐雙眼亮亮地說：「那你有沒有覺得他特別有才華、有能力、有氣魄，可擔大任？」

這個……昭沅誠實地回答：「我不知道。」

琳箐道：「沒有關係，雖然你此時還沒有發現，但有我幫助他，一定會讓他的這些長處統統發揮出來。到那時……」琳箐又對著他善意地微笑。「如果你找到了你要找的人，你會不會讓那人對樂越更好一點，信任他，放手讓他做自己想做的事，給他更廣的天地發揮？」

？？？？

昭沅用前爪摸摸鼻子，他沒有聽懂。

琳箐看著他看著他看著他，終於受不了他的一臉茫然，不耐煩地在他頭頂敲了一記：「哎呀，你怎麼聽不懂委婉的話呢。好吧，我直白點跟你說。」

琳箐靠在椅背上，一字一句地道：「小傻龍，我這次來到凡間，就是要選擇一個人，讓他成爲亂世中最耀眼的英雄。」她飛揚的神色間流露出無限自信。「我們從不講究甚麼出身、甚麼血脈，只相信自己的眼光。樂越完全符合我所欣賞的一切，他很有才華、很優異、很特別，我一定能讓他開創出輝煌的功績，在凡人的史書中留下最精彩的幾頁。」

她伸手抓住昭沅的前爪：「梟雄和建立新朝代的帝王是最完美的搭檔，所以你我從今後就同盟了，我們一起對付鳳凰，讓我的樂越和你的皇帝打拚出一個最驚濤駭浪的亂世吧！」

琳箐目光熱烈，她的話讓昭沅似乎看到了烏雲壓頂、大海捲起千尺怒濤的情形。

昭沅不由得重重點了點頭。

琳箐使他對將來有了信心。他用敬佩的目光看著琳箐，覺得自己也要像她這樣有自信才行。

琳箐欣慰地拍拍昭沅，忽然聽到外面有嘈雜聲，她微微皺眉：「怎麼是樂越的聲音？他這麼快就回來了？」

樂越辭別琳箐後，大步出了師門，剛下到半山腰，突然看見一個人氣喘吁吁地沿著山路迎面跑來，那人居然是樂韓。

樂韓看見了他，一步三喘地跑到近前，用手按在腰上斷斷續續地道：「大……大師兄……」

樂越驚訝道：「我以爲你們還沒起床，怎麼突然從山底下跑上來了？」

樂韓彎腰喘氣順胸口：「二師叔說我們幾個功夫不紮實……我們想，爲了不在論武大會上丟人，臨陣要抱抱神仙腳，所以今天早上天沒亮就起了……想從山頂跑到山腳再跑上來，鍛鍊鍛鍊……」

樂越皺眉：「這叫鍛鍊？這叫亂搞！後天就是論武大會，今天你們繞著山跑圈，誠心想在論武大會的時候把自己弄得跟小師弟那樣躺平了是吧！」

樂韓抓著後腦傻笑：「嘿嘿……大師兄你說啥呢……」

樂越向身後一指：「趕緊回去吃飯睡覺！」

樂韓卻繼續喘著氣道：「大師兄你聽我說嘛，他們還在山下，你知道我爲甚麼提前上來不？那是因爲有要緊事……」

樂越忍著掐住樂韓脖子的衝動，強撐著耐心道：「說最要緊的。」

但指望樂韓說重點是不可能的，他深吸一口氣，將話頭起在十萬八千里遠的地方：「昨天晚上，我們商量該怎麼鍛鍊，二師兄他說……」

樂越忍了又忍，中途打斷他數次，逼他只說要緊部分，但半刻鐘之後，樂韓才剛講到今天早上他們起床。

幸虧正在此時，樂越的十師弟樂魯氣喘吁吁地也從山下跑上來了，遠遠看見樂越，立刻嚷道：「大師兄……你來得太好了……我們在山下撿到一個人！」

樂越到了山腳下，看到被師弟們撿到的那個人，很驚詫，很欣喜。

那個人昏迷中，一身半舊衣衫滿是泥污，頭髮散亂，狼狽無比。正是樂越昨天在市集上哄騙未遂，最終無影無蹤的杜書生。

樂吳正吭哧吭哧地揹著他往回走，樂秦懷裡抱著杜書生昨天揹在後背的書箱。

杜書生沒受甚麼重傷，只是手上劃破了兩道血口子，應該是受了甚麼驚嚇，嚇暈過去了。

樂越心花怒放，果然這就是天意，杜書生就是老天派來頂替小師弟的那個人，怎麼跑都跑不掉。

樂越從樂吳背上接過杜書生，自己扛著，一路往回走。

樂吳說，杜書生暈倒在荒野裡，本來他們覺得撿回去會浪費米糧，不打算管，但正好清玄派的弟子們晨間修煉從那裡路過，想要撿他。他們覺得不能在俠義精神上輸給清玄派，就搶著把這個人撿了過來。

樂越稱讚道：「撿得好！」

樂越把杜書生扛回師門，放在前殿的一張大桌子上，讓師弟們趕緊去請師父和師叔們。

少頃，鶴機子等趕來，趁著大師叔替杜書生把脈時，樂越湊到鶴機子身邊小聲道：「師父，你看他是不是人？」

鶴機子仔細端詳杜書生片刻，頷首。

樂越大喜，立即轉頭對師弟們說：「趕緊去準備水跟乾淨的衣裳，等這個書生醒了，就帶他去沐浴更衣，讓他馬上到祖師殿磕頭，拜師父爲師。」

樂吳疑惑道：「師兄，我們不是剛有了一個師弟和一個師妹，人數已經足夠還有餘了麼？怎麼還要收師弟？」

樂越不好解釋，只能含混地說：「多多益善，以防萬一。」

師弟們唔了一聲，轉身去辦了。

這番折騰驚動了正在房中說話的琳箐和昭沅。琳箐立刻出來查看究竟，昭沅好奇，也跟著看熱鬧。等他們到了前殿時，杜書生已經醒來，正站在地上文謅謅地向鶴機子行禮道：「晚生杜如淵，多謝道長與諸位少俠搭救之恩。」

言語極斯文，舉止極有禮，昭沅和琳箐看見他時，都愣了愣。琳箐用手捂住嘴，噗嗤一聲。昭沅也忍不住想笑。

樂越和其餘人疑惑地看了看昭沅和琳箐。樂越挪到昭沅身邊，把他拉到一旁的柱子後，小聲問：「噯，你笑甚麼？」

昭沅詫異地回望樂越：「難道你看不到？」指了指杜如淵。「他的頭上趴著一隻烏龜。」

杜如淵頭頂的那隻烏龜經昭沅判斷不是海龜。

海龜的大小、四爪的樣子、龜殼的花紋，都不是他這樣的。那麼他便是一隻河龜。

這隻龜很淡定，不管杜如淵是站是坐是喝茶還是和別人聊天，都在他頭頂一動不動地趴著，瞇縫著小眼睛懶懶地看著一切。

琳箐疑惑道：「杜書生平時梳頭洗頭的時候他也不動嗎？」

這個疑問片刻後便有了答案。

樂越給杜如淵端了一杯茶水，含笑問他：「杜公子，我們有件事想請你幫忙，不知可否？」

杜如淵說：「哦？請少俠儘管直言，倘若在下能辦到，必定竭盡全力。」

這時一隻在房梁上忙著結網的蜘蛛不慎腳滑，從梁上摔下，扯著一根細細的蛛絲在半空中一蕩一蕩，眼看要蕩到杜如淵的頭頂。

烏龜瞇著眼看了看那隻蜘蛛，慢吞吞地從他頭頂爬到肩膀上。蜘蛛連著一截蛛絲一起蕩到了杜如淵頭頂的方巾上。

樂越道：「杜公子，你的頭上落了隻蜘蛛。」

杜如淵抬手把蜘蛛撣去，那隻烏龜又慢吞吞地爬回他頭頂，在剛才的位置按照剛才的姿勢淡定地趴下，好像從來沒動過一樣。

昭沅目瞪口呆。

樂越說：「浴房內已經預備好熱水，杜公子先去沐浴，換件衣服，然後我們再詳細聊吧。」

杜如淵隨著樂越的師弟一起去沐浴更衣了。琳箐和昭沅縮在大殿最角落的柱子後，偷偷地吭吭傻笑，猜測杜如淵知不知道自己頭上有隻烏龜。

琳箐說：「應該不知道吧，哪有人會願意讓一隻龜趴在頭頂上的。這隻龜我看不出甚麼來歷，既然凡人的肉眼看不到他，十有八九是隻龜精。」

樂越趁著大家都在忙時，湊到昭沅和琳箐這邊，皺眉問：「他的頭頂眞的有烏龜？我剛才和他說話的時候暗中用了所有察氣觀形的方法看，都沒有看到。」

琳箐搖頭：「唉，凡人眼睛所見之物有限，錯過了多少有趣的東西。」

樂越的心癢得像有爪在撓，昭沅安慰他：「要不然我畫給你看。」用前爪蘸了茶水，在地上畫個大圈。「這是杜如淵的頭。」又在大圈上畫個小圈。「這是那隻烏龜。」

樂越一點也沒有感到安慰。

琳箐嗤道：「傻死了，畫了跟沒畫一個樣。好了，還是我來想辦法吧。」

她把手伸進袖子裡，片刻後掏出一件東西，遞給樂越：「喏，把這個吃下去，你就能看見凡人的眼睛看不見的東西了。」

樂越謹愼地看著琳箐手心晶瑩火紅的晶片：「這是甚麼？」

昭沅在一旁看著，他知道那是甚麼，卻不敢說破。

琳箐挑眉：「怎麼？你怕有毒不敢吃？」

樂越道：「我樂越從出生起還眞沒有怕過甚麼。」一把抓起那枚晶片放進口中，灌了口茶水，咕地嗞了。

琳箐燦爛地笑起來。

琳箐的東西確實有用。等到杜如淵沐浴更衣完畢，回到殿中時，樂越看到了那隻烏龜。

杜如淵剛剛沐浴完畢，頭髮濕漉漉地散著，烏龜便沒有趴在他頭頂上，而是蹲在他肩頭乾爽處。

樂越緊緊地盯著龜，強忍著笑意，烏龜似乎察覺到樂越能夠看見他，撐起眼皮，淡定地看看他，又淡定地半耷下眼繼續趴著。

樂越問：「杜公子，你是不是很喜歡養烏龜？」

杜如淵詫異地道：「我平日唯讀書而已，偶爾看看花草，龜鳥之類的活物卻是從未養過，不知樂兄何出此言？」

樂越打個哈哈：「沒有沒有，我隨便問問。」再東拉西扯幾句，便繞入正題。

「杜公子，是這樣，我們青山派後天要去參加論武大會，但是小師弟突然受傷，不能前往，人數遠不到大會規定的數目。不知能否請杜公子暫時加入我派，權且以弟子的身分和我們一同參加，如此一來你也能觀賞全場論武大會。公子可願幫忙？」

杜如淵卻立刻搖了搖頭：「不可不可，樂少俠，這件事情，恐怕在下幫不了你的忙。一則在下於武道一竅不通，倘若上場，恐怕刀劍無眼；二則，凡讀書人，便是孔聖人門生，豈可背師棄門，捨儒投道？」

一番言語絲毫沒有轉寰餘地。

昭沅憂心地看著樂越，這個人不答應幫忙，怎麼辦？

樂越很爽快地說：「啊，既然如此，杜公子就當我方才的話沒有說過。未曾考慮公子的難處，是我錯了，望公子不要介懷。」

琳箐在一旁讚道：「不愧是被我看中的樂越，拿得起放得下，胸襟寬闊。」

昭沅聽著，總覺得她誇的是另一個人，他雖和樂越接觸時間短暫，但本能地感覺他不會如此輕易作罷。

杜如淵掩嘴打了個呵欠：「在下忽而有些累了，不知貴派中可有地方讓我暫時歇腳？」

樂越道：「有，等我去告訴師叔，讓他替你準備廂房。」說著起身去了殿後。

杜如淵悠閒地喝茶四處打量，還和昭沅搭訕聊天：「這位少俠，你到青山派多久了？」

昭沅回答：「不久，昨天剛來。」

杜如淵道：「唔，在下本想請問廁房在何處，但你也是新到，大約未必知曉。」

昭沅道：「嗯，確實不知道。」

杜如淵嘆息：「在下恰好有非常之所需，你不知道，又沒有別人，我該問誰才好？也罷，等樂越少俠回來再說。」

琳箐站在昭沅身邊，杜如淵卻從頭到尾沒看過她一眼，言語中，也當她不存在，琳箐耐不住道：「沒有旁人，難道我不是人？你這書生未免眼力太不好了吧。」

昭沅疑惑地看看琳箐，她確實不是人啊，為甚麼問得這麼憤慨？

杜如淵頓了頓，和聲道：「這位大姐，妳是女子，小生不宜多瞻，不宜相言，此乃聖人教訓，因此未敢唐突。」眼睛仍然不看琳箐。

琳箐大怒：「你才是大姐！居然敢譏諷我看起來很老？」

杜如淵搖首：「不敢不敢，是妳誤會了，大姐是一種尊稱，妳若不喜歡小生這樣稱呼，小生就稱呼妳爲姑娘或小姐便可。其實只是種稱呼而已，何須太執著。」

琳箐眉毛都泛出了青氣，嘴角反而向上翹了翹：「也是，有些道理。」說話間手指暗暗微彈，聚出看不見的光刃，斬向杜如淵的椅子腿，再揚去一道勁風，杜如淵眼看就要像被翻過身的烏龜一樣，四腳朝天摔在地上。

但勁風送去，杜如淵卻紋絲不動，好整以暇地坐在椅子上。

琳箐驚且疑，再暗聚光刃，法力多加了十倍，又斬向杜如淵的椅腿，杜如淵還是一動未動，彷彿坐在一塊堅硬的磐石上。

琳箐蹙眉，看向淡定地趴在杜如淵肩頭的烏龜。

少頃後，樂越回來，說廂房已經備好，杜如淵道謝，又詢問茅廁所在，待他起身走出殿門，方才他坐的椅子忽然坍倒，嘩啦啦變成了一堆木塊。

樂越怔道：「這，怎麼回事？」

琳箐眨眨眼：「呀，是啊，怎麼回事？」

昭沅默默看看她，不說話。

杜如淵從茅廁回來，優哉游哉跨進門檻，看見正捲著袖子清理椅子殘骸的樂越，立刻露出十分驚訝的神色：「喔，這是怎麼回事？記得在下出去之前，此椅還甚堅固。」

樂越道：「可能是被白蟻鑽了吧，沒甚麼、沒甚麼。」

杜如淵道：「貴派的白蟻當眞十分厲害，天越來越熱，要多注意除蟲才是。」

琳箐覺得手有點癢，十分想將這個杜書生踩翻在地，踏上無數腳。

杜如淵很自然地去樂越剛才坐的椅子上坐了下來，又向樂越道：「對了，樂少俠，方才這壺茶水，我有些喝不慣，不知貴派可有再好一些的茶，等下送到我房中去？」

樂越拎著半截椅子腿，露牙一笑：「有。」

清理完椅子殘骸，樂越引著杜如淵去了廂房，臨時收拾不出餘房，就將杜如淵安排在樂吳房內。樂越的三師叔愛喝好茶，縮衣節食囤了一些藏在房中，樂越去摸了一把，泡了一壺，端進杜如淵的廂房內。

昭沅和琳箐跟著樂越進進出出。琳箐又大力誇讚他胸襟廣闊，不愧爲將來的亂世英傑。昭沅總覺得樂越胸襟廣闊得有點奇怪，也不回琳箐的話，只來來回回跟著看。

杜如淵坐在桌前，端起茶水抿了一口：「嗯，尙可，這是六安瓜片，可惜有些陳了。」

他的頭髮已經乾了，那隻烏龜慢吞吞地從肩膀爬回他的頭頂，重新趴好。

樂越微笑：「我們青山派窮，沒甚麼好茶，這已經是最好的了，杜公子你將就著喝一喝。」

杜如淵走到床邊摸了摸被褥：「吾枕不慣高枕，能否換個低的？」

樂越立刻拿著枕頭出去，片刻後夾著一個低枕頭來了。

杜如淵連聲道：「多謝多謝，有勞有勞。」

樂越依然笑咪咪地說：「沒甚麼，杜公子還有甚麼不喜歡的，隨時對我講。」

杜如淵道：「暫且沒甚麼了，就是微有些腹餓，午飯來碗蔥燒豆腐，燒得不要太老，多放些蔥最好。」

樂越道：「這個容易，我馬上就去廚房說。」用袖口擦掉桌上的水漬，又道。「對了杜公子，方才忘記問你，你究竟因爲何事暈倒在山下？是否遇到了劫匪？」

杜如淵頓時苦下臉：「不是劫匪，是狼。昨日與少俠分別後，在下想要去找個地方借宿，城中到處都是人，連破廟都被佔了，於是我想到城外找戶農家，誰料到走錯了路，越走越荒涼，而後就遇見野狼，我依稀記得跌了一跤，就甚麼都不知道了。」

鳳澤鎮附近，確實鮮少有農家，更無村莊，原因就是青山和清玄兩個江湖門派。尤其清玄乃是天下第一派，平日裡少不了江湖道上的刀劍相向，甚至還有靈異之事，連累得附近不便耕種農田，尋常人家的房屋也時常受牽連被打爛，於是百姓們走的走，逃的逃，只剩下荒野了。

樂越道：「這附近的狼挺多的，不是我們這些江湖中人，一般都不敢走夜路。」

杜如淵聽得神色又變了變：「實在是昨天被嚇破了膽，如今聽見狼字便心有餘悸。不知在下能否在貴派多叨擾一晚，今天無論如何不敢下山了。」

樂越道：「好啊，杜公子儘管在此休息，你我兩次相遇，就是有緣，有甚麼事情找我就行，不須客氣。」

杜如淵微笑道：「江湖中人果然豪爽義氣，在下承樂少俠之恩，定當相報。」

樂越笑道：「這話就見外了，大家都生在五湖四海內，本應互相照應，杜公子要是再說甚麼恩情報答之類的，就是看不上我們青山派了。」

杜如淵再笑了笑，沒再說甚麼。

樂越告辭出去，昭沅和琳箐和他一起出門，樂越回身替杜書生闔上房門。走出很遠後，昭沅方才問：「你爲甚麼要對杜書生那麼忍讓？」

樂越露出牙齒，陰森森一笑：「等一下你就知道。」

樂越大步流星回到前殿，他的幾個師弟正在裡面交頭接耳嘀嘀咕咕說甚麼，見了樂越立刻呼啦啦圍上來：「大師兄，聽說那個書生不願意幫忙，還譜兒擺得跟大爺似的要東要西？」

「要是如此，直接抬起來扔到山門外算了，留他幹嗎？」

「早知道就不撿他，讓他被清玄派的撿走算了，看他敢在清玄派擺譜兒麼？」

樂越抬手道：「不用忙。」讓一旁的樂晉去取紙筆過來，樂越捲捲衣袖，提筆蘸墨，昭沅在他身邊探頭，看他寫道——

上山錢十兩

救治錢十兩

茶水錢一兩

沐浴錢二兩

皂角錢一百文

床鋪錢三兩

中途換枕頭一個，加收一百文

損壞椅子須賠償五兩

飯食錢二兩，蔥燒豆腐要求過多，加收一百文

如廁錢一次一百文

關門錢五百文

……

眾師弟們咬著指頭看，樂吳道：「大師兄，這是不是有損我派的俠義形象？」

樂越抬起頭：「聖人都說了，君子愛財，取之有道。我們以俠義之心，救助落難之士，適當收取些本錢費用有何不可？」

樂秦道：「但這也太高了吧。」

樂越正色：「哪裡高了？從揹上山到救他一共只收二十兩而已，我們青山派乃建派幾百年的名觀，清幽雅緻，又有非同尋常的仙氣，茶水、床鋪、伙食才收這麼一點點錢，實在是人情了。統共加在一起，只有三十多兩，多麼厚道啊。」

眾師弟們都點頭，樂吳道：「但，大師兄，我覺得那個書生看起來一臉窮酸，三十兩銀子他肯定

給不起，你還不如宰了他算了。」

樂越拿起寫好的紙吹了吹，摺起來：「我當然知道他還不起。這年頭有的人就是敬酒不吃吃罰酒，請他幫忙他不做，只好用債務逼他賣身給我們青山派。」

昭沅目瞪口呆，剛才樂越在杜書生面前豪爽大度，原來都是在算計他。不知道為甚麼，他居然很佩服這樣的樂越，是不是他也算是一條陰險的龍？

樂吳讚歎：「大師兄，你真狠毒。」

樂越嘿嘿笑道：「不狠不君子，不毒不丈夫。」

昭沅側目看琳箐，她方才滿口讚揚樂越胸襟廣闊，看到眼前這一幕會不會失望？

琳箐正望著樂越，眼中的讚賞更濃烈了，喃喃道：「如此有手段，不愧是我看中的樂越。」

昭沅無語。

回臥房休息時，昭沅躊躇著跟樂越說：「我覺得，那個叫杜如淵的人有點不一般。他頭頂那隻烏龜一定有來歷，你還是……不要這樣對他比較好。」

樂越打個呵欠躺在床上：「我管他甚麼來歷，哪怕他是玉皇大帝，也不能在我們青山派裡擺譜兒。我現在只管後天的論武大會，總之，這一回，嘿嘿，他就等著賣身吧。」得意地笑了兩聲，再打了個呵欠，呼呼地睡著了。

昭沅坐了一會兒，悄悄地開門出去，繞到廊下。

樂吳的房間就在樂越隔壁，門窗敞開著，杜如淵坐在桌邊。午飯已經送到，他正慢條斯理地吃著蔥燒豆腐，烏龜依然淡定地半耷著眼皮趴在他頭頂上。

昭沅悄悄走到門旁看，杜如淵看見了他，朝他微微笑了笑：「這位少俠，要不要進來坐？」

昭沅有些不好意思，走進房內，在桌邊圓凳上坐下，杜如淵道：「對了，還不知你怎麼稱呼。」

杜如淵的聲音很和氣，昭沅覺得，他不是甚麼壞人。

他回答：「我叫昭沅，我不是甚麼少俠，你喊我昭沅就行。」

杜如淵微微瞇起眼：「哦，昭沅賢弟，我看你和樂越少俠住一間房，是樂越少俠讓你過來的麼？」

昭沅忙搖頭：「不是，他睡著了，我自己出來走走的。」我想看看你的烏龜。

他盡量不動聲色地偷瞄那隻烏龜，烏龜卻像懶得理會他一樣，眼皮都不抬一下。

杜如淵放下手中竹筷：「我原以爲，你們青山派帶我上山，是別有用意，想讓我頂替你們所缺的人手。」

昭沅低頭，你以爲的一點都沒有錯。

杜如淵接著說：「但我之後蓄意試探，你們的大師兄卻很出我意料。我故意先拒絕，然後再佯作諸多要求，本想看一看你們圖謀未遂後的嘴臉，沒想到你們的大師兄卻一直客氣有禮，爽快義氣，這等人物，讓我不由欽佩，實在值得結交。你們青山派，也確實是個難得的好門派。」

昭沅愣愣地看著他，樂越寫的那張準備逼杜如淵賣身的勒索單在他眼前飄來飄去。

杜如淵站起身，微微一笑，如楊柳春風：「勞煩昭沅轉告樂越少俠，我願意加入青山派，做門下弟子。」

「他說他願意了？」樂越一骨碌從床上坐起身，眼瞪得像銅鈴。「蒼天，這人簡直有病。」

昭沅道：「他說做那麼多都是在試探你，總之你趕緊把那張勒索單撕掉吧。」

樂越立刻從懷中掏出那張紙，兩、三下撕得粉碎，飛快地跑去向鶴機子和師叔、師弟們通報這個好消息。

青山派上下都欣喜非常，立刻舉行拜師儀式。杜如淵換上一件青山派的藍色衣衫，向祖師畫像行了禮，又對鶴機子行拜師禮，鶴機子替他束上藍黑色髮帶，插上青山派中人人有份的桃木簪。

樂越盯著杜如淵拜師，在心中琢磨他爲甚麼要繞那麼多道彎，還要搞試探。這大概是讀書人的一點毛病吧，碰到有人請他幫忙，就把自己想像成諸葛亮，把請他幫忙的人當成劉備，非要端個架子過過被人三顧茅廬的癮不可。

向鶴機子敬過茶後，杜如淵再和幾位師叔及樂越等同門師兄弟們見禮，即算禮畢。他入門排行在樂魏之後，是第十三弟子，鶴機子贈他一個道號樂唐。

昭沅和琳箐站在一旁觀禮，看到這裡，琳箐不樂意了：「我和昭沅不是在他之前嗎？沒有入門儀式我們都沒計較，憑甚麼他排第十三？我們要怎麼算？」

樂越無奈地看看她。姑娘，妳先想想妳是誰吧，能裝作不知道把妳留下已經不錯了。

鶴機子說：「昭沅公子只算在本派掛名，並不是正式在籍弟子，相信他並不會計較。至於姑娘妳，貧道實在不記得甚麼時候說過，姑娘已經是青山派門下弟子了。」

琳箐揚起下巴：「那你是想賴帳不收我了是吧。」

鶴機子捻鬚道：「非也非也，天地道法圓融廣闊，我們青山派怎會狹隘地容不下姑娘這個弟子？如果姑娘也肯行入門禮，參拜祖師畫像，對貧道行拜師禮，貧道即刻便讓姑娘入我青山派。」

琳箐撇嘴：「麻煩死了，算了算了，我不樂意了。」暗暗嘀咕。「甚麼祖師畫像，你們的祖師可能是不知道差了我多遠的後生晚輩哩，讓我磕頭，你們當得起嗎？」

昭沅聽見這幾句話，遂抬起前爪，數數指頭。

琳箐陰森地從牙縫中道：「你是不是在算我有多少歲了？」

昭沅趕緊放下爪子：「沒有，我在算還有多久吃飯。」

琳箐哼了一聲，又道：「那這個新入門的，要怎麼稱呼我和昭沅？」

杜如淵謙遜地開口：「雖然兩位在我之前來到青山派，但琳箐姑娘和昭沅賢弟看起來都那麼年少，讓我喊師姐師兄我實在喊不出來，只能請琳箐姑娘和昭沅賢弟讓我稍微逾越些，稱呼師妹師弟了。」

他的態度文雅有禮，鶴機子大為讚賞。琳箐掃了杜如淵一眼，再哼了一聲。

一瞬間，昭沅突然看見杜如淵頭頂的烏龜睜開眼皮，目光中充滿了不屑：「一群淺薄小兒。」

昭沅再要細看，烏龜又垂下眼皮打起了瞌睡，好像剛才那一幕根本就沒有發生過。

拜師儀式完成後，琳箐把樂越拖到一個僻靜的角落：「樂越，我總覺得那個杜如淵不是好人，你離他遠些。」

昭沅謹慎地插嘴：「我倒覺得他不像壞人。」

琳箐嗤鼻：「你才上岸幾天？見過幾個凡人？沒有拿棍子打你的你就以爲是好人了吧。我告訴你，凡間的人，越是壞，就越讓你看不出他壞。能讓你自始至終當他是好人的，才是眞正厲害的壞人。」

昭沅似懂非懂地搔搔後腦，決定不再插嘴了。

樂越無所謂地道：「這個杜書生是好是壞，我懶得管，只要他能撐過論武大會這段時日就成。到時候橋歸橋，路歸路，說不定就永無瓜葛了。」

琳箐道：「眞是這樣就好啦，我總覺得他會有很大瓜葛，會瓜葛很長很長時間。」

昭沅在心中贊同，他也有這種感覺。

樂越揮揮手：「那就等到時候再說了。呃，我忽然想起還有事要辦。琳箐姑娘，我先告辭了。」

昭沅還沒反應過來，樂越已經極其迅速地溜走了。

琳箐望著樂越的背影，咬了咬嘴唇：「他躲著我，是不是已經知道我是誰了？」

琳箐本打算下午和樂越談談，結果他在青山派中神出鬼沒，一下在這裡幫師叔做這，一下在那裡幫師弟做那，甚至還替鶴機子謄寫了幾份弟子名單，留待論武大會之用。最後跑去和杜如淵聊天，談論天南地北的異聞，聊到很晚。沒留給她一絲絲機會。

第二天，昭沅大清早被樂越喊起床，揉著眼睛跟在樂越身後去吃早飯，哪知道剛打開房門，便看見琳箐站在不遠處。

琳箐對樂越昨日故意躲避之事好像並未介意，笑容燦爛地和樂越打招呼：「你起來了？」

樂越也笑容燦爛地回應：「是啊，妳起得眞早。」昭沅想要悄悄繞走，又被樂越緊緊抓住。

琳箐視線犀利地掃過樂越與昭沅的距離，仍然笑盈盈地向樂越道：「嗯，我特意來等你的。」

這句話將一旁路過的幾個青山派弟子絆了個趔趄，師弟們火辣辣的目光紛紛向這裡飄來。

琳箐在這些熱烈的目光中繼續用明亮的眼睛望著樂越：「吶，你今天不能再不理我了，我要你和我一起吃早飯。」

樂越感到有些困擾，有些滿足，有些無奈。唉，琳箐姑娘，妳我人獸殊途，妳的情意，我雖註定不能回應，但我很感動。

樂越假裝若無其事地說：「好。」

師弟們激動地看著眼前的這一幕。

春天來了，大師兄的桃花開了。

廚房中只有昭沅、樂越和琳箐。吃早飯時，琳箐纏著樂越說這說那，樂越陪著她聊，氣氛不知爲何有些詭異。昭沅夾在中間埋頭專心吃飯，不知不覺，吃了三個包子，兩碗粥，脹得打了個飽嗝。

樂越立刻關切地說：「昭沅師弟，你要不要和我一起去走動走動，早飯後要多活動，不然飯積在肚裡，中午就吃不下了。」

昭沅還沒答話，琳箐便緊接著道：「說得極是，我們一起四處走走。」

樂越對昭沅說：「師弟，要不要你我先一起去個茅廁？」

去茅房這種事，琳箐當然不能一道。

昭沅被樂越拖著向門外走，琳箐側首看著他們，忽然笑了一聲：「樂越，我還以爲你是個挺有膽量的人，原來是我看錯了。」

樂越停下腳步，皺眉回身。琳箐挑眉盯著他：「你從昨天起就對我連躲帶繞，是不是因爲知道了我的眞身？」

樂越僵了僵，昭沅急忙道：「不是我說的。」

琳箐嗯了一聲：「我知道不是你說的。」繼續瞧著樂越。「是你那位桔子皮臉、長鬍子的師父告訴你的吧。」

樂越坦蕩蕩地一點頭：「琳箐，這裡不方便說話，我們換個地方繼續聊？」

青山派菜園幽靜的扁豆架子下，樂越懇切地向琳箐道：「琳箐，妳是個很好的女孩子，眞的。」幾隻蜜蜂在一旁菜地的金黃色菜花上互逐互繞。昭沅用前爪試探地觸碰菜花，細碎的小黃花湊近了聞有種特別的幽香。他不明白這種場合，爲甚麼自己要在這裡。

世間有很多事情都是莫名其妙的，永遠不要試圖搞清爲甚麼。來人間這幾日，他覺得自己對凡間已經很有感悟了。

蜜蜂嗡嗡地振動翅膀，樂越頓了一頓，接著向琳箐道：「但，妳是麒麟，我是凡人，大家終非同路，所以，妳對我的情，我雖然明白，卻不能回應妳，抱歉。」

琳箐漂亮的眼睛瞪得大大的，怔怔地望著他。片刻之後，突然噗嗤一聲，哈哈大笑：「你……哈哈……你不會以爲我愛上你了吧……原來你這麼喜歡自作多情……哈哈哈……」

她捂著肚子，笑得眼淚都出來了，擦了下眼角，勉強直起腰：「嗯，不過，從這些可以看出你很自信。我欣賞。」

琳箐身周忽然出現金紅色火焰般的光芒：「我做護脈麒麟雖然不久，我的年紀在麒麟中也不算大，但對你們凡人來說，已經是想不到的長遠。一個凡人，從嬰孩到白頭，在我眼中，不過轉眼一瞬。所以，你根本不須擔心我會愛上你。」

炫目的光輝中，她暖雲色的衫裙漸漸變成華貴的裙袍，晚霞裁作裾，流雲束爲裙，崑崙山頂的祥雲落入她衣衫的紋理，九天上最亮的星辰鑲嵌在她的眉間。

樂越覺得有點眼花，琳箐的聲音似在近前又似很遙遠：「樂越，我是護脈神之麒麟，你乃我選中之人。我會護佑你成爲即將到來的亂世中最勇猛的將軍、最耀眼的英雄。你將馳騁沙場，所向披靡；你會縱橫山河，千軍萬馬都在你的麾下。亂世將因你而掀起驚濤駭浪，你將奠定新王朝的基石。千古功業，萬世芳名，都盡在你的手中。」

琳箐的話語，幾乎可讓人看到萬里河山連天烽火，吳鉤寒月，鐵蹄塵煙。

樂越雙手環在胸前：「的確是很多人夢寐以求的好事，多謝姑娘看得起我，不過，我沒興趣，護脈神姑娘妳去找別人吧。」

昭沅從菜地旁轉過頭，琳箐周身的光芒咻地滅了，神色驚異微怒：「怎麼可能，你的性格我很瞭解，你是個有抱負有功名心的人，你不是一直都想做萬人敬仰的人上之人麼？」

樂越吊起半邊嘴角：「姑娘妳自以爲很瞭解的瞭解好像一點都不準確。我要做的是伸張正義、懲惡扶弱的大俠，對於踩在別人頭上，拿別人的命換自己的功名這種事情我沒興趣。」

琳箐道：「逞一己之力者不過是徒有勇武的匹夫，能操控千軍、談笑沙場者，才是眞正的大英雄。倘若沒有匹夫，世間仍是這樣的世間，但倘若沒有大英雄，你腳下的江山不知此刻會姓甚名誰。」

樂越挖挖耳朵：「那就是大家對英雄的理解不同了，姑娘妳看不起的一己之勇的匹夫，很多都被世人稱頌，俠名永駐。倒是妳所謂的大英雄，有不少頗有罵名。所謂亂世梟雄，最勇猛者，不過楚霸王，下場怎麼樣？烏江抹脖子了。所謂萬古流芳的良將，比如韓信，結果又如何？被劉邦給咔嚓了。哪有大俠無拘無束、隨心所欲一輩子來得痛快？」他抱抱拳頭。「所以麒麟大神，我就是妳眼中最胸無大志的人，妳趁早及時醒悟，去找別人，對面山頭，清玄派裡，一定不乏妳要找的有志青年。」

他轉身要走，琳箐跺腳喊道：「站住，那我再告訴你，你想要拯救蒼生是吧，你做大俠，一次至多救幾人，甚或一個人也救不了。但若做了大英雄，一次就可以救很多人。」

樂越停下腳步，轉頭看她：「做了妳所謂的大英雄，雖能救很多人，也會害很多人。」露牙笑了笑。「麒麟大神，妳知不知道我爲何身在青山派？我家原本是富商，遊走四方做生意，我娘在途中的一個小城裡生下了我，那個地段的郡王叛亂，朝廷派兵攻打，城中的老百姓在兩軍交戰中死了多半，都搞不清到底是朝廷兵殺的，還是叛軍殺的，我的家人就在那時都死了。幸虧當時師父路過，將我救了回來。所以，妳所說的那種大英雄，我這輩子都不會去做。」

昭沅蹲在菜地邊看著樂越的身影出了月門漸漸遠去，他雖不能明白凡人對生離死別的感受，但樂越方才說的話讓他心中鈍鈍地悶痛。他找到了和氏的後代之後，爲了從鳳凰的勢力中奪過皇位，勢必也要打仗吧，到那時，會不會也牽連到很多無辜？

琳箐一動不動地站在原地，半晌後，自言自語道：「成大事者，必要捨棄細枝末節，樂越現在太執著於小仁而無視大義，還欠磨練。不過不要緊，我一定能把他這一點改過來。」

昭沅站起身：「如果他一直不肯答應妳怎麼辦？」

琳箐陽光爛漫地一笑，有種陰謀得逞的得意：「不答應？他如今不想答應也要答應。你還記不記得，昨天在前殿我給他吃的東西？你當時看出來了吧，那是我的鱗片。嘿嘿，護脈麒麟認定自己守護之人的方法，就是給那人吃下自己的鱗片。所以，我已經是他的護脈麒麟了。」

！！！！

昭沅想起昨天琳箐拿給樂越那枚鱗片時，無害純良的模樣，「不擇手段」這個詞不由自主地浮到了他的眼前。

琳箐用袖子半遮住嘴，笑得猖狂無比：「哦呵呵呵～～木已成舟，他要怎麼不答應!?」

琳箐也走了之後，昭沅依然呆呆地站在菜地邊，那幾隻蜜蜂還在，因爲他的衣襬上沾了些菜花的花粉，蜜蜂便在他腳邊繞個不停。

父王所說的那個用血塗在龍珠上的方法，和琳箐的所作所爲其實是一樣的。只要血融進了龍珠，那人便是和護脈龍神有血契的人了，不管他願不願意。這是不是也是不擇手段？

這樣做究竟是對是錯？

他很困擾，有點頭疼。於是走到一個瓜棚下，坐了下來，仔細思索。

有個聲音在他身邊甕聲甕氣地道：「那隻小麒麟眞是淺啊，像她那樣，怎麼能做眞正的護脈神。」

昭沅嚇了一跳，猛地站起身，那個聲音又甕聲甕氣道：「你也很淺，老夫不過說了一句話而已，你怎地就嚇成這樣？太不淡定了。」

昭沅順著聲音四處尋找，終於發現瓜棚的角落裡趴著一隻烏龜。

就是杜如淵頭頂的那隻。

昭沅驚訝，竟然連琳箐都沒有發現烏龜一直在菜園裡，證明這隻烏龜很了不起。

昭沅端詳了烏龜片刻，小心翼翼地在他身邊重新坐下：「你是誰？爲甚麼不在杜如淵頭上了？」

烏龜咔咔笑了兩聲：「我是誰？少年，你覺得我是誰？」

我要是知道，怎麼還會問你？昭沅不回聲。

烏龜瞇著眼睛道：「你可以稱呼我爲前輩。唉，想偷空在這裡打個盹都會被吵醒，世間眞的越來越浮躁了。」

烏龜聽到了琳箐和樂越的對話，那他已經知道了護脈麒麟的事情，會不會猜到我是誰？昭沅有些忐忑地看著他。

烏龜慢吞吞地也用凡人聽不見的聲音回答：「那個麒麟丫頭太不會說話，先用幾句話傷到了那個凡人少年，之後說得再天花亂墜也無用了。你知不知道她哪些話說錯了？」

昭沅想了想，回答：「是做大英雄和匹夫的那幾句吧。」琳箐固然想讓樂越做大英雄，也不該把大俠貶得一錢不值，昭沅覺得這樣很不對。

烏龜晃頭道：「錯了，她說得最錯的幾句話，就是她活了很久，凡人在她眼裡不過一瞬而已。」

這？不是實話麼？昭沅有些困惑。

烏龜閉上小眼睛：「凡人的命很短，在我們看來如朝露如煙塵，這是實情，他們自己也明白，但當著他們的面這樣直白地說出來實在很不應該。而且……她可以看見千千萬萬個凡人，瞬生瞬滅，但與她相遇的每一個都不同，不會有第二個與這個完全一樣，一旦沒了，就不會再回來。只有多經歷些，才能看破這一點，所以我才說她太淺。」

烏龜將眼皮撐開一條縫瞄了瞄昭沅：「千萬不要學她這樣。」

昭沅疑惑地皺起額頭：「你不會是護脈玄龜吧，對護脈神的事情知道這麼多。」

烏龜卻又已經闔上眼，把頭縮進龜殼裡，好像睡著了。

昭沅又悶悶地坐了會兒，起身離開。

如果烏龜是護脈玄龜，難道杜如淵就是他挑選的人，也就是與樂越這樣的亂世英豪相對的文臣良相？

一下子，幾乎所有相關的人都碰到了，這算不算很巧？

他又用前爪撓撓頭。

昭沅離開菜園走遠之後，趴著的烏龜又慢慢地從龜殼中伸出頭，撐起眼皮。

昭沅方才坐著的瓜棚密密的葉簾後，走出了一個藍色衣衫的人影。

他手中握著一卷書，俯身將烏龜輕輕地托在掌上，望著菜園門的方向，嘴角微微上揚：「龜兄，你覺得我應該怎麼做？」

昭沅回到臥房中，樂越正枕著胳膊躺在床上。昭沅知道他沒有睡著。

他問樂越：「你是不是生氣了？琳箐她沒有惡意，她眞的是很欣賞你，眞心地想做你的護脈麒麟，她覺得你可以成爲大英雄。」

樂越盯著房梁，晃著腿道：「我沒生氣，她能那麼看重我，我還滿開心，只是我想的和她想的，實在不一樣。我不是她要找的那種人。唉，希望她能早早地放棄我，如果因爲這件事被她纏上十年二十年的，我眞要去撞牆了。」惆悵地打了個呵欠。「沾上這種事情，眞要命啊！」

昭沅默默地想，其實你已經跑不掉要一輩子被沾上了。他不敢把樂越吃下了琳箐鱗片的事實告訴他，怕他眞的會撞牆。還是要慢慢慢慢地，等到他能接受的時候再讓他知道吧。

樂越用手刨刨頭：「算了，明天就是論武大會，這種事情以後再說。」他一骨碌坐起來，又抖擻了精神。「明天我們一定要大敗清玄派！」

他目光炯炯，拍拍昭沅的肩頭：「洛凌之的血，包在我身上！」

第三章

雖然尋找和氏皇族後人的事情比較困難，
雖然他以前總聽說凡間只有萬丈紅塵與污濁之氣，
凡人生生死死瞬息輪迴，在龍的眼中像虛浮的塵埃和朝霧。
可，此時，昭沅還是覺得人間很好。

第二天一大早。

青山派的弟子們以樂越爲首，聚集在正殿前，裝束整齊，振臂高呼：「打敗清玄派！奪回天下第一！」

鶴機子站在正殿的石階上捋鬚微笑：「我們當重在參與，不要將勝敗太過放在心上。在道法與武功的切磋中找到不足，更上一層樓，這才是論武大會的深意所在。」

樂越立刻接話：「師父教訓的是，我們要在比試中用力找到他們的不足，不要被他們看到我們的不足，更上一層樓，把清玄派重華老兒的徒弟們踩在腳下！」

他握起拳頭，其他弟子們跟著他再次振臂高呼：「打倒清玄派！奪回天下第一！」

樂越的大師叔松歲子一甩拂塵，肅然道：「時辰到，出發。」

鶴機子步下石階，松歲子、隱雲子、竹青子三位長老各行於他的兩側，以樂越爲首的眾弟子整齊隨在師父、師叔們的身後，一行人浩浩蕩蕩走出大門，向少青山下去。

昭沅站在院子的角落，目送樂越他們出門。他十分想去論武大會看看，但他是龍，一旦被發現會很危險，所以不能去。

昭沅有點寂寞。他看著青山派眾人走遠，慢慢轉過身，準備鑽回被子裡睡覺，琳箐忽然從天降落到他面前：「小傻龍，你爲甚麼在院子裡站著，不去論武大會嗎？」

昭沅低頭：「我是龍，會被看出來，不能去。」

琳箐同情地說：「這樣啊，那我就自己去嘍，我要幫著樂越，讓他百戰百勝，他想打敗誰，我就讓他打敗誰！」

琳箐眉飛色舞，神采奕奕，她看起來確實做了很多準備，穿著一身鵝黃色衫裙，窄袖束腰，腳踏軟靴，腰間掛著一個大大的布袋，還斜插著一條軟鞭：「鳳凰選中的下一個皇帝好像就在清玄派內，所以這次論武會，一定有鳳凰在場，他們如果敢對付樂越，我就對他們不客氣！」

昭沅非常羨慕，耷拉下腦袋：「唔，那妳玩得開心些。」

琳箐擰著秀眉看了看他，終於忍不住說：「啊，看見你這個哭喪臉的樣子就受不了，好了好了，誰教我一向愛幫助弱小呢。你是不是很想去論武大會呀，我大概可以幫你。」

昭沅立刻抬頭，雙眼亮亮地看著琳箐。琳箐從掛在腰上的布袋中掏出一個金燦燦的項圈：「喏，把這個東西掛在脖子上，就能隱掉你的龍氣。不過掛著它看起來會有點傻，你忍耐一下。」

項圈金光閃閃，甚是粗寬，圈身上刻著牡丹花紋，還懸掛著一只碩大的金鎖，刻著「大吉大利」四個大字。

昭沅從來沒有見過比它更惡俗的東西，琳箐見他抓著項圈不動，不耐煩道：「你到底戴不戴上？我可沒時間等你了。才讓你戴一下下你都嫌難看？實話告訴你，這個是我小時候戴的東西，長老們怕我當時法力不足，到人間玩兒會給凡人發現，就用這個圈子幫我隱去靈氣，我可戴了這個破圈整整二百年！」

昭沅立刻把項圈掛在脖子上。

唔，二百年啊，他抬起前爪數數指頭，那麼琳箐的年紀難道比大哥還要大……

琳箐陰森森地說：「你是不是又在算我幾歲了？」

昭沅馬上放下前爪：「沒有，我在想怎麼謝謝琳箐師……師妹……」

師妹兩個字出口，他自己都臉紅了。

琳箐卻像很受用，哼了一聲：「走吧。」

琳箐會駕雲，昭沅和她站在一朵雲上，只片刻便追上了青山派的眾人。在他們身後不遠處落下，一龍一麒麟快步跑過去，假裝是靠兩條腿追過來的。

琳箐裝得非常像，氣喘吁吁地揮著胳膊喊：「喂，等等我們！」

青山派的眾人回過頭，便看見琳箐拉著昭沅一路跑來，昭沅脖子上那個金燦燦的大項圈在陽光下格外耀眼。

等他們跑到近前，樂越看著昭沅皺眉：「琳箐還行，你怎麼跟來了，快回去。」昭沅摸摸項圈對他嘿嘿笑，暗示自己也可以。

琳箐道：「我和昭沅雖然是青山派的掛名弟子，不過也是青山派的一員，就算上不了場，也可以在下面給各位師兄們助威。」

她甜甜地笑。樂越的師弟們立刻七嘴八舌地替她講情：

「是啊師父師叔，難得小師妹和小師弟的一片熱心。」

「我們本是同門弟子，要互相友愛。」

「昭沅師弟的那個項圈是特意爲我們戴的吧，大吉大利四個字多麼吉利啊師父，我們要講點彩頭，總不能把大吉大利趕回去吧。」

「師父，讓他們跟著吧，我們本來人就不多，多個人多份聲勢。」

……

杜如淵站在一旁，不作聲地含笑看著，烏龜仍在他頭頂打瞌睡。

琳箐繞著胸前的長髮笑盈盈地看樂越，昭沅湊到他身邊摸著項圈小小聲地道：「琳箐給我的，我不會被看出來。」

樂越在四道熱烈的目光下無奈地搖了降旗：「好吧，清玄派如果把你抓起來我可不管。」

鶴機子捻著鬍鬚看了看琳箐和昭沅，道：「也罷，就一同去吧。」

昭沅興奮地跟在樂越身後，琳箐甜甜地笑：「謝謝師父。」

從青山派到鳳崖峰不算很近，走到山下的大路上後，漸漸出現其他幫派。但各幫派之間都保持著防備，互相客套地打個招呼後，便拉開一段距離，各走各的。

昭沅跟在樂越身邊，聽樂越一路爲他介紹，那邊那些穿得破破爛爛、手拿破碗和竹棍、披著麻袋的是丐幫；一群光頭的是少林寺，頭上纏著布圈、戴著大耳環、穿得花花綠綠的是苗疆來的蛇教或五毒派。

中途，有一群人踩著寶劍從他們頭頂天空飛過，昭沅仰起脖子看，樂越往上指了指：「華山派或泰山派的，和我們一樣也是修煉玄道的門派。」

昭沅問：「爲甚麼你們不這樣飛？」

根本不會御劍的青山派弟子們不吭聲，樂越輕描淡寫地說：「因爲我們比較內斂，不外露，他們比較顯擺。」

正說著，又有一個門派騎著高頭大馬從他們身邊飛奔而過，馬蹄揚起的塵土落了他們一頭一臉。樂越啐啐嘴裡的砂土，指著那個門派遠去的背影向昭沅道：「看見了沒，這也叫顯擺。」

鳳崖山下人頭濟濟。

上山時辰未到，各門派的弟子雲集在一起等候。前來看熱鬧又沒有觀會帖的閒人們擠在路邊，單刀赴會的江湖異士們不願隨人堆上山，便各自找一處僻靜的所在作遺世獨立狀。各押勝負買注的攤位處處皆是，兜售點心瓜子茶水扇子手巾板凳的小販們來來往往，甚至還有一些江湖郎中在樹下大石邊搭起攤子，攤前大多掛著一幅皂簾，上書「祖傳祕方專治刀槍棍傷及各類內傷」。

昭沅東看西看，興奮得雙眼發亮，覺得眼睛很不夠用。

鶴機子和幾位長老去和各個門派的掌門長老們客套招呼，樂越和師弟們找了個空曠的地方站著，幾個小師弟蠢蠢欲動，想去買兩包瓜子嗑牙，樂越警告地瞄了他們一眼：「大庭廣眾，不要給師門丟臉，拿出點嚴肅淡定的氣勢來！」

小師弟們便只得繃起了臉皮假裝嚴肅地站著。琳箐在一旁看，眼珠轉了轉，笑嘻嘻地說：「我去買，反正我是女孩子，買點零食沒甚麼丟臉的。」跑到一旁的小攤邊秤了幾包瓜子，又買了兩包點心，塞進腰上的布袋裡跑回來，拍拍布袋。「師兄們想吃的時候就來和我拿。」

樂越的師弟們感動說：「有個師妹眞好。」

樂越綳著臉道：「現在不能吃，等論武會開始後空閒了再說。」

師弟們嬉皮笑臉道：「大師兄，師弟們明白。」

昭沅十分想到別處轉轉，但樂越他們都待在這裡一動不動，他也只能一動不動。杜如淵從袖子裡摸出一本書看，只有琳箐來回跑來跑去，她又買了幾把扇子，分給大家一人一把，連鶴機子和三位長老的份都買了。

青山派最近幾年一直窩囊得十分出名，在一旁等候的其他門派都在暗中打量他們，他們人數少，且中間有琳箐這個女孩子，還有昭沅脖子上那個金燦燦的大項圈，更是想不引人注意都難。

許多門派的年輕男弟子都在偷偷看琳箐，青山派附近站著的某派弟子中，有一人嗤笑道：「哈，青山派中還有個戴大吉大利項圈的，是圖吉利故意的麼？論武大會有限定年紀吧，還在吃奶的就趕緊回去別等人趕了！」

那個門派的人立刻爆出一陣大笑，甚至旁邊的其他門派也有人笑了。樂燕、樂魯和樂鄭立刻捲起袖子要過去討口氣，樂越一伸手臂：「誰都不要動，會前不要節外生枝，比武時打他個老樹開花不就行了？」

杜如淵從書本上抬起頭笑咪咪地道：「忍氣未必等於吃虧，善容方可納百川，君子報仇，十年未晚。」

師弟們翻翻白眼悻悻地不動了。樂燕道：「大師兄眞的越來越有高人的氣質了。」

樂越道：「那是，要不怎麼做你的大師兄？」

方才嘲笑昭沅的某派弟子卻好像不打算就此算了，繼續高聲說：「青山派人數寥寥，還有一個是女人，看來果然門派凋零，只要有人肯進就收了。」

樂越板著臉向師弟們道：「把那個嘴賤的臉給我牢牢記住，比武時不打得他連他親爹媽都不認得，我們一起跟他姓。」

樂秦問：「要是我們恰好沒和他對上怎麼辦？」

樂越說：「那就等論武會結束後再私下扁他一頓。」

眾弟子們便又都振奮了。那個人還在不陰不陽地說個不停，青山派的弟子們只當沒有聽見。

不遠處有人朗聲道：「閣下的話是否說得有些太過了？」

昭沅聽到這個熟悉的聲音，轉頭望去，只見一個著青衫的身影引著一群人不急不緩地走來，溫雅的眉眼在陽光下如水如玉。

譏諷青山派的那人立刻道：「喲，原來是清玄派的洛師兄，眞是失敬失敬。」

洛凌之淡淡點頭回禮：「這位師兄客氣。」然後側身，向樂越拱手道。「樂兄。」

樂越大步走到人堆前，對著洛凌之一抱拳：「洛兄。」

洛凌之問：「貴派小師弟，傷勢還好麼？」

樂越扯動面皮：「哦，還好還好，就是到現在都起不了床。所以這次就帶了兩個新師弟過來。」

洛凌之歉然道：「這都是我派師弟魯莽所致，家師已處罰了他們，現正在暗室中思過，待論武大會之後再前往貴派請罪。」

樂越點頭：「好好，那我們等著。」

洛淩之看著青山派的其餘人，和氣地笑笑：「家師和師伯、師叔們都在前方，在下和師弟妹們要告辭先過去了，稍後山上再會吧。」遂帶著身後的清玄派弟子們離去。

清玄派弟子眾多，這次論武會來了約五、六十人，其中就有樂越從青山派投靠到清玄派的兩個師兄，他二人對青山派有愧，低著頭夾在人堆裡快步離去，不敢抬頭向這裡看上一眼。

樂越和師弟們冷冷地瞧著他們，樂吳道：「在青山派好好的大師兄不做，非要到清玄派做末等弟子。」

樂越涼涼道：「算了，人各有志，我還要謝謝他們呢，他們不走，我怎能混到大師兄的位子？」

樂晉插嘴：「洛淩之人還不錯，做大師兄做得也滿有氣勢的。清玄派的弟子可都不是省油的燈，但他明明看起來和和氣氣的，那些弟子卻各個都服他，不敢造他的反。」四處望了望，縮著脖子半掩著嘴低聲道，「噯，我聽說，聖上駕崩後，最有希望繼位的是安順王的世子，據說這個世子從小就隱姓埋名在清玄派中習武，該不會就是洛淩之吧。」

昭沅在一旁聽著，心裡和爪子都一涼。

樂越瞟了他一眼，道：「大庭廣眾莫談國事，應該不至於是洛淩之。」

樂晉不服：「爲甚麼不至於？我看他就像！」

杜如淵捲了捲書冊道：「不知道這個洛淩之的淩是哪個淩？」

樂晉道：「凌雲壯志的凌。」

杜如淵思索道：「那應該就不是了，因爲安順王的先人中，有一位叫作慕凌，他倘若是安順王世子，不會犯先人名諱。」

昭沅鬆了一口氣，感激地看了杜如淵一眼。杜如淵恰好對上他的目光，向他溫和地笑了笑。

約半個時辰後，鳳崖山邊的大鼓被咚咚敲響，各門派上山的時辰到了。

青山派眾人夾在眾門派之間上山，清玄派在他們身後，與他們隔了一、兩個門派，樂越的師弟們覺得這是個把清玄派遠遠踩在腳下的好兆頭，非常開心。

昭沅一邊走一邊東張西望，鳳崖山的石階修得寬闊平整，一旁石壁上刻著精美的壁畫，有的畫著鳳凰頂著太陽飛在半空中，其他一大群鳥環繞在他周圍；有的是單鳳翱翔，都十分精美，連鳳凰的羽毛都刻得很細緻，栩栩如生。

琳箐不屑地小聲嘀咕：「鳳凰就是喜歡把自己搞得最高貴。再高貴，也不過是隻鳥。」

在仙界，羽禽和獸族一向互相看不上，羽禽自詡清高，獸族則很看不慣這種清高，覺得羽禽華而不實，尤其像麒麟這種神獸。護脈麒麟原本與護脈鳳凰並列爲四大護脈神，地位相當；麒麟與龍關係又一向不錯，還時常鄙視鳳凰專管女人事。但自從龍被打敗後，鳳凰爬上了最高位，麒麟被踩在鳳爪下，心中常有不忿。

昭沅看著這些壁畫，心中更不舒服，按理說，這些壁畫上本應刻的是龍。琳箐握著拳頭低聲對他道：「你一定要爭點氣啊。」昭沅用力點頭。

方才在山腳下時，樂越曾將昭沅拉到一旁，偷偷對他道：「待會兒上了山之後，你多往清玄派的弟子中看看。這次論武會，他們年輕弟子中最像樣的都來了，若你要找的人在清玄派內，十有八九會在這些人當中。你多看幾個，除了洛凌之外，還覺得哪個像就告訴我，搞血的事情包在我們身上！」

昭沅一面順著石階向上，一面暗暗打算，等到了山上，要多多觀察清玄派的弟子們。希望能順利找到那個人。

石階的最盡頭，是一塊白石平台，一旁的石碑上題著「仙蹤台」三字。

一汪碧水橫在平台與遠處的樓台之間，浩浩渺渺。

樂越告訴昭沅，這汪湖泊也和他們青山派有關。相傳那位在菜園裡飛升成仙的師祖曾在此處仗劍除魔，與魔相鬥時把這個山頂轟出了一個大窟窿。天長日久，窟窿裡蓄滿了雨水，就變成了一座湖。如今魔已煙消雲散，仙也蹤跡難尋，只有這個湖還留在此處，年復一年。

湖泊上架著一座吊橋，湖中居然還有一塊塊露在水面上的怪石，有的人從吊橋上走過，還有人直接在水面上踏石而過。

昭沅扯扯樂越的衣袖問：「爲甚麼他們不走一樣的路？」

樂越道：「這就看各人的喜好了，武功弱的，或者不愛顯擺的，一般都從橋上走過去。但有些武功高的想要表現一下，或者愛好與別人不同的，就會從湖上飄過去。凌波踏浪是輕功中的至高境界，尋常人很少能達到，所以朝廷就派人在湖裡放了這些石樁，留給踏浪過湖的人一個換腳的地方，省得他們一口氣換不過來，掉到湖裡去。」

昭沅點頭，又問：「爲甚麼他們不游過去？」

這汪湖水看起來很誘惑，如果不是有人在場，他眞的很想下去游一游，他在旱地上待了這些天，很想念水。

樂越道：「呃，在水裡游，於江湖人來說，是不能顯出面子的。」

琳箐在一旁哧哧笑：「土龍。」昭沅抓抓腦袋，不再多嘴了。

方才出言恥笑青山派的人原來就是那個在路上御劍從他們頭上飛過的華山派弟子。華山派掌門向清玄派掌門重華子拱了拱手：「重華兄，鄙派先行一步了。」一揮袖，華山派眾人齊齊御劍而起，飄向湖面上空。

重華子捋著鬍子笑了笑，邁步走向湖面，清玄派的其餘主事道長們後他一步跟上。重華子眾人在水面上漫步而行，就像走在平地上一樣，比之天上御劍的華山派，修爲更顯得高明。

琳箐看著天上飄著的華山派，暗暗動了動手指。

重華子一行走到湖中心時，前方忽然撲通一聲，有個黑點以倒栽蔥式從半空中流星般墜落下來，扎破水面，咕咕地沉了。

華山派掌門踏劍降下，厲聲道：「何人暗箭傷人？」

自然無人應答。

琳箐悄悄翹起嘴角，轉頭問樂越：「我們怎麼走？」鶴機子道：「還是踏實走路爲好，我們走吊橋吧。」

青山派的眾人沿著吊橋往對岸去，讓樂越奇怪的是，洛凌之竟沒有顯擺，也帶著清玄派其他弟子從吊橋上走。

此時華山派正七手八腳在打撈那名沉湖的弟子。華山派的人雖然很會飛，卻都不擅水，摸索了半天，才把那名弟子拖出水面，十分狼狽。

重華子和清玄派的道長們還在不緊不慢地走著，重華子關切地問華山派掌門：「徐掌門，需貧道幫忙麼？」

華山掌門還未答話，重華子已向吊橋方向喚道：「凌之，速來幫幫華山派的師弟。」

洛凌之應了一聲，振袖而起，只見一條青影從吊橋輕飄飄落上湖面，衣袂如流雲，御風踏浪而去。他行得極其快，固然顯不出如重華子那般慢慢行走的功力，但輕盈優雅，宛如謫仙淩波。吊橋上的許多人不由得出聲讚歎，各派年少的女弟子們望著水面上的洛凌之，心都不由自主跳得快了些。

樂越向湖面上瞄了瞄，他本就不大相信洛凌之會甘於寂寞，原來有後著在這裡。

昭沅望著水面上洛凌之的身影，心中再次暗道，一定是他吧，一定是的。

琳箐用手臂撞撞他：「喂，為甚麼你總是盯著清玄派的那個洛凌之看？」摸著下巴，目光鋒利。

「該不會……你選中的人就是他吧。」

昭沅一驚，急忙搖頭：「沒……沒有……」

琳箐似笑非笑地瞟了瞟他。

昭沅和青山派的眾人一同走到對岸時，洛凌之和華山派的人已將那個掉下水的倒楣弟子拖上岸。那名弟子正被人按著肚子，一下又一下將吞進肚中的湖水擠出來，極其狼狽。樂越和他的師弟們都忍不住幸災樂禍地瞧了瞧他。

樂越向洛凌之抱抱拳頭：「洛兄，我們先行一步去論武閣了。」

洛凌之微笑還禮。

鳳崖山的山頂極其開闊，山頂正北建著一座華閣，稱作論武閣。各派依照舊例先到論武閣的大殿中應到，報上參與弟子的姓名，領取牌符，再抽籤決定比試的場次。

青山派領到第三十三號牌符，算是不好不壞，樂越道，兩個三加起來就是個六，是個吉利數字。

清玄派是上一次論武會的魁首，因此領一號牌符，站在最上首。

論武閣的大殿中擠不下太多人，只有各派掌門或長老留在殿內，弟子們都在殿外的空地上等候，等時辰一到，朝廷派來的人說幾句話，論武會就可以開始了。

昭沅站在一個不顯眼的地方，努力打量清玄派眾人。清玄派的弟子多名門貴胄，都相貌堂堂、舉止不凡，不過昭沅打量來打量去，還是覺得洛凌之最特別。

樂越和他的師弟們也在四處打量。

樂吳道：「大師兄，你有沒有覺得，這次論武大會和上次有些不一樣？」

樂越道：「有麼？論武會你我都只參加過一次，這是第二回，大概每回和每回都不一樣吧。」

樂吳搖頭：「不是，我就是覺得氣氛有些不對勁。」

樂晉也跟著說：「對，論武閣前有這麼多的兵卒，打扮和一般小卒不同，我聽說，只有朝廷的親兵才這麼打扮。」

樂越遂向那些兵卒們望了望：「難道說今天是皇帝老兒親自來了？不可能吧，他老人家不是病得很重麼，應該在龍床上躺著吧。」

杜如淵向論武閣一旁的小樓一指：「看那樓上窗簾的花紋。據我所知，用海棠花爲紋飾的，就是安順王。」

安順王？那不就是傳言中未來的皇上，或者未來皇上的親爹嗎？

樂越的師弟們立刻抖擻精神，目光炯炯地向那座小樓上看去。樂晉咬著手指道：「喔，如果眞是安順王，等他出來的時候，我要多看他幾眼。要不然等到將來，可就不那麼容易看得到了。」

只有樂越抱著手臂興趣不大地站著，未來的皇上或未來皇上的爹？那可還不一定。他朝昭沅看了看，發現傻龍正站在一棵樹後小心翼翼地偷窺向清玄派方向，他的姿勢神情搭配著那個明晃晃的項圈，傻得無與倫比。

樂越在心中嘆了口氣，可能眞的甚麼都不一定。

樂吳憂心忡忡地道：「大師兄，倘若眞的是安順王，他的兒子又眞的在清玄派內，我們這次勝的希望豈不又很渺茫？」

樂越揚眉道：「沒比之前，怎能先就想到了輸？管他誰的爹誰的兒子在哪裡，我們只管一心求勝就行！」

琳箐立刻讚歎：「說得太對了，我們一定不會輸。」

她朝論武閣方向瞟了一眼，管他今日甚麼勢力甚麼鳳凰，只要有她在，就不可能讓樂越輸！

杜如淵跟著應和：「甚是甚是，大師兄這種臨陣態度，實屬最難得的豁達。」

他抬起頭，有意無意，也向論武閣的方向看了一眼。

論武閣旁邊有兩棟小樓，一棟名叫觀雨，一棟名叫惜晴。這兩棟小樓的方位都有些特別，尤其是惜晴。

他建在論武閣旁側的稍後處，看似被論武閣掩去了多半，但樓上的小窗能將整個山頂收入眼底，尤其是論武閣前方的比試場地。

此時，惜晴樓樓上的小窗前就坐著一個人，端著半杯茶水，透過半掩的紗簾看著論武閣前的眾人。有紅衣小童捧上新茶，恭敬道：「主上，右使讓我轉稟，該來的人都來了。」

被稱作主上的人伸手挑起紗簾：「我知道。方才，我就已經看見了。」

各派掌門抽籤完畢後，從殿中退到論武閣外。論武閣前的大鼓咚咚咚響了三下，各派依序站好，一時之間，論武場雖然數派雲集，卻鴉雀無聲。

論武閣的二樓台閣上，陸續走出人來，先是應邀做本次論武會評判的幾位江湖名宿，他們依次到了各自的座位前，卻都站著不落坐。

少頃，淺墨色幔簾後走出了一個年約四、五十歲的男子，身著蒼鷹逐日袍，頭戴玉冠，白面微鬚，略胖。論武場上的眾人中微微有了些小小的騷動。

「是安順王！」

「居然真的是安順王！」

安順王面露微笑，向論武場上的江湖人士們抬手為禮：「小王奉聖上之命，前來參與此盛會。小王雖然打過幾天仗，但武藝實在平平，蒙聖上恩寵當此殊榮，在各位江湖俠士面前，頗感慚愧。望各位江湖俠士們這幾日多多指教，能窺得天下武林最頂級的絕學之一二，便是小王此生的榮幸了。」

他口氣極謙遜客氣，讓各派人等心中都十分受用。

安順王說完話，台閣帷幔後又緩緩步出一個緋色的身影。

看到那身緋衣，昭沅感到了一股莫名寒意，後頸的鱗片幾乎要豎起來。

除了新郎倌之外，樂越之前從來想像不出男人穿紅衣是個甚麼模樣。

但他此時卻曉得了，原來男人也可以將大紅衣穿得如此華貴，如此雍容，如此風流。

那一瞬，天與地之間好像甚麼都不存在了。只餘下那襲緋紅衫袍，與一雙微微上挑的眉眼。

昭沅爪子發顫，寒意已經蔓延到他的頭頂與後爪的最末梢。那濃重的紅色，扎得他眼睛疼。

他聽見琳箐在自己耳邊不屑地小聲道：「許久不見，鳳凰還是這麼風騷。」

那抹紅色刺灼著昭沅的眼睛，刺得他的心很疼很難受。

他有點驚恐，怕鳳凰發現他、把他抓住，或者搶先抓走他要找的人，或者像對付父王那樣，直接打爛龍珠。

他無意識地緊緊抓著脖子上的項圈，動彈不得。

琳箐的項圈確實很管用，鳳凰並沒有發現甚麼異樣，只是向下掃了一眼，便在安順王身邊坐下，他落坐之後，安順王方才跟著坐下。昭沅麻木之中，聽見身邊師兄們低聲議論。

「怪了，這人是誰，怎麼連安順王都好像敬他三分一樣。」

「按理說，朝廷中，除了皇上，沒人能比安順王厲害了。這人沒穿官服，連官都不是，怎麼會有這麼大的架子。」

「聽說安順王府中有位幕僚，替他出謀劃策，非常厲害，安順王對他言聽計從，該不會就是此人吧？」

……

琳箐拉了拉他的衣袖，小聲道：「喂，不用嚇成這個樣子，你戴著我的項圈，鳳凰絕對看不出你是誰。他們其實沒甚麼厲害的，就是手段多、陰謀詭計多。真打起來根本不是我的對手，有我在你吃不了虧的。」

昭沅卻依然僵僵地站著，直到論武會開始，那抹紅色身影起身消失在帷幔後，他才挪動腳步，跟著散開的人流走到一旁，找到一棵長在僻靜角落的大樹，在樹後坐下。

他非常鄙視害怕鳳凰的自己。要是自己不是這麼沒用，而是像表舅公那麼強悍，就可以直接衝上去，打倒鳳凰，爲父王報仇，而不是像現在這樣躲在大樹後。

琳箐跑去給師兄弟們分瓜子，沒顧得上管他。樂越陪著師父和師伯們去遞交抽籤牌，定下兵器、比試的場次和對手門派。

紅衣力士們再度擂響大鼓，論武大會正式開始。

錚——

雪白的拂塵絲纏上了冰冷的劍身，一抖一扯，長劍被擰得彎出了弧度，在陽光下閃著耀眼的光，從執劍人的手中脫出，劍尖劃破微風，鏘的一聲，跌落在塵埃中。

手拿拂塵、身穿杏色長衫的年輕弟子後退一步，立掌向對面已兩手空空的錦衣少年躬身道：「承讓了。」

那少年抱了抱拳：「師兄客氣，泰山派的念影塵果然厲害，名不虛傳。」

論武場邊高台上的雅席中，少林的靜緣方丈、千葉閣的若葉閣主、江北十七劍盟的盟主盧昕、江南第一莊望月山莊的莊主趙棠、南海劍派的宗主綠蘿夫人及編撰江湖譜的萬卷齋主人賀堯，都拿起一根竹籤，投進桌上紅色的竹筒中。

雅席正中坐著的安順王微微抬手，一旁侍立的侍衛中立刻有一人跑向高台邊的大鼓，拿出一面紅色令旗揮動三下，大鼓前立著的兩個大漢掄起鼓槌，擊鼓六聲：「第五場，泰山派勝——」

這已是泰山派勝的第二場。

青山派的弟子們圍在論武場邊，捧著瓜子邊嗑邊透過人縫向場中看。樂吳吹著瓜子皮搖頭感嘆道：「乖乖，好厲害！聽說這個拿拂塵的，在泰山派中只算中等稍上的弟子，我估計小十一和小十二兩個打他一個都未必打得過。」

他身邊樂秦低聲道：「二師兄，你的話如果被大師兄聽到，肯定會說你長他人志氣滅自己威風。」

樂吳道：「但做人總要面對現實。」

樂秦摸起一枚瓜子送到嘴邊：「大師兄眼裡只有打倒清玄派，現實這東西太遙遠，他看不見。」

樂吳沉默地也捏起一枚瓜子，遞到嘴邊，咔的一聲。

少頃，十一師弟樂鄭分開人群，努力地擠了過來：「師兄師兄，剛剛抽完籤，我們第一項比試的人已經選出來了！」

眾青山派弟子紛紛轉頭，急切地道：「哦？是誰和誰？」

論武會的第一關共有六項比試，分別是兵器、拳腳、內功、輕功、武學、玄法。各派每項須有兩個年輕弟子參加，勝了三項及以上的門派，才能進入第二關。

第一關比試的場次和對手門派都由幾位評判抽籤決定。參與的弟子則由本項中的對手門派抽籤選擇，不能由本門派自行挑選。

這個變態的規矩是鳳祥帝在第一次論武大會上定下的，據說是爲了以示公正。根據江湖傳言，鳳祥帝是個十分喜歡抽籤的人。

論武會的第一項比試是兵器，這項比試青山派寄託了很大希望。樂越和師弟們一起詳細分析過戰局，青山派的弟子都不怎麼愛看書，所以唯一的一場文試——武學比試必輸無疑。而後，大家對內功也沒甚麼鑽研，估計贏的希望也很渺茫，再則玄法一項，勝算也不大。

「但，」當時樂越經過盤算後和師弟們道。「可幸的是，實打實的一對一打，我們不怕。我們青山派弟子一向遵循打不過就跑的師訓，在長年累月的鍛鍊中，輕功都是上乘。所以——」

所以，青山派的弟子們，把衝過第一關的希望全部押在兵器、拳腳和輕功三項上。

可這三項能不能勝，還要賭運氣，看抽籤的結果到底如何。

青山派的兵器比試在第九場，對手門派很不幸是個挺強的大門派蒼山劍派。蒼山劍派在江湖門派榜上排名第八，專攻長劍、短劍、雙劍、軟劍等各種劍，最擅長兵器。

眾弟子目光炯炯地盯著樂鄭，都在心裡默默祈禱：「這場中千萬要有大師兄……」

樂鄭搔搔後腦，嘿嘿地笑了：「嗯，這場抽中的人是我和新入門的十三師弟。」

那一瞬間，望著樂鄭的眾青山派弟子聽見自己的心碎了。

在師弟們捧著破碎的心哀愁時，樂越尚不知兵器比試人選的噩耗，他正和琳箐一起蹲在僻靜角落裡的一棵大樹後，開導憂鬱的傻龍。

「我還以為你去偷看洛凌之了，為甚麼在這裡坐著？」

昭沅低著頭不說話。

琳箐瞥了他一眼：「哎呀，他是被鳳凰嚇的，嚇傻了。喂，我剛才不都和你說了嗎，放心吧，只要有我在，鳳凰不能把你怎麼樣。你看看你這個樣子，一條雄龍怎麼能這麼沒用。」

沒用兩個字讓昭沅的心縮得更緊了，他再把腦袋垂得更低了些，小聲說：「我是很沒用。」

樂越在他身邊坐下：「不要隨便說自己沒用。現在敵強你弱，要更奮發才對！就像我們對付清玄派一樣。雖然對手很強，不代表一定會敗。如果先滅了自己的志氣，不是會讓對頭更得意麼？」

琳箐立刻說：「對呀，你聽聽樂越的話，每一個字都這麼地深刻，這麼有理。你要聽他的話，別垂頭喪氣了。」

昭沅慢慢抬起臉：「我只是有點擔心，萬一不成功怎麼辦……」

萬一，不是洛凌之。萬一找不到那個人。萬一找到了也沒法贏過鳳凰。

萬一……萬一……

龍珠在他的胸口像火球一樣灼熱，他感到很沉重。

樂越拍拍他的肩：「我告訴你，沒做之前，就要只想著贏，別想著輸。就算最後輸了，也沒甚麼。贏得起也輸得起才是大丈夫！」

琳箐點頭：「對，像樂越這樣的，就是大丈夫，將來頂天立地的大英雄。你學學他，沒有錯！」

琳箐對樂越的吹捧讓昭沅身上的龍肉一陣陣地麻，終於又精神了起來。

對，現在最要緊的事，還是要趕快找到和氏皇族的後人，其他的事情以後再想！

樂越在琳箐讚賞的目光和昭沅欽佩的視線中豪情澎湃，連寒毛梢都被這股豪情漲滿，一瞬間，他感到自己頂天立地，卻沒忘記謙遜地微微一笑：「琳箐姑娘，我知道妳說這話有別的用意，未免略有誇大，這些讚譽，現在的我還不能完全當得起。妳也不要指望我因爲這些話，就改變想法答應妳的要求。」

琳箐馬上搖頭：「沒有沒有，我沒別的用意，你誤會了。」雙眼與甜美的笑容裡寫滿了眞誠。「雖然你不會答應我，但我不會因此改變我對你的欣賞。在我的眼中，你就是這樣。而且我覺得，你一定還有很多其他優點我還沒有發現。」

樂越春風滿面：「哈哈～妳說得太過了，其實我只是個很普通的人，眞的！哈哈～不過琳箐姑娘妳的坦率我很欣賞！」

琳箐漂亮的眼睛笑得彎彎的：「謝謝你這麼說。」

昭沅看著琳箐和樂越相對而笑，龍鱗有點打顫。

不對，不應該打顫。他在心中默默告誡自己。應該欽佩琳箐才對，她和樂越才吵完架，立刻就能把關係變得這麼好，她的做法都是很寶貴的經驗。

樂越站起身，拍拍身後的灰塵：「耽誤挺長時候了，兵器比試的人選應該已經抽出來。我要過去看看。」

琳箐趕快站起身：「好啊，一起去。」

樂越居然沒有拒絕，只嗯了一聲。琳箐很開心，笑吟吟地走到樂越身邊。樂越向昭沅招手：「走吧，別在這裡傻坐了，一起過去，清玄派也在那邊。」

昭沅便也隨著起身，方才的陰霾已經煙消雲散，他感覺渾身又輕快起來。

論武閣旁的惜晴小樓二樓，小窗上半捲的紗簾動了動，輕輕垂下。

簾後的人垂袖站著，透過紗簾，樂越、琳箐和昭沅的身影像三個模糊的黑點。

紅衣小童在他身後躬身道：「主上，要不要屬下去打探一下……」

那人轉回身在椅上坐下：「不必了，麒麟想要怎麼鬧，就讓她怎麼鬧吧，與我們的大局無關。」抬袖再捲一捲紗簾，輕笑一聲。「麒麟族的這位小公主，口味果然和傳說中的一樣不尋常。」

樂越和昭沅、琳箐一起快步趕向論武場，遠遠便看見師父、師叔和眾師弟們神色都很凝重，只有杜如淵和他頭頂的那隻龜看起來比較淡定悠哉。

樂越快步趕上前：「兵器比試的人選出來了沒？」

其餘人都默然，樂吳慢慢道：「大師兄，你挺著點，兵器比試的人選是小十一和小十三……」

樂越、昭沅和琳箐也沉默了。

樂鄭雙眼中燃著熊熊鬥志：「大師兄，我會爲師門努力的！」

杜如淵道：「吾……也會盡力而爲。」

樂吳鎖著眉道：「大師兄，我們……」

樂越抬手搭上樂鄭的肩：「事已至此，便盡人事，聽天命吧。」

大丈夫，要贏得起，輸得起。

下午未時二刻，兵器比試第九場開始。

昭沅覺得在這種時候抛下樂越去觀察洛凌之和清玄派太沒情義，他挨著樂越，和青山派的其他弟子們一起站在論武場邊，輕聲安慰樂越：「不一定會輸，總有奇蹟存在。」這話好像不大管用，盯著場中的樂越臉色更陰沉了。

琳箐抬手敲了他的後腦一記：「不會說話就別亂說！」

他愧疚地閉口，揉著被敲疼的地方。

樂鄭和杜如淵與蒼山劍派的兩名弟子面對面站在論武場中。

青山派這次抽中了「上上籤」，參加兵器比試的兩名蒼山劍派弟子是掌門的嫡傳弟子，一個叫李祖，一個叫王瀧，不單是蒼山劍派年輕弟子中的翹楚，還在江湖中小有名氣。李祖曾孤身一人劍挑三個土匪寨。王瀧則在半年前江湖黑白兩道互毆中，隻身廢了三十多個魔教弟子，從此揚名江湖。

這場的第一回合是樂鄭對王瀧，杜如淵和李祖先退到一旁，王瀧在場中向樂鄭抬抬衣袖：「蒼山劍派弟子王瀧，請青山派鄭師弟多多指教。」

樂鄭有些緊張僵硬，卻也氣勢十足地抱起拳頭大聲道：「青山派弟子樂鄭，請蒼山劍派王師兄多多指教。」

王瀧捧起佩劍，抽出，青光流溢，寒氣閃閃：「劍名秋霜，長四尺二寸，重二斤一兩，永昌三年鑄。」

樂鄭也舉起刀。他年紀小，平時懶，沒怎麼練過兵器，來的時候隨身掛的是把劍，有點生鏽，害怕上場被砍斷了讓人看笑話，樂越臨時從另一個師弟身上扯了把刀給他。

樂鄭大聲道：「刀名……刀的名字就叫刀！長，沒量過，重量大概三、四斤。不知道哪年鑄！」

場外圍觀的人堆中一陣哄笑。昭沅不忍心看，有點想用前爪捂住眼。

王瀧嘴邊也露出一絲笑意，抬手：「請。」

樂鄭揮舞起長刀衝向王瀧，王瀧抬劍相迎，劍尖在刀身上一點，繞出一朵劍花，再一挑，樂鄭的長刀險些脫手飛出，急忙用另一隻手按住。

觀戰的人群中又是一陣哄笑，樂鄭漲紅了臉，兩手舞動長刀劈向王瀧，王瀧不閃不避，劍身一抖，平平地迎上。

鏘的一聲，劍勢恍若一道白虹劃過，樂鄭手中長刀忽然一輕，一塊黑影從他手上咻地飛出，哐噹一聲，砸在地上。

樂鄭愕然看向自己的手，刀柄還握在手中，長刀的刀身卻只剩下了一半。

另一半，靜靜地躺在不遠處，斷口處很齊，很平整，像用刀裁開的紙。

王瀧反手將長劍背在身後：「鄭師弟，承讓。」

鼓聲咚咚地響起：「蒼山劍派勝——」

樂鄭握著半截斷刀，木僵僵地下了場，突然手一鬆，斷刀落地，蹲下身，脊背直顫抖。

樂越大步上前，彎腰扯著他皺眉低聲道：「起來，出息點！」

樂鄭起身，用袖子捂住滿是涕淚的臉：「大師兄，我以後一定好好練武功。」

樂越半拖半扶著他應道：「嗯嗯，好，以後好好練。」

樂鄭抽抽噎噎地被樂燕和樂魯拖到人群外的空地上去了。昭沅想安慰一下樂越，笨拙地抬起一隻前爪學樂越平時常做的那樣，碰碰他的肩膀。

樂越皺著眉道：「唉，這是必然的下場，不過失敗的現實還是很殘酷。」

琳箐柔聲道：「往好的地方想，你們中最弱的兩個已經被挑出來，剩下的幾場反而勝算會大點。」

這邊場上，杜如淵與李祉已站到了場中央。

李祉捧起佩劍：「劍名冬雪，長四尺二寸，重二斤二兩，永昌三年鑄。」

杜如淵慢吞吞地將手伸進了衣袖。

剛才要上場時，青山派的弟子們爭先恐後地將自己的佩劍或佩刀拿給他，杜如淵都以太沉爲理由婉拒，只是摸著衣袖笑嘻嘻地道：「我自有別的好兵器。」

眾人都知道他必輸無疑，便沒有勉強。但，杜如淵在論武場上，始終是一副優哉游哉的模樣，此時將手伸進衣袖的動作又如此淡定從容，青山派的弟子們心中忽然浮起了一絲希望。這個書呆子，該不會其實是個高人吧。說不定，這一局，會有出人意料的事出現。

連樂越都有些這樣的猜想。

因爲那隻龜趴在杜如淵頭頂，那麼地氣定神閒。說不定……

昭沅也在盯著烏龜猜測，他會不會幫杜如淵？他感覺，烏龜應該非常厲害。

與此同時，場外的各派弟子、各派掌門長老與高台上的幾位評判，也都斂氣凝神地望著杜如淵。青山派的底細，大家多少都瞭解些。此時場上的這個書卷氣十足的新弟子，這樣鎮定、這樣從容，果眞只是個普通的弟子？

李祖也微微瞇起眼，他隱隱感覺到一股壓迫的氣息，即使當年他一個人拿著劍殺進匪窩時，壓迫感也不如此刻濃烈。他緊緊盯著杜如淵伸到衣袖中的手，那隻手正慢慢地抽出一樣物事，捲起。

杜如淵在眾人探究的目光中揚起手中墨藍色封皮的書卷，微微笑了笑：「《中庸》，孔聖人所著，江南書局今年新刻印的版本，因翻得有些勤，八成新。」

論武場內外鴉雀無聲，盯著杜如淵的那些目光更鋒利了。

李祖不由自主地握緊了手中的劍，沉聲道：「請。」

杜如淵含笑道：「師兄先請。」

李祖握劍的手滲出了冷汗，他到底還是個年輕弟子，閱歷尚淺，眼前的對手讓他感到從未有過的叵測。

他舉起劍，灌注全部精神刺出。杜如淵握著書哎呀一聲向旁邊一躲，身法滯緩，居然像是個絲毫不懂武功的人。

李祖大驚，爲防有詐，急忙硬生生收住劍勢，向一側一劃，削到了杜如淵手中的書冊。嘩啦啦——破碎的書頁在微風中紛紛揚揚地飄飛、盤旋、飄向地面。李昶感覺劍下空蕩蕩的，好像剛才那一劍是削在一個普通的人拿著的一本普通的書上。

杜如淵心痛地搖頭：「看來《中庸》不足以抵禦，換一本吧。」將手中破書塞回衣袖，變戲法般又從懷裡抽出一本書。「這本《韓非子》應該比較能抵擋殺戮之氣。」

場外的青山派弟子們都從杜如淵是高人的美夢中清醒了。

樂晉小聲道：「我還以為他很厲害，原來是這個書呆子又在裝神弄鬼。」

樂吳道：「他會裝也挺好的，起碼不會輸得太丟臉，糊弄一下蒼山劍派的人，讓他們也鬱悶一回。」

場外其他人顯然還是將杜如淵當成一個深藏不露的高人，蒼山劍派掌門沉聲喝道：「李昶，不可大意！」

李昶深吸了一口氣，再一劍刺出去。

杜如淵向旁邊一跳，狼狽閃過，李昶這一劍卻只意在他手中的書，劍刃削過書冊，嘩啦一聲，破碎的書頁再次四散紛飛。

「唉——」杜如淵長嘆。「這位師兄，連《韓非子》都不能讓你領悟到勝不以匹夫之勇的道理，吾唯有再請出一本書了。」他向另一只袖筒一掏，又摸出一本書冊，封皮上四個大字——「孫子兵法」。

掏書的時候恰好李昶劍光掃來，杜如淵向後一仰，衣角已被削下一塊，異常狼狽地跌倒在地。

昭沅、樂越和琳箐都豁然明白了，原來杜如淵頭上的那隻龜只管護著杜如淵不受致命傷，其他的他一概不管。所以杜如淵才被打得連滾帶爬，狼狽不堪。

杜如淵拎著《孫子兵法》從地上掙扎起身，見李昶又舉起劍，忙道：「且慢！」

李昶的手頓時頓住。

杜如淵撣撣身上的灰塵：「這位師兄，你實在太厲害，在下這種不懂武功的人，手中就算有一百本《孫子兵法》恐怕也擋不住你的一劍，這局我敗了，多謝師兄指教。」

樂越的師弟們撇嘴道：「太會裝了，連認輸都一大套理由。」

李昶一動不動地站著，杜如淵向他拱拱手，把《孫子兵法》塞回懷中，向論武場外走去。李昶盯著他的背影，忽然大聲道：「慢著！」

杜如淵滿臉詫異地回頭：「這位師兄，我已經認輸……」

李昶恭恭敬敬地彎下腰：「請這位少俠賜教，認眞指點在下兩招。」

杜如淵道：「在下其實對武功一竅不通，能活著下場已是師兄劍下留情。這一局，師兄勝了。」

他轉過身再繼續向場外走，李昶突然拋下手中長劍，跪倒在地：「我認輸，這一局，是我輸了。」

昭沅、琳箐連同青山派的所有弟子們都大驚。樂鄭睜大了哭腫的眼，結結巴巴地道：「這、這個李昶有毛病嗎？」

琳箐道：「他該不會是把杜如淵的裝蒜當眞了吧？」

樂越同情地看著李昶：「好像是……」

像是印證他這句話一樣，蒼山劍派的掌門從座椅上起身，向著評判席方向拱手道：「這一局，的確是小徒輸了。」

鶴機子急忙起身：「曾掌門誤會了，貧道的這個徒兒前日剛入門，確實……」

曾掌門抬手打斷鶴機子的話：「鶴兄不必再替我留臉，這位少俠已經給足了小徒面子，這次比試，小徒輸得一敗塗地。」

李昶跪在場中，大聲道：「但我能得到這位少俠的指點，已勝過練十年的武功。」

杜如淵站在場上，厚顏無恥地笑道：「好說好說。」

按照規矩，倘若兩局比試一勝一負，就由雙方得勝的弟子再比試一場。

靜緣方丈道：「阿彌陀佛，那麼王瀧少俠還要與這位少俠再比一局麼？」

王瀧立刻道：「不敢，弟子也認輸。」

曾掌門嘆息：「這場比試，我們蒼山劍派輸得心服口服。」用欽佩和玩味的目光注視著鶴機子。「鶴兄，青山派不愧道法名門，敝派心中，唯有敬佩二字而已。」

李昶撿起佩劍，站起身，恭敬地向杜如淵道：「今日一場比試，多謝師兄提點，讓我明白了武學之道在於心，而不必執著其形的道理。不知在下能否擇日登門拜訪少俠，再請師兄多多指點我心中的迷津？」

杜如淵微笑：「咳，嗯，當然，你能領悟，這最好了。天命之謂性，率性之謂道，修道之謂教。道也者，不可須臾離也；可離，非道也。」

李昶急忙在口中跟著唸誦，再反覆默唸幾遍，深深一揖：「得此教誨，如醍醐灌頂，多謝多謝。」凝望著杜如淵的目光充滿熱烈的仰慕。

春天的陽光下，本該充滿了鋒銳之氣的論武場竟化作一幅楊柳春風的畫卷。靜緣方丈雙手合十道：「阿彌陀佛，善哉善哉。恭喜施主終於從武中悟到了禪的境界，這方是武之本意。武者，止戈也。」

大鼓聲咚咚響起——

「兵器比試第九場，青山派勝！」

杜如淵頭頂的烏龜淡然地半垂著眼皮：「凡塵俗世實在太淺薄了……」

昭沉目瞪口呆地看著場中，疑惑地皺皺眉頭：「為甚麼？好奇怪。」

琳箐喃喃道：「天哪，凡人真天真！」

論武場邊石坪上，清玄派的掌門重華子也正看向場中，他身邊站著洛凌之和另外兩個年輕弟子，其中一個弟子冷笑道：「蒼山劍派不過爾爾，師父，依徒兒看，青山派的那個弟子明明就是不懂武功在裝神弄鬼，蒼山劍派的那兩個年輕弟子看不出也就罷了，為甚麼連曾掌門也被糊弄住？」

重華子捻著鬍鬚尖道：「佟嵐，曾掌門在江湖上見過的事情比你吃過的米還多，方才那人究竟是否只是個不懂武功的書生，他豈會看不出？所以為師才一向說你太過自以為是。」

佟嵐皺眉道：「難道師父也以為，那書生是深藏不露？可他明明就被逼得連滾帶爬、毫無招架之力。」

重華子笑一笑，側首向洛凌之和另一位年輕弟子：「你們以爲如何？」

洛凌之垂目道：「弟子不敢妄下論斷。」

另一位年輕弟子道：「李昶的劍法不錯，但那書生雖看似狼狽，卻一絲都沒有受傷，不懂武功的人不可能做到。這個書生我們曾見過，他當日暈倒在山腳下，大師兄本想把他救回去，恰好青山派的人也從那裡過，搶先一步，既然他們愛搶，我們就讓給他們了。說不定他眞有別的來歷？」望向已走出論武場的杜如淵，斂起眉峰。「不然，派人去查一查吧。」

佟嵐即刻道：「正是正是，師父，就讓徒兒和大師兄去查吧。」

方才說話的年輕弟子微笑道：「大師兄和二師兄還要看管其他師弟們比試。還是我去查較好。」

佟嵐道：「不礙事不礙事，比試的事有大師兄就行，這事讓我來辦。這等小事，怎能讓小王……」

方才說話的年輕弟子微微挑眉，重華子半瞇著雙目向佟嵐一瞥，佟嵐隨即笑道：「不好不好，是我口滑了。」向那年輕弟子拱一拱手，笑得更深。「這等小事，不用維清師弟費心，我去便可。」

「維清師弟」浮起一抹薄笑，側首遙遙望向青山派弟子們所在處，掛在腰間的如意墜上的流蘇在微風中輕搖。

「稍安勿躁，先觀察看看。」重華子捋著鬍子閉目沉思。「倘若他只是個不知來歷的年輕人，爲報救命之恩才暫時加入青山派，倒也還好。但他身上隱隱有股異樣的氣息，讓我想起，師尊曾說過的一個關於本派的傳說。」

如今清玄派的創派祖師德中子曾講過一件祕事：在很多年前，有魔亂世，驚動三界，連天庭都派下仙使除魔，最終，卻是昔日清玄派的一位師祖打敗了魔頭，還留下如今鳳崖山頂仙蹤台和那汪湖泊的傳說。傳說中，魔頭被打得魂飛魄散，最後那位師祖飛升成仙。但據德中子說，事實上那隻魔並沒有除去，而是封在了一件法器內，只有每代掌門知道隱藏處。德中子當年反出師門，除了盜走令牌外，還曾想盜走這件法器，但最終沒有找到，為此抱憾終身。

重華子道：「據師祖留下的口訓中說，得到那件法器，便能將那隻魔收為己用。」

維清和佟嵐都凝神不語，洛凌之道：「我們修的是玄法正道，要那魔有何用？」

重華子搖頭：「凌之，你的毛病是腦筋太死，甚麼是魔？甚麼是道？為我用時，便因道而道，怎還謂之魔？」

洛凌之便也不再說話，佟嵐道：「師父難道猜測青山派已經動用了那件法器？如果用了，他們第一局不至於輸得那麼狼狽。而且青山派不成氣候這麼多年，當真要用那件法器，何必等到今日？」

「青山派落魄至此，或許那法器的眞面目早已失傳，混跡於普通物件中而不為所知，結果在無意中被動用……」重華子沉默半晌，續道。「總之，那書生有些古怪，還有那名少女與掛著項圈的少年看起來也十分不尋常。」

維清問：「師父，倘若得到那件法器，將魔收為己用，會怎樣？」

重華子緩緩道：「一手翻天，一手覆地。」

維清和佟嵐的神色都變了變，維清負手沉思，眼中光芒閃動。唯有洛凌之神色平靜地站著，目光有意無意地落往青山派的方向，一任清風拂起衣袂。

青山派的眾人此時心情很複雜。

杜如淵站在眾弟子之中，噙著一抹謙遜的、等待被讚歎的微笑，樂越和師弟們大眼小眼一起看著他，卻不知道該怎麼誇他好。

杜如淵等了半天沒有等到任何表示，自己開口道：「這一場，勝得實在僥倖，當歸功於聖人教訓，那位李師兄與王師兄都是有悟性之人，方才能被感化，最終……」

樂越搜腸刮肚，終於想出一句讚美的話，立刻截住他的話頭：「十三師弟，你能進青山派實在是我派之幸！」

杜如淵笑咪咪道：「大師兄過譽了。」

其他師弟們跟著樂越附和：「對啊對啊，十三師弟你眞了不起。」「大師兄說出了我們的心聲。」「這一場多虧你了。」……

杜如淵含笑將這些話一一收下。

樂越拍拍杜如淵的肩膀：「再接再厲。」

杜如淵彎著眼睛道：「好說，好說。」

樂吳將樂越扯到一旁，小聲說：「大師兄，我覺得吧，這事兒頂多糊弄一次，下次就不一定管用了。你讓他再接再厲，到時候露餡了咋辦？」

樂越道：「這不就是那麼一說嗎？下次也輪不到他上場了，反正我們這場勝了，的確是他的功勞。」

樂吳嘀咕：「我現在都不敢看蒼山劍派，看見他們我心虛。」

樂越道：「其實我也心虛。但他們非要認輸我們也沒有辦法，是不是？大家都很無奈。」抬手向一邊比了比。「你看那邊。」

樂吳轉頭看，只見李昶站在數丈外，仍在用熱烈、仰慕的眼光死死盯著杜如淵。樂吳無語地看向遙遠的天邊。

杜如淵終於被讚美得滿足了，揮一揮衣袖，踱到一棵樹下，又掏出一本書看起來，彷彿渾然沒察覺到那些來自四面八方的揣測目光，既淡定，又從容。

樂越低聲向師弟們說：「留他在這裡做高人，咱們該幹甚麼幹甚麼去。」師弟們作鳥獸散，琳箐拉拉昭沅的衣袖，雙眼仍緊緊望著樂越：「你看你看，樂越他真是一舉一動一言一行都有卓爾不群的氣質！」

昭沅已經對琳箐這種橫看豎看怎麼看樂越怎麼順眼的行徑習慣了，敷衍地點點頭，唔了一聲，悄悄向一邊張望，找尋清玄派弟子和洛凌之的身影。

樂越要去找師父和師叔們商量拳腳比試的事情，琳箐立即跟著，樂越回頭看昭沅：「你要不要一起去？」

昭沅搖頭，他想去看看洛凌之。樂越瞭然地露牙一笑，和琳箐一道走了。

昭沅獨自穿過人群，慢慢靠近清玄派眾人的所在之處。

清玄派的弟子聚集在石坪一角，洛凌之明明穿著和其他人一樣的弟子服，不知道爲何，看起來就是那麼與眾不同。

昭沅站在一個自以爲隱蔽的角落小心地看。清玄派的一個弟子向洛凌之道：「大師兄，青山派那個掛項圈的小弟子老往咱們這裡看，是不是想打探甚麼？」

洛凌之聞言側首，向昭沅的方向看來，昭沅立刻向後縮縮，低下頭。

那弟子道：「是吧，鬼鬼祟祟的。」

另一個弟子道：「我看他呆頭呆腦的，不像別有企圖，倒像仰慕我們清玄派，是不是他想找個機會也投靠我派？」

昭沅再試探地向清玄派的方向張望，卻瞧見洛凌之走出人群，徑直向自己走來。他攥緊前爪，壓下想溜走的念頭，站在原地，看著洛凌之越走越近，直到站在眼前。

洛凌之居然眞的是來找他的。

昭沅一時間不知道該和洛凌之說甚麼，只好緊張地笑了笑。

洛凌之也浮著微笑道：「你是青山派的弟子？」

昭沅點頭：「你是洛凌之。」和洛凌之這樣站著，昭沅感到他身上的氣息讓自己很舒服。那種氣息很清澈，就像最清的水。

洛凌之微笑：「對，我是清玄派的洛凌之。」

昭沅望著他：「我叫昭沅。」

洛凌之目光很溫和：「你沒穿青山派的弟子服，是還沒正式入門的弟子？」

昭沅又點點頭，他漸漸放鬆下來，不再緊張了：「嗯，我是掛名弟子，只是跟著來看看，不參加比試。我聽說你們清玄派很厲害，有些好奇，才在這裡看看，沒有別的意思。」兩眼閃閃發亮看著洛凌之。「我覺得你很厲害。」

洛凌之輕笑了一聲，溫聲道：「你的大師兄樂越也很厲害。」

昭沅感覺和琳箐學習的這些誇獎經驗很有用。他想說，我覺得你比他厲害，可這句話太對不起樂越了，斟酌了一下，改成：「嗯，我覺得你們兩個是不一樣的厲害。」

洛凌之又笑了，昭沅接著還想找點甚麼說，卻聽洛凌之道：「昭沅師弟，我還有事，先告辭了，倘若有甚麼需要幫忙的，可以到清玄派找我。」

洛凌之說了可以去找他，昭沅的心裡喜悅起來，忙點頭道：「好的，謝謝……師兄。」他喊了洛凌之一聲師兄，覺得雙方又熟悉了一步，望著洛凌之離去的身影，喜悅幾乎要從身體裡溢出來。

洛凌之回到清玄派的弟子堆中，昭沅覺得再看下去不太合適，就也轉身，準備回到青山派那邊等樂越回來。

他沿著路邊慢慢地走，左肩忽然被甚麼拍了拍：「這位小兄弟……」

昭沅詫異地回首，見身後站著一個人，穿著一件暗綠色的錦袍，手拿一把折扇，衣襟和袖口處鑲著褐色紋邊，看起來像凡人的二、三十歲年紀。方才敲昭沅肩膀的，應該就是這人手中的折扇，他客客氣氣向昭沅道：「小兄弟，我是來看論武大會的，你可知道清玄派在哪邊？」

昭沅指了指：「那裡，穿青色衣服，身後有八卦流雲圖案的就是清玄派。」

那人順著昭沅指的方向望了望，恍然道：「喔，多謝多謝。」

昭沅不敢和陌生的凡人說太多話，回了句不客氣，便要離開。

那人卻繼續向他道：「那麼，請問小兄弟你是哪個門派的？」

昭沅答道：「我是青山派的。」

那人挑起了一邊的眉毛：「青山派？青山派與清玄派之間，好像有些淵源，是不是？」

昭沅嗯了一聲，不多回答，那人沒完沒了地道：「我看你有些面善，像我一位許久不見的故友，小兄弟你貴姓？」

昭沅有些警覺地盯著他，那人伸出折扇，碰了碰昭沅脖子上的項圈，昭沅護著項圈後退一步，那人將扇子在手心裡敲一敲：「此物很是華貴喜慶，好彩頭，很吉利。」雙目微微瞇起。「我似乎，在哪裡見過……」

昭沅渾身龍鱗警覺地豎起，這人身上有股很特別的氣息，不像凡人，他察覺到了。

一隻手抓住了昭沅的胳膊，接著，他被向後一扯，一個身影擋在了他面前。

琳箐將昭沅推在身後，橫眉豎目地瞪著那個人：「商玄，你爲甚麼嚇唬我弟弟？」

商玄懶懶地笑了：「琳公主，我記得我上次在崑崙見妳時，妳還是個小孩子，沒想到一晃眼，已經亭亭玉立了。實在是光陰如箭，流年難覺。」

這人，和琳箐認識？那麼他果然不是凡人了，他會是誰？

昭沅湧起了身為一條雄龍的自尊，他不願這樣沒用地被琳箐護在身後，遂繞到了她身邊，面無表情地盯著商玄。

琳箐道：「誰要和你攀交情。你打甚麼算盤我懶得管，但要記得大家井水不犯河水這個規矩。」

商玄施施然地搖著扇子：「琳公主，我並無惡意，只是看見令弟想起了故人，問路時順便打個招呼而已。按照輩分妳還要稱呼我一聲叔父，與長輩說話怎能這樣無禮？」

長輩？難道這個商玄，也是麒麟？

琳箐嗤地一笑：「長輩？不好意思，我同族的長輩都多得數不清了，實在不記得還有甚麼烏龜親戚。想要攀親戚，你去那邊的小樓上，有隻紅毛鳥說不定肯和你認認親戚，你們一紅一綠，非常相配。你可以順便告訴他，這論武會中有我相中的人，讓他有膽就動動看。」

商玄搖了搖頭：「如今的年輕人都這般暴躁的脾氣、這般刁鑽的嘴。呵呵，琳公主不用擔心，本族中事，我已很多年不曾過問，其餘的閒事更懶得管，只是沒事四處走走，看看熱鬧而已。如今尋人不易，凡事多小心。」

烏龜……難道，商玄就是護脈玄龜？那麼杜如淵頭頂的那隻又是甚麼？昭沅疑惑地打量著商玄。琳箐在他身邊哼了一聲：「多謝關心，分寸我自有把握，不用多費心。」

商玄又笑了笑，他身後忽然有聲音道：「玄君。」

一個紅衣小童像平空冒出來一樣從商玄身後繞出，恭恭敬敬地低頭道：「玄君，主人命小的前來迎接，新茶已備，主人正在樓上恭候玄君。」小童聲音稚嫩，好像此處只有商玄，琳箐和昭沅都不存在。

商玄道：「回去轉告你家主人，我稍後便到。」

「是。」小童向商玄身後一繞，忽地便不見了。

在人來人往的此處，是不是有點太突兀了？昭沅忍不住向旁邊看了看，商玄道：「無妨，凡人看不見他的。」闔起折扇。「既然那邊相請，我就先告辭了。後會有期。」

琳箐揮揮手，甜甜地道：「好走，不送～～」

商玄側首，嘴邊噙著一絲笑意：「對了，琳公主，令弟不是要在冰中睡一千年麼，怎麼現在就出來了？」

琳箐眨眨眼：「睡得悶了就出來逛逛嘍，不行嗎？」

商玄嘴邊的笑意蔓延到眼角，目光流轉，落在昭沅身上：「凡間的景致不錯，那就多逛逛吧。」

昭沅盯著他施施然離去的背影，憂心地問：「他是不是看出我來了？」

琳箐擺擺手：「放心啦，烏龜就是喜歡裝模作樣，這是他們一族的通病，他是在試探你而已。」

昭沅抓抓頭：「唔，可是鳳凰知道我們在這裡吧，爲甚麼還……」雖然大概看不出他是龍，但知道有麒麟在這裡，應該也會有所防範吧，看鳳凰和麒麟之間的關係，似乎也不太好的樣子。

琳箐道：「哦，知道是肯定知道啦，不過不敢把我們怎麼樣的。今天來的這個是隻小鳳凰，並不是鳳君。對了，我要告訴你個常識，一般的鳳凰是紅的沒錯，不過鳳凰越花，等級越高，據說鳳君就是隻花得不能再花的鳳凰。」

琳箐不厭其煩地絮絮叨叨解釋，昭沅很感動，剛才她一定也是趕著過來幫自己的，琳箐的嘴巴雖然很刻薄，但眞的幫了自己很多。昭沅感激地說：「謝謝。」

琳箐笑嘻嘻道：「不用和我客氣啦，將來我們是盟友呀，你一定要讓你的皇帝多關照樂越喔。」

昭沅用力點頭，琳箐眉開眼笑，拉著他的袖子一同向青山派的方向走，論武場上鼓聲響起，又是一場比試結束，另一場比試將要開始。

青山派的拳腳比試要明天才開始，眾弟子們三三兩兩地鑽在論武場外的人堆中看熱鬧。唯獨樂越坐在一旁的草地上，皺著眉聚精會神地在地上用樹棍寫寫畫畫。

琳箐拉著昭沅躡手躡腳地走到他身後，猛地拍了一下他的肩膀，笑吟吟地湊到近前：「你在畫甚麼？」

樂越摸著下巴道：「畫戰圖。想一想下面的幾場怎麼組合才能贏。」

昭沅在他身邊坐下：「可是，參加每場比試的人不都是由對方抽籤決定的嗎？你怎麼組合？」

樂越用手刨了刨後腦：「唉，就是因爲這樣，才要計算各種可能。」

昭沅趴近了看他畫，琳箐也在一旁坐下道：「可惜，有隻鳳凰在這裡，現在又來了一隻龜，我不太好做手腳，要是沒這麼多阻礙的話，你把你想要每場上場的名單告訴我，我肯定能讓結果和你想要的一樣。」

樂越邊畫邊道：「那樣等於作弊，不是大丈夫行徑。」

琳箐道：「凡事光明磊落，我就是喜歡你這一點！」

昭沅在旁邊默默地一抖。

樂越咳了一聲，轉向昭沅道：「對了，我剛才看到你和洛凌之在說話。我可要提醒你，這地方厲害的人物很多，你一定要小心隱藏，不要太惹人注意，等我幫你辦完那件事情，你確定之後，再設法行動也不遲。做大事，一定要沉得住氣。」

昭沅嗯了一聲。琳箐看看他，再看看樂越，漂亮的眼睛眨了眨。

到了天快黑時，兵器比試結束。

鳳崖山的山坡上有專門爲論武會建造的房屋，分成各個小院，論武會期間，各派都要在這裡住。每個門派可以分到一個小院，院中有水井、廚房和廁房，可以自己生火做飯，另外還有專門的地方能買到飯吃。

青山派人太少，分到了犄角旮旯裡最小最破的一個院子。一共只有三間廂房，樂越師兄弟們擠進最大的一間，在地上鋪席子睡通鋪。鶴機子、松歲子、隱雲子、竹青子合住一間，剩下一間最小的單獨給琳箐住。

昭沅跟著樂越跑前跑後，幫著鋪席子、鋪被褥。樂越和大師叔松歲子收拾院子中作廚房的棚子時，昭沅還是跟在他後面。樂越擦鍋灶，他就跑來跑去端水洗抹布；樂越劈柴，碎柴一劈好，他便立刻上前把柴攏在懷裡，抱到一旁擺好。

樂越覺得奇怪，扛著斧頭看他蹲在牆角仔仔細細地碼柴。昭沅感覺樂越在看，回頭用袖子擦擦額頭，嘿嘿笑了笑。

樂越皺眉道：「你……是不是有甚麼事求我？」

昭沅用爪子抓著袖口道：「我、我不想給你們添麻煩。」

樂越搖頭：「不對，你的態度殷勤得有點奇怪，休想瞞過樂大俠我這一雙利眼。」

昭沅猶豫著起身，挪到他身邊，雙眼亮閃閃地小聲道：「我，晚上可不可以去山頂的湖裡泡一下？只泡一下下……」

他很久沒有泡在水裡了，渾身癢得慌。

樂越挑眉：「你想讓我幫你把風？」

昭沅又露出尖尖的牙齒，嘿嘿地笑。樂越神色一斂：「休想。」

昭沅臉上的神采一點點地褪下去，有點困惑委屈。樂越斜眼瞥向他，將聲音壓到最低：「不要哭喪臉，不行就是不行。想想你是甚麼，萬一被人看見了怎麼辦？」

昭沅低下頭：「抱歉。」

樂越繼續劈柴，他繼續撿，樂越看著他蔫蔫的樣子，有點不忍心，只能假裝沒看見。柴劈好後，樂越打發兩個師弟去燒火，從廚房裡鑽出來後，發現昭沅還坐在牆角的木柴堆上，垂著頭看自己右手的中指。

「怎麼了？」樂越大步走過去，抓起昭沅右手細看。「被木刺扎進肉裡了？你怎地也不說一聲。

走，我幫你挑出來。」

昭沅跟著樂越進了廂房，在鋪好的地鋪上坐下，樂越拎起成天隨身帶著的皮囊翻翻找找，翻出一個小盒子。

「把右手伸過來。」樂越在他身邊坐下，打開小盒，從盒中布卷裡拔下一根針，嘆氣道。「唉，我成天就像師弟們的半個乾爹一樣，甚麼都要管，連隨身都帶著針線盒，實在有損我未來大俠的形象。」抓起昭沅右手，湊著窗邊的光亮，仔細看了看扎了木刺的紅腫處，手指按著兩邊將那紅腫的地方捏得突起，方才用針尖輕輕挑開外皮，撥出木刺。「疼的話就說啊。」

昭沅嗯了一聲：「不疼。」

木刺挑出後，樂越把針插回盒中的布卷，想了想又拿了出來，朝另一邊窗下地鋪上坐著看書的杜如淵道：「對了，十三師弟，你今天在比試的時候衣服被削破了吧，你自己會縫嗎？會縫我這裡有針，不會縫就脫下來，我給你縫縫。」

杜如淵放下書，看了看樂越，神情有點複雜：「大師兄，這句話從你的嘴裡說出來，有些奇怪。」

樂越道：「有甚麼可奇怪的，我們青山派門下弟子，沒有一個不會使針線。要不然衣服破了怎麼辦，繼續破下去？哪有那麼多錢一破就換新的。」

杜如淵頷首：「有道理。」他頭頂的烏龜也跟著點了點頭。樂越將針盒向杜如淵的方向遞了遞：「要麼？」

杜如淵脫下外袍，笑咪咪地拎到樂越眼前：「大師兄，有勞。」

樂越嘆了口氣，接過杜如淵的袍子，昭沅坐在旁邊看著他熟練地穿針引線，情不自禁地認眞道：「你將來一定會是大英雄。」

樂越咬著線頭瞄他一眼：「是不是還沒死心，想讓我幫你那個的忙？」

昭沅搖頭，再次認眞地道：「我是眞心這樣說的。」

杜如淵在一邊捲著書冊道：「在下也這樣以爲。」

樂越把針盒收進皮囊，拎著縫補好的衣袍丟回給杜如淵：「能不能成還不一定，不過你們算是比較有見解，嘿嘿。」昂首闊步邁出廂房，走向廚房。

掌燈時分，晚飯好了。樂越捧著飯碗數人數，左數右數少了一個。

樂吳道：「大師兄你就不要再點了，一眼都能看出來，琳箐姑娘不在。」

樂秦吸著麵條道：「從傍晚分好房間後就沒再看見她了，房裡也沒有。」

樂越猜測，既然傻龍都想要去水裡泡一泡，說不定麒麟姑娘也本性爆發，去山林中奔跑，領略郊野風光了，於是沒再追問。

樂越感覺，自己和師父、師叔、師弟們似乎都忘記了一件不算大也不算小的事情，但究竟是甚麼事情，他卻一時想不起來，便懶得再想，繼續吃飯。

昭沅在一個角落裡抱著飯碗，他不大會用筷子吃麵條，笨拙地用一隻前爪攥著筷子，把麵條撥到嘴邊吱吱地吸，他怕丟臉，不敢吸太大聲，幾乎要把頭插進碗裡，樂越用眼角餘光瞄著他，又情不自禁地替洛凌之發愁，忽然感到自己被琳箐纏上，其實比洛凌之好命很多。

各個門派的掌門長老們互相拜訪應酬，旁邊和對門的小院裡人來人往，充斥招呼客套聲，青山派小院門口路過的人來來回回，卻沒有一個人來拜會他們。

樂鄭等小弟子問鶴機子和三位師叔：「咱們不用去拜望別的門派麼？」

鶴機子道：「不用。」

晚飯後，青山派的弟子們輪流去水井裡打水，廚房後的竹棚裡有木桶、木盆，可以沖澡。樂越先和師弟們打水，請師父和師叔們沐浴，然後再輪流排隊沖澡。

樂越向昭沅道：「噯，你和我一道留到最後洗。」

昭沅點頭。

等到樂越的師弟們沖完澡都鑽進被窩後，樂越招招手示意昭沅和他一起出去。

來到沖澡竹棚邊，樂越道：「你先在這裡等我一下。」拎著桶向井邊去。昭沅不明所以地看樂越把一桶桶水倒進大木盆。差不多倒滿時，樂越擱下桶，向木盆指了指。「進去泡泡吧，我替你把風。」

昭沅困惑地眨眼。

樂越面無表情地道：「你不是想泡水嗎？去湖裡肯定不行，會被看見。這裡比較安全，他們都睡了，我替你在棚子外把風，反正你的龍形還沒一尺長，這一大盆水足夠你泡了，將就一下吧。」

昭沅呆呆地站著，樂越皺眉催促道：「傻站著幹嗎？說不定等下就有誰起來了，快點。」

昭沅方才嗯了一聲，笑起來，走到盆邊，膨地一道淡淡金光閃過，一條圓滾滾、半尺多長的小龍一頭扎進了水盆中。

昭沅在盆裡游了兩圈，樂越在棚邊聽見盆裡嘩啦嘩啦的水聲，忍不住想笑。片刻後，水聲止了，昭沅在盆中靜靜地泡著，龍鬚懸浮在水裡，微微地動。

樂越望著頭頂的夜空，蒼穹如墨玉，嵌滿銀星。

昭沅的聲音從水盆中傳來：「樂越，多謝。如果……嗯，就算我找不到要找的人，我也會報答你。」

樂越道：「說甚麼報答，生分。咱們是朋友，這是應該的。」只要你帶著你的洛淩之造反的時候別把我扯下水就行。

樂越頓了頓，又開玩笑地道：「不過嘛，我一直在想，如果你有姐姐或者妹妹，一定很漂亮，可以介紹給我認識。」

昭沅在水中道：「唔，我有一個姐姐一個妹妹，我妹妹很小，都還沒有換牙，大概等三、四十年之後，就可以介紹給你認識了。我姐姐……我姐姐很漂亮，比琳箐好看，就是比她還要稍微凶一點。」

比琳箐還凶？

樂越默默流著冷汗道：「那就算了，我看我還是比較適合凡間的美女，你把我剛才說的話忘掉吧。」

再過了一會兒，又是嘩啦一聲水響，跟著嘭的一聲，有亮光閃了閃，昭沅又變回人形，彎腰走出竹棚：「樂越，我好了。」

樂越轉回身道：「哦，那你先進去睡覺吧，我來沖澡。」

昭沅應了一聲向廂房去，走了兩步又折了回來：「樂越，我還有件事情……想拜託你……」

總是讓樂越幫忙，他覺得過意不去，口氣很小心翼翼，怕樂越嫌自己麻煩。

樂越放下水盆，爽快地道：「有甚麼事直說，大家都是男子漢大丈夫，不用吞吞吐吐的。」

昭沅托出一樣東西，送到樂越面前：「這個，你能不能先幫我放一下？」

樂越看見那個東西，嚇了一跳，急忙上前用雙手蓋住，向四周張望一下，小聲道：「你膽子也太大了，這不是你的龍珠嗎？怎能這麼隨便拿出來，被看見你就完蛋了！」

昭沅輕聲道：「你能不能替我收著？」

樂越怔了怔：「我？替你收著？這不是你的命根子嗎？為甚麼要給我？」

昭沅半垂下眼簾：「龍珠裡面有龍脈，現在鳳凰在這裡，今天我和琳箐又遇到了一隻烏龜，我擔心會被認出來，倘若我被鳳凰抓到，起碼沒有龍珠，他們不會知道我是護脈龍神。」

樂越擰著眉頭道：「可是放在我身上，萬一被察覺了怎麼辦？萬一磕到碰到打碎了……」

昭沅道：「不會，護脈龍的龍珠不在龍身上就沒有龍氣，也不會亮，且要很強的法術才能打破它。我還可以把它變小一點，你幫我隨身藏著好不好？」

樂越道：「只要不會被發現，不會輕易弄壞，我幫你藏在身上倒是無所謂，但，你就那麼放心把它給我放著？你不怕我帶著它跑了，或者一口把它吞了？我吞了你的珠子，說不定就能功力大增數個甲子，或者直接飛升成仙了。誘惑很大啊。」

昭沅露齒笑了笑：「你不會，因為你是大俠。」

樂越假裝無奈地嘆了口長氣：「好吧，敗給你了，你比琳箐還會說話。」

昭沅閉眼唸了幾句甚麼，手中托著的龍珠在樂越掌下果然漸漸縮小，縮到一顆葡萄那麼大。

樂越從昭沅手中接過龍珠，龍珠離開昭沅就沒了光澤，在星光下暗沉沉的。

樂越在頸項上抓住一根細繩扯了扯，從領口處扯出一只連著繩子的錦囊。

樂越鬆開錦囊口，把龍珠塞進去，紮緊袋口，再把錦囊塞回衣衫內，拍拍胸前：「你儘管放心，我在你的珠子就在，如果沒了，你儘管帶著你的爹爹娘親哥哥姐姐弟弟妹妹來追殺我。等我替你在珠子上沾上洛凌之的血，我就把它還給你。」

昭沅望著樂越，雙眼在星光下亮亮的：「嗯，我放心。」

昭沅回到廂房內，鑽進地鋪的被窩中。

杜如淵躺在他旁邊的被窩中，好像已經睡熟了，那隻烏龜趴在靠近昭沅這邊的枕頭上，頭尾都縮在龜殼內，應該也睡熟了。

昭沅閉上雙眼靜靜地躺著，他聽見樂越沖完澡回來的腳步聲、關門的聲音、熄滅油燈的聲音，以及在他身邊躺下的聲音。

他悄悄地睜開眼，房中黑漆漆的，很靜，只有沉浸在酣夢中的青山派弟子們勻長的呼吸聲。這樣躺著，昭沅覺得自己越來越喜歡凡間。

雖然尋找和氏皇族後人的事情比較困難，雖然他以前總聽說凡間只有萬丈紅塵與污濁之氣，凡人生生死死瞬息輪迴，在龍的眼中像虛浮的塵埃和朝霧。可，此時，昭沅還是覺得人間很好。

人間有很多有趣的東西，能遇見像琳箐這麼好的護脈神，更有樂越和他的師父、師弟們這樣的好人。

昭沅把臉埋在被子裡。

其實他並不須要把龍珠托付給樂越，這樣做是想至少報答樂越一點。論武大會上各個門派都很厲害，在比試中容易受傷。樂越把龍珠帶在身上，龍珠能幫他抵擋住一些別人的攻擊，樂越就可以少受點傷。

他現在所能報答的，只有這麼多。

第二天大早，琳箐出現了。

樂越的師弟們紛紛關切地詢問她去了哪裡，琳箐都不回答。等到吃完早飯，再次到了山頂論武場後，琳箐才抽空把樂越硬拽到僻靜的角落，笑盈盈地道：「我昨天晚上，替你去蒐集敵情了！」

樂越詫異：「甚麼敵情？」

琳箐洋洋得意地道：「我昨天晚上潛進了各個門派的院子裡，探聽消息，聽到了他們不少的部署計畫！尤其是清玄派，我一直站到天亮，腿都麻了。」

樂越道：「哦？妳都聽到了甚麼？」

琳箐用手指繞著胸前的髮辮：「有很多，比如清玄派的掌門重華子比較喜歡他的大徒弟和三徒弟，不太喜歡二徒弟。安順王的兒子很可能確實在清玄派內，因為清玄派的院落中，有好多穿著弟子服的親兵。大多門派都把杜如淵當成了一位高人，商量著怎麼探他的虛實，還有……」

樂越抬手打斷她的話：「行了行了，琳箐姑娘，重華老兒器重他的哪個徒弟，以及安順王世子到底是哪位，與目前沒有關係。現在最重要的，是今天的拳腳比試青山派中誰會被抽到，我要去看一看結果。」

琳箐也不生氣，依舊緊緊跟在他身後：「好啊，我陪你一起去看。」

樂越有些無奈，他忽然感覺，自己被琳箐盯上，比被昭沅盯上的洛凌之也好不到哪裡去。昭沅這條龍傻是傻了點，卻不像琳箐這麼難纏。到底傻和難纏哪個更讓人頭疼，卻也不大好比較。

昭沅繼續不動聲色地偷偷觀察清玄派和洛凌之。琳箐在樂越去找師父的間隙湊到他身邊：「喂，我已經想問你很久了，你天天這樣看著清玄派，真那麼肯定洛凌之就是你要找的人？」

昭沅和樂越曾經當著琳箐的面談論過此事，昭沅知道琳箐早已曉得內情，他沒甚麼好再隱瞞的，遂老實地回答說：「並不是完全肯定，只是覺得差不多是他而已。」

琳箐蹙眉：「你為甚麼會以為是洛凌之呢？我覺得他這個人很一般很平常，沒甚麼特別的呀。」

昭沅不能同意琳箐的看法：「我……覺得他和其他凡人不太一樣，一看就與眾不同。」

琳箐道：「甚麼與眾不同嘛，和樂越完全不能比。喂，我懷疑你找錯人了喔。」

昭沅撓撓頭：「是和樂越不太一樣，但，洛凌之外貌出眾、武功高、有涵養、遇事冷靜、又斯文，又……」

他抬起前爪細數洛凌之的獨特之處，琳箐擺手打斷他：「哎呀哎呀，所以說呢，你經歷太少，見的凡人太少。你說的那些，正好證明了洛凌之就是個最平常、最一般、扔到人堆裡絕對找不到的人！」

昭沅詫異地睜大眼，琳箐捲捲衣袖：「聽我給你分析分析。凡人所說的優秀男子，一般就是相貌俊美、氣質儒雅、知書達理、舉止斯文、武功高、家世好、有涵養，還有甚麼看起來深藏不露之類的，你看這些，洛凌之是不是差不多都符合？」

昭沅點頭，琳箐拍手：「對嘍，所以我說他一般嘛，甚麼他都符合，證明他就是一個再一般不過的平常優秀男子，凡塵俗世中，和他一樣的人不知道有多少個，太平常太一般了。」

昭沅覺得琳箐的話很像歪理，他嘀咕：「可是樂越都符合不了幾項。」

琳箐再拍拍手：「這就對了，正是因爲樂越符合不了幾項，他才獨特、優異、卓爾不群，註定能成爲引發亂世的梟雄。可是洛凌之嘛……」琳箐撇嘴搖頭。「放在太平盛世中呢，他入江湖，或者能當個不功不過的掌門；進朝廷，大約能做個差不多的好官，就是不得罪人，但也沒多大作爲的那種。想青史留名，難！如果命好生在皇家，沒人和他爭位子的話，或許他能做個無功無過的皇帝。但，從最根本上說，他中庸之氣太重，缺乏鋒芒，連亂世中的大將之氣都不具備，更不用說是亂世中的帝王了。」琳箐繼續搖頭。「你絕對找錯人了，憑我護脈麒麟從不出錯的眼光，我敢這樣肯定。

你要不要和我打賭？」

昭沅搖頭，琳箐的眼光有些奇怪，他早就發現了，但他不想正面反駁她，只把洛凌之放在心中默默地支持。

琳箐抱著手臂道：「你愛信不信，反正到時候發現找錯了人，可別怪我沒有提醒你。我可以多教你點關於人間的經驗，這樣你就能比較會看人了。」

昭沅不作聲。

不遠處悠悠飄來一個甕聲甕氣的聲音：「眞淺薄——」

琳箐立刻瞪眼望去，只見聲音傳來的方向，杜如淵正站在樹下看書，那隻烏龜耷著眼皮趴在他頭頂。

琳箐大步走過去：「喂，剛才是不是你在說話？你在說誰？」

杜如淵捧著書冊疑惑地抬眼：「師妹，妳是和在下說話？在下一直在看書，並未出聲啊……」

烏龜的眼皮動了動，慢吞吞地吐出兩個字：「說妳。」

琳箐柳眉倒豎，舉起拳頭，杜如淵抱著書後退一步：「師妹，妳怎麼莫名其妙……光天化日，眾目睽睽，師妹妳還是收斂一點好。」

琳箐咬著嘴唇恨恨地放下拳頭：「看在人多的份上不和你計較，總有一天讓你好看。」

杜如淵面露疑惑：「師妹，妳我往日無冤、近日無仇，爲何要這樣威脅我？」

琳箐甩手離開。

烏龜晃晃腦袋，再慢悠悠地道：「只懂匹夫之勇，太淺薄了……」

昭沅在一旁沉默地看著琳箐氣沖沖離開的背影，摸摸鼻子。

烏龜又慢吞吞道：「三界之內，凡人的心是最難看透的東西之一。小麒麟只憑借一些虛浮不實的外表，便輕易判定一個人，實在是膚淺，沒有甚麼眼光。」

昭沅輕聲說：「謝謝。」

杜如淵又從書上抬起眼：「嗯？昭沅師弟你說甚麼？」

昭沅笑了笑：「沒甚麼。」轉身走開。

杜如淵看著他走遠，將書冊夾到腋下，微笑著像自言自語般道：「龜兄，你對他似乎比對那位麒麟姑娘更關照些。」

烏龜在他頭頂闔上那雙綠豆般的小眼：「這些淺薄的後生們，眞是讓老夫憂心。」

世間的事情總是公平的。投機取巧、誤打誤撞的勝利不可能每次都發生。

拳腳比試，青山派輸得極其慘烈。

上場的三弟子樂韓和五弟子樂晉被打成了兩個蒸開了口流出餡的包子。

樂韓和樂晉的武功在青山派弟子中算是不錯的，但只怪青山派實在太幸運，拳腳比試又抽中了一根上上籤，他們的對手是少林寺。

兩位少林師兄緩步走進論武場，雙手合十，行禮，清風裡他們的僧衣衣袂翻飛，強健的古銅色肌肉若隱若現。

場外人群中的樂越抬起一隻手捂住眼，默默地將頭轉向另一邊。大約兩刻鐘內，樂韓和樂晉先後被橫著抬下了場。

還好少林寺的師兄們手下留情，都是點到為止，樂韓和樂晉只是皮外傷，沒有傷到筋骨。樂晉躺在擔架上淚流滿面：「師父、師叔、師兄、師弟們，我真的盡力了……」

樂越彎腰握住他的手：「我們明白。」

緊跟著的兩場比試，青山派連連慘敗。

內功比試，青山派對上了嶺南萬山派。七師弟樂齊和九師弟樂燕被抽中上場。

樂齊和樂燕平時練功時常偷懶，內功尤其差，上場的兩個萬山派弟子修為平平，對付他們兩個卻仍然綽綽有餘。

青山派眾人原本對輕功比試抱有極大希望。可惜，他們抽中的對手門派是千葉閣。千葉閣素以輕功和暗器著稱，上場的兩個弟子是千葉閣主最得意的愛徒。青山派這邊抽中的弟子是六師弟樂楚和十師弟樂魯。他們兩個人輕功挺好，跑得挺快。可惜千葉閣的弟子輕功比他們兩個更好，跑得更快。

比試結束後，暮色斜陽中，青山派的眾人拖著沉重的腳步回到了暫住的小院內。幾個年紀小的師弟坐在走廊的台階上哭了，樂吳安慰他們：「不要緊，五年之後，我們還有下一回。」

鶴機子道：「參與論武大會，原本就是為了交流切磋武學，毋須太計較勝敗。」

樂越道：「下面還有兩場沒比，現在就哭哭啼啼幹甚麼？都打起精神來！」

琳箐說：「是呀，大師兄、二師兄、四師兄和八師兄都還沒出手，剩下兩項肯定能手到擒來！」

小師弟們擦著鼻涕道：「琳箐師妹，剩下的兩項比試中，如果大師兄和二師兄抽到玄法那場，我們肯定能勝，但是還有一項武學比試是文試，我們必輸無疑。」

琳箐怔了怔，眨眨眼睛看向樂越：「你們的學問有那麼差嗎？」

樂越神情僵硬，從牙縫中蹦出一句話：「差得慘不忍睹。」

小院中一時間變得很靜。

樂吳又開口重複道：「不要緊，五年之後，我們還有下一回。」

那麼，這一次的論武會，樂越就可能對不上洛凌之，弄不到他的血了……

昭沅的心裡有點擔憂和失望，隨即，他又鄙視自己，樂越已經很盡力在幫忙了，他這樣想，眞是一條不知感恩、自私自利的龍。他抬爪輕輕拉拉樂越的衣袖，小聲說：「不要緊，不一定會輸，而且，五年很快的。」

樂越鎖著眉，勉強扯著嘴角對他笑笑。

杜如淵靠著廊柱問：「武學文試的試題，是提前出，還是當場出，一般都是誰出？」

樂吳道：「提前出好的吧，搞不好就是那幾個評判今天晚上出了題，封好，明天考。」

杜如淵瞭然地頷首。琳箐看看他，眼珠轉了轉。

晚上，掌燈時分，昭沅和青山派眾人一起吃完飯，又與樂越一道打水洗碗。他總幫忙幹幹活，青山派上上下下都很喜歡他。樂吳等幾個弟子陪著鶴機子在廊下坐，看昭沅蹲在大木盆邊，捲著袖子認認眞眞地洗碗，樂吳不禁道：「師父，新收進門的三個師弟師妹，我覺得這個掛名的小師弟最好，又老實又勤快又聽話，原本看他嬌嬌貴貴的，還以爲是哪個有錢人家偷著跑出來玩的小公子，誰知道脾氣一點都不嬌貴。」

鶴機子微笑。

昭沅洗好碗，擦擦前爪準備回廂房裡幫忙鋪地鋪，剛走到廊下，旁邊忽然伸出一隻手，把他扯進牆角的暗影中。昭沅嚇了一跳，定睛一看，扯他的是琳箐。

琳箐輕聲道：「我馬上要出去，你替我告訴樂越，我去給他偷試題了。明天上午前，我一定會偷到手，讓他放心。」

昭沅瞪大眼，點點頭。

琳箐對他甜甜一笑：「放心，樂越一定能過得了第一關。我還等著證明你看錯人了呢。」話剛落音，紅色光芒淺淺一閃，她已無影無蹤。

琳箐使了隱形術穿過各門派居住的層層院落，尋找那六位評判住的地方。

經過清玄派住的院落時，上首廂房內有說話聲，琳箐在窗下稍微站了站。

窗內一個年輕人的聲音道：「……青山派輸得這麼慘，想來他們的確是和那法器無關了，只是那書生還要多留意，弟子覺得，他搞不好就是個裝神弄鬼之輩。」

有個蒼老的聲音道：「未必，鶴機子深藏不露，說不定是故意輸掉前幾場去他人疑心。待後兩場再看看吧。」聲音耳熟，琳箐上次來替樂越探查敵情時聽過，是清玄派的掌門重華子。

那麼和重華子說話的人，大概就是他的幾位得意愛徒了。琳箐不屑地撇撇嘴，如果鳳凰相中的安順王世子眞的在這些人當中，肯定不會是樂越的對手，小傻龍選上的洛凌之只怕是這個門派裡最像樣的人了。

她正準備走，只聽屋內又有一個年輕人的聲音道：「師父，弟子聽說，今年的武學文試與往年的比法不同，不知道是由誰出題，究竟怎樣不同？」

琳箐大喜，竟然這麼湊巧聽見關鍵的事，她靠近些仔細聽。重華子道：「今年無題。」

琳箐驚詫。那個詢問此事的年輕人也詫異道：「無題？怎麼會？往年不都是出好試題，所有門派的弟子統一在場上作答麼？」

重華子呵呵笑道：「今年的規矩與往昔不同，是安順王擬定的。比試也在兩個門派中進行，題目由幾位評判隨意給出，共有十題。參與此試的兩個弟子同坐在一張木桌後，桌上置有一鑼一錘，題目問出後，先擊響小鑼的一方才有資格答題，如果答錯了，便由對方做答。答對最多的一方為勝。若少林和千葉閣等門派比試時，靜緣方丈和千葉閣主這些相關的評判便要退場迴避，以保公正。」

那年輕人的聲音道：「這可眞夠刁鑽的，不單要將武學典籍爛熟於心，更要手快心快。不過，咱們一定是不會輸的。」

琳箐在窗下跺腳，心中怒罵，該死的安順王，定的甚麼爛規矩，試題都沒有，連偷都不讓人家偷！鳳凰看上的人果然都不是好東西！

她忿忿地回到青山派的小院內，院裡寂靜一片，青山派的眾人似乎都已經睡了。只有廚房後的棚子裡有嘩啦啦的水聲，有樂越的氣息。

琳箐從半空中顯出身形，跳到棚子前：「樂越！」

撲通！棚內傳出像水瓢之類的東西落地聲，跟著有啪噠啪噠的腳步聲響，琳箐掀開門口掛著的布簾，只見樂越滿臉驚悚地站在滿地水漬中，緊緊按著腰間圍住的衣服……

琳箐愣愣地站著，臉忽然火辣辣地熱起來。樂越艱難地開口道：「呃，琳箐姑娘……偷看男人洗澡不是個好習慣……」

琳箐漲紅著臉頰猛地摔下簾子轉過身：「誰偷看你洗澡了，我又不知道你在洗澡，我是想告訴你武學比試的事情……」她有些委屈，又怕動靜太大驚動到別人，盡量壓低著聲音。「我只是想幫你忙而已，你不領情就算了。我知道你嫌我煩，不冷不熱地對我我都裝作看不見。誰讓我喜歡你呢，我幫你是我自願的，沒讓你承我的情，可我也沒你想的那麼厚臉皮，我甚麼沒見過呀，我們山上公麒麟人形的樣子比你帥多了，我看都看不過來，幹嗎要偷看你洗澡……」眼睛有點潮，她抬手擦了擦。「算了，就當我故意偷看你洗澡好了，對不起，我再也不多管閒事了。」她甩袖要走，卻聽到身後有腳步聲靠近。

樂越嘆息道：「琳箐姑娘，是我錯了，可妳剛才突然冒出來，我被嚇到才脫口說了那些話。我說錯話了，誤會妳，對不住，琳箐姑娘妳大神有大量，不要和我計較。」

琳箐吸吸氣，作無所謂狀抬頭：「算了，這事是我錯在先，我從來不和誰多計較。」

樂越苦著臉道：「妳還不計較啊，我剛才快被妳數落死了。」

琳箐噗哧笑了，樂越也笑起來，低頭再端詳她：「妳剛才不會氣哭了吧。」

琳箐挑眉：「甚麼？我會哭？笑話，你哪隻眼睛看到了？」

樂越急忙擺手：「我哪隻眼睛都沒看到。」

琳箐這才滿意地哼了一聲，抱起手臂道：「嗯，我告訴你，我剛才是想去替你偷武學文試的試題，可惜沒成功，因爲根本沒有試題。」她把聽到的重華子所說的武學文試規矩一五一十告訴了樂越。

樂越眉頭緊鎖，摸著下巴不語。

琳箐忿忿道：「這個比試的方法太缺德了，偷試題都偷不了。這樣吧，明天上場之後，我再看看有沒有別的方法可以幫你。」

樂越沒有說話，琳箐抬眼，卻看見樂越正深深地望著自己。

她的視線和樂越的視線融會，樂越低聲開口：「琳箐，謝謝。妳不用這樣費心，我雖然很想勝，但也輸得起，五年之後，不是還可以從頭再來麼？」

琳箐的臉忽然又有些熱，她移開視線看向別處，用最無所謂的口氣道：「你不用太感謝我，我除了幫你之外，還想看看那隻傻龍有沒有找對人，他找的那個人對我來說也很重要。總之你別當我是別有居心就好。」

她說這句話的時候，將自己的確別有居心的事實忘記了。她的那片鱗甲，已經融化在樂越的肚子裡，融進了他的血中。應該說，她的別有居心早已得逞。現在所做的一切，只是爲了讓樂越接受事實在努力而已。

樂越笑了笑，琳箐準備回房睡覺，剛轉過身，樂越忽然又喊住她：「對了，琳箐。」琳箐回首，樂越的神色在夜色中很鄭重。「妳剛才說公麒麟各個都比我英俊的話眞的不是誇張？這個世上眞的有能達到那種水準的臉嗎？」

琳箐嗤地一笑，拖長了聲音：「比你更英俊的臉就像天上的星星一樣多，數都數不清。不過嘛——你放心，有一樣你是無敵的，在這個世上，比你臉皮更厚的臉恐怕不存在了。」

樂越哀怨地捂住胸口，琳箐笑嘻嘻地轉回身，向廂房走去。

樂越斷定，這次論武會，天上一定有一隻看不見的黑手在玩弄青山派。武學比試，青山派被抽中的弟子是樂越和樂宋。

他們的對手門派是清玄派。

清玄派被抽中的弟子是一個叫胡愼的年輕弟子和——洛凌之。

琳箐喃喃道：「這是命嗎？」

樂越的師弟們又都哭了，樂吳紅著眼眶對樂越說：「大師兄，沒甚麼的，五年之後，我們重頭再來。」

樂越連罵老天的力氣都沒有了，無語地站著。昭沅輕輕拉他的袖子：「你不是說，唯一能比過洛凌之的就是你嗎？」

樂越面無表情地看看他：「對，其他的甚麼我都有自信能和他一戰，唯有一樣他絕對比我強許多，就是這個見鬼的武學典籍知識。」昭沅握著他的衣袖，想安慰他，卻不知道怎麼開口。

東風吹起來了，浮雲半掩著太陽，樂越和樂宋一步步走向論武場，步履沉重，身影滄桑。

洛凌之站在清玄派那方的桌邊抬袖拱手，溫和地微笑：「越兄、樂宋師弟，請多指教。」

樂越露出牙齒，抱拳：「客氣客氣，洛兄和這位胡師弟也請多指教。」

雙方在各自的桌後坐下，安順王抬手，示意傳令官傳令，這場比試即將開始。

昭沅不由自主地抓緊了圍在論武場邊的鐵鍊，緊張地望著場中央。

琳箐小聲道：「這場比試你應該很高興吧，你的洛凌之會贏樂越。」

昭沅低頭：「沒有，我希望樂越贏。」

他的確是希望樂越贏，雖然洛凌之是他要找的人，但清玄派之前的幾場都勝了，絕對會進入下一關。這一場，他更想看到樂越贏。

比試開始，少林的靜緣方丈最先道：「心靜則清，心清則明，心明則可自察而內觀六竅，隨念動，隨意舒，無澀無阻礙，無滯無積餘。出自何典，何人何年著，何解，何用？」話音未落，樂越抓起小槌，鏘地敲響面前的小銅鑼。

樂宋詫異地小聲道：「大師兄，這題你會？」樂越從牙縫中蹦出幾個字：「不會。不過不搶到手連矇答案的機會都沒了。」

靜緣方丈道：「青山派樂越少俠請。」

樂越起身，停頓片刻，道：「出自……嗯，出自《易筋經》，達摩祖師著……」

琳箐、昭沅和青山派的其餘人等在場外眼巴巴看著，身邊已經有人在竊笑，一個聲音道：「錯，出自《月林隨心錄》，月林法師宣盛十九年著，此句意爲修習內功時，須寧心靜氣，方可使內息順暢，調節自如。用於修煉基礎內功時。」

琳箐和昭沅驚詫地轉頭，望向一旁的杜如淵……頭頂的那隻烏龜。

論武場上靜緣方丈對樂越緩緩搖頭，樂越悻悻地坐下，樂宋接著起身，結結巴巴道：「出……出自《金剛經》！」場外人群一陣哄笑，靜緣方丈再搖頭：「清玄派兩位少俠請。」

烏龜瞇縫著小眼睛：「淺薄啊，如此簡單的問題，居然答不出，太淺薄了。」

場上，洛淩之站起身：「出自《月林隨心錄》，前朝月林法師宣盛十九年著。」

靜緣方丈微笑頷首，洛淩之接著道：「意爲……」

琳箐盯著烏龜，運起靈力，用凡人聽不見的聲音問道：「你會答？」

烏龜慢吞吞地道：「從沒有凡人能問出老夫答不上來的問題。」

琳箐神色忽地充滿了懇求：「前輩，可否請您老大發慈悲幫忙，每道題一出後立刻說出答案。您老如此寬厚慈悲，一定願意幫助我們這些無知晚輩的！」

烏龜咔咔地笑了兩聲，慢吞吞地點頭：「好吧，難得妳這隻小麒麟肯承認自己無知，老夫可以說出答案，但妳要怎麼告訴那個少年？」

琳箐自信地揚起嘴角：「我自有辦法。」

昭沅在一旁疑惑地看著。

這廂，場上洛凌之已回答完畢，他的答案和烏龜說出的答案一模一樣，絲毫未錯，靜緣方丈滿意地頷首，將一根竹籤投進代表清玄派的紅色竹筒中。

第二題，由千葉閣的若葉閣主出，他轉著指間的竹籤，語聲和緩地道：「太乙近天都，連山接海隅；白雲回望合，青靄入看無。這是哪個朝代，誰的詩，這詩還有後四句，是甚麼。後來哪個門派的甚麼人在何時根據這首詩創了一套甚麼武功？」

他還正在問時，杜如淵頭頂的烏龜已經半閉著眼道：「唐時王摩詰的《終南山》，後四句是分野中峰變，陰晴眾壑殊；欲投人處宿，隔水問樵夫。後來晚唐時終南山劍派的宗主宋白客從此詩中領悟出一套劍法，就叫終南山劍法。」

場上若葉閣主的話剛落音，鏘的一聲，又是樂越搶先敲響了銅鑼。

琳箐大喜，閉上雙眼，雙手的食指與拇指相抵，立於胸前，運起靈力。

若葉閣主抬袖：「青山派樂越少俠。」

樂越起身，又猶豫了一下，開口道：「李白的詩！」若葉閣主搖頭，樂越又趕忙改口道：「不對不對，是杜甫的，啊……錯了，應該是白居易的……」

琳箐睜開雙眼，神色大變，不可置信地顫聲喃喃道：「怎麼會，怎麼會……」

若葉閣主搖首道：「樂越少俠，你答錯了。」

琳箐握起拳，仍是滿臉驚異：「不可能，他吃了我的鱗甲，我是他的護脈麒麟，我與他已能心意相通，我用靈力傳音法告訴他，爲甚麼他聽不到，不可能，這是爲甚麼……」

靈力傳音法？沒錯，每個護脈神與所護佑之人都有獨特的聯繫方法，琳箐爲甚麼和樂越聯繫不上，昭沅不清楚，但靈力傳音法卻提醒了他一件事。

他好像，能告訴樂越答案……

樂越身上有他的龍珠，他能通過龍珠傳聲音過去，或許樂越能聽得見。

他循著自己龍珠的氣息運起法力，在心中道：「樂越、樂越。」

場上若葉閣主正讓洛凌之起身，樂越忽然聽到一陣細小的聲音，似乎從胸前錦囊裡鑽進皮肉中，順著經脈直鑽到耳朵眼，他低下頭，詫異地看看懷中。

好像是那隻傻龍的聲音在喊樂越、樂越，難道是他的龍珠在作怪？

昭沅發現樂越的動靜，知道有效，繼續用法力在心中喊：「樂越，我是昭沅，我在用法力通過龍珠和你說話，聽得見嗎？能聽見你就點頭，點三下。」

樂越的頭緩緩點了三下。昭沅一陣歡喜，臉上綻出笑容，又繼續在心裡道：「烏龜知道答案，我馬上就這樣和你說答案，你要趕快搶問題答，別被人看出來。」

樂越遠遠地朝他露齒笑了笑，做了個手勢，意思是知道，而後轉回身，一本正經地坐在桌前。

傻龍的龍珠居然有如此功用，樂於助人果然有好報，嘿嘿。

琳箐懷疑地盯著昭沅：「你在做甚麼？爲甚麼我看樂越在和你打手勢。」

昭沅喜悅地道：「嗯，我能用龍珠和樂越說答案。」

琳箐的表情更困惑了：「甚麼龍珠，甚麼答案。」

論武場上已經開始問第三題了，昭沅趕緊簡潔地道：「我把龍珠放在樂越那裡，我能用靈力和他說話。」

琳箐驚訝地睜圓了眼：「你還有這種本事呀，你的龍珠為甚麼在樂越那裡？」

昭沅顧不上回答她，樂越搶著敲響了銅鑼，再次起身，他一句句地將烏龜說出的答案傳給樂越。

樂越一句句複述：「……相傳由春秋時一位刺客所創，後經秦漢，自成體系，隋朝時，女劍俠祝琴娘另創九式，始有瑤雲二十一式之說……」

綠蘿夫人嫣然一笑：「少年，你答得甚好。」伸出纖纖玉手，把一根竹籤放進青山派的綠色竹筒內。

樂越謙虛地道：「多謝夫人誇獎。」

綠蘿夫人蛾眉微挑：「可是少年，爲何之前那般容易的題目你答不出，我的問題如此生僻，你卻能答對？」

樂越扯動面皮笑道：「弟子方才剛上場時，有些緊張，心中一片混亂，但等夫人出題時，看到夫人仙子般的美貌，便靈台寧靜，豁然開朗了。」

綠蘿夫人抬袖輕掩檀口，美目彎彎：「你這少年眞會說話，你叫樂越是吧，甚麼時候來南海，想到我珊瑚宮中玩，隨便和哪個南海門下弟子報出你的名字便可。」

樂越抱拳：「多謝夫人，夫人要是想到我們青山派看看，直接進大門，就是我們青山派的座上貴客。」

他在比試場上還和評判之一的綠羅夫人搭訕套起了交情，圍觀的清玄派弟子心中不免有些不忿。維清和佟嵐依然站在掌門重華子身邊觀戰，佟嵐道：「青山派的樂越一肚子稻草，只會油嘴滑舌，渾身市井習氣，不過碰巧矇對了一題，便得意得連自己姓甚麼都忘了。和凌之師兄比，何止天地之差！」

維清道：「如果是矇，怎麼可能矇得這麼對，按照常理，這道題他不應該答得出，有些蹊蹺。」重華子捻著鬍鬚瞇眼望向場內：「因此，爲師才說，對青山派，要仔細察看。」

有昭沉通風報信，樂越輕輕鬆鬆，又連搶對了四題。

青山派的弟子們也大惑不解，議論紛紛：「大師兄這是怎麼了？」「怎麼突然這麼有學問。」「大師兄一看書就睡覺，我一直以爲他念的書還沒我多來著。」……

昭沉在心裡偷偷地笑，琳箐用胳膊撞撞他：「多謝。我還以爲你會偏著洛凌之，是我錯怪你了。這一場樂越就靠你了。」

昭沉終於有機會說出一句很豪邁的話：「不用客氣，包在我身上。」

樂越搶得快，又對答如流，絲毫不錯，幾位評判看他的眼光也越來越欣賞。待他第五次說出正確的回答，江北十七劍盟的盧昕盟主也讚歎地道：「武林中有這等佼佼少年，我怕幾年之後，我們這些老傢伙就很難在江湖上混嘍。」

樂越再次謙虛地道：「晚輩只是答對了幾個淺顯的問題，不堪當此美譽。」

若葉閣主淡淡笑道：「並非學識而已，你的手很快。」

樂越搶著敲鑼，速度一直迅疾無比，抓槌、舉起、擊響，只在閃電般的一瞬間，每次都恰恰好卡在提問聲的最後一個音剛剛好消失時，快到幾乎看不清他是怎麼出手的。

洛凌之的手也很快，卻每次都比他慢了半拍。

樂越洋洋得意，在心中道，本少俠的快手是替師弟們烤了多少爐栗子才練出來的，手差點就廢掉變成烤豬蹄，如此來之不易，怎麼可能輕易有人比得上，嘿嘿嘿！

他坐下，用眼梢餘光掃了一眼洛凌之：「洛兄，下一題再被我搶，貴派可就要輸了。」

洛凌之卻還是一副溫吞吞的死樣子：「哦。」

靜緣方丈的第七個問題尾音剛落，樂越便疾電般抓起小槌，洛凌之取槌，抬手，鏘，青山派的銅鑼響。再鏘的一聲，清玄派的鑼也響了，又是差半拍。

樂越精準地複述出答案。

靜緣法師頷首，第六根竹籤落入青山派的竹筒，青山派弟子歡呼雀躍，清玄派的弟子們都陰了神色。

樂越喜孜孜地向洛凌之抱拳：「洛兄，承讓了。」

洛凌之微笑抬袖：「恭喜越兄。」

佟嵐冷笑道：「青山派果然有蹊蹺，樂越竟然能比凌之師兄更快！」

重華子沉吟不語。

琳箐捏捏昭沅的臉：「這次你是頭功！」

昭沅不好意思地低頭：「還是因爲烏龜厲害。」

琳箐側首向烏龜甜甜地笑道：「多謝啦。」

杜如淵詫異蹙眉：「師妹妳說甚麼？」

琳箐笑嘻嘻地不回答，烏龜還是淡定地半閉著眼趴著。

青山派固然勝了，但十個問題還是要問完的。趙棠莊主和若葉閣主又各自再問了一題，樂越勝。清玄派的鑼仍慢了半拍。

大鼓聲響起，本場比試終，樂越、樂宋、洛凌之、胡愼都站起身，向幾位評判行禮時，盧盟主再次讚歎：「江湖代有人才出，一代更比一代強。」

若葉閣主望了一眼洛凌之：「他的手快，你的手更不慢。」

洛凌之垂下眼簾：「閣主過獎。」

樂越剛出論武場，眾師弟們便一擁而上，將他團團圍住，簇擁著向一旁走。

「大師兄你今天太厲害了！」「大敗那個洛凌之眞是大快人心！」……

樂越的神色卻有些複雜。

洛凌之走進場外的人群中，清玄派的弟子們都躊躇地看著他，不知道該如何開口安慰，重華子差一個弟子捎來口信，讓洛凌之速去見他。

青山派的弟子們忙著去幫樂吳和樂秦準備最後一場玄法比試，昭沅發現樂越獨自坐在一個僻靜的角落。他和琳箐一同走過去，樂越向他道：「多謝你的龍珠。」

昭沅抓抓頭：「嗯，不用謝啦，是龜兄最厲害，沒有他說答案，甚麼都沒用。」他在樂越身邊坐下。「你是不是不太高興？之前你明明很高興的。」

樂越將雙手放在腦後靠著樹幹：「因爲我發現，並不是我贏了。」

琳箐也坐到地上：「做大俠又不是考狀元，學問甚麼的無所謂，起碼你每次都比洛凌之先搶到題吧。這樣算也是平局啊。」

樂越苦笑了一聲，搖頭：「不是，不是平局，不是我比他快，是洛凌之他讓了我。事實上，我可能根本搶不過他。」

同樣是僻靜的角落，同樣是樹下，重華子面帶思慮之色看向洛凌之：「凌之，你爲何要故意讓著青山派的那個少年？」

洛凌之面容沉靜：「師父，弟子並沒有讓他。」

重華子揚眉：「是麼？」隨即負起手，慢慢踱步離去。「爲師知道，你的事，你心中一直自有分寸，我就不多問了。」

樂越坐在樹下，繼續苦笑著：「我在最後兩個問題時才發現，半拍，不論我快了點，慢了點，他總在半拍之後敲響，一絲一毫都沒差過。唉，這種明擺著被人施捨了一局的感覺眞不好受！」

昭沅抱著膝蓋呆呆地聽，琳箐戳戳他：「你的那個洛凌之，還眞是個人物啊。」

昭沅問樂越：「他爲甚麼要讓著你？」

樂越煩惱地抓頭：「我怎麼知道！」

琳箐不相信地道：「該不會是你想多了吧？說不定他就是這麼巧總比你慢。」她突然想到了甚麼，瞪著樂越，「喂，你不至於一時意氣用事，因爲這個，自己跑去說這局不算，青山派認輸吧。說不定是他輸了後，有意在後兩個問題時裝作一直在讓著你，學杜如淵裝神弄鬼，引你自動認輸呢。」

樂越搖頭：「洛凌之不是這樣的人。」他攥了攥拳頭，站起身。「不過，既然這場他有意讓我贏，我就當這場我們青山派勝了。下一場玄法比試，希望樂吳和樂秦爭口氣。待到後面幾關，我一定要讓他心服口服地敗給我！」

下午，玄法比試開始。

樂吳和樂秦對上玉鼎派，排在第五場。

玄法比試只有修眞門派參與，修煉武功的江湖門派在武學比試後便篩選進入第二關。從第二關起，普通門派和修眞門派便分爲兩支比試，最終勝出的分別成爲新的「天下武功第一派」和「天下玄道第一派」。

樂越繞著比武場周圍閒逛，大約兩刻鐘前，有幾匹快馬奔上了鳳崖山頂，都身穿官服，像是朝廷來的人，與安順王一起匆匆進入觀武閣內。再接著，剛剛不久前，安順王又命人請各派掌門長老到觀武閣中，說有要事相告。鶴機子和師叔們已經匆匆地去了。

樂越猜測，是不是又要給論武大會立甚麼新規矩，他繞著人群外圍邊走邊看，終於發現洛凌之站在人群前最靠近論武場邊的地方。樂越擠進人縫，挪到他身邊。

第二場玄法比試剛剛結束。緊接著的第三場是清玄派對華山派。

因爲是玄法比試，場中的四人都祭出了法器，一名清玄派弟子掌心中轉著一面金燦燦的銅鏡，另一名清玄派弟子肩膀上蹲著一隻很拉風的黑色老鷹，金環眼、金爪，是相當稀有的靈獸。華山派弟子中也有一人有隻靈獸，是一隻毛茸茸的虎崽，大小和一隻稍大點的貓差不多，不知道奶牙換了沒有，蹭在那名弟子的腳邊坐著，睜著黑漆漆水汪汪的雙眼，尾巴一動一動的，煞是可愛。

可惜玄法比試中，靈獸之間不是比哪個可愛些，而是比誰更凶猛。

黑色的鷹正用犀利的視線緊盯著虎崽，虎崽卻渾然未覺，一派天眞地東張西望，還用頭蹭蹭主人的腿邊。

樂越暗暗替虎崽向老天禱告了一聲，希望他等下能在鷹爪下逃得一條小命。

洛凌之全神貫注地注視著場中央，樂越抱起手臂，也瞇起眼看向場中道：「嘖嘖，貴派這次看來又勝券在握了。」

洛凌之淡淡道：「沒到最後一刻，談及勝負都爲時過早。」

樂越笑道：「呵呵，眞謹愼，是清玄派大弟子的風範。」

鼓聲響，第一局開始，清玄派的那名帶鷹弟子和華山派帶著虎崽的弟子走到場中，照例先互相客套行禮。

兩人各自祭出法器，交手。清玄派的弟子打個呼哨，肩上黑鷹頓時振翅而起，直向地面上的虎崽撲去。

樂越邊看邊道：「多謝洛兄你高抬貴手，不過倘若我們青山派能進後面幾關，你我有機會再遇見時，我不會因此對你手下留情，也希望你不要再相讓了。」

洛淩之依然看著場中，沒有說話。樂越停了片刻，側首注視他：「你……爲甚麼要讓我？」

洛淩之微側首，回望向樂越：「我一直很期待，能眞正和越兄你比試一番。」

樂越望著他澄清如潭的雙眸，揚眉，心中忽然如頭頂的藍天般開闊起來，他微微一笑：「我也一樣，和你痛快地比一場是我最大的願望。」

洛淩之也笑了，笑容與平時不同，樂越很少見他笑得這麼直率。

連天，都在他這一笑裡開始陰起來。

不對，天爲甚麼只陰半邊，還帶著妖氣？

樂越忙回頭看向論武場內，突然一聲淒厲的尖嘯驚天動地：「嗷嗚——」

樂越望著論武場，目瞪口呆。

場中盤踞著一個碩大的怪影，還在不斷地脹脹脹脹大中。妖氣漆黑，直沖天際，幾乎遮蔽了半邊晴空，那隻黑色的老鷹一邊繞著怪影盤旋，一邊淒厲地鳴叫。

樂越喃喃道：「乖乖，這是甚麼玩意兒！」

那名華山派弟子擦著嘴邊的血漬，放聲大笑：「清玄派！你們欺人太甚！論武比試本該點到爲止，你們卻下奪命的重手！哈哈哈哈！好啊，奪命！現在看一看，究竟是誰奪誰的命！哈哈哈哈！」

隨著他的笑聲，怪影像是得了指令一樣，張開大口，又一聲驚天動地的咆哮，疾風頓起，沙塵飛揚，碩大的巨爪凌空抓下，那隻黑鷹在一瞬間化成了煙粉。怪影仰頭咆哮，騰身而起，竟然向論武場外撲來。

評判台上的靜緣方丈大喝：「尋常人等與玄法低微者速速離開，這是噬骨妖獸！」飛身躍起，抓下頸項間的念珠擲向怪影。

念珠浮動著淺紅的佛光在半空中盤旋，變大，如鎖鏈般套向妖獸頸項。論武場邊圍觀的各派弟子紛紛四散逃離。妖獸猛地一甩頭，又驀然脹大數倍，念珠法繩崩斷，珠子如雨點般崩開。

那華山派弟子還在厲聲大笑：「哈哈哈！迎春花，大點，再變大點！把清玄派的王八畜生們統統都給吞下去！」

場中的那名清玄派弟子瑟縮在角落裡大喊：「師父、師兄，救我！」迎春花已瞄準了他、抬起利爪，眼看便要撓下。

靜緣方丈大喝一聲，舉起禪杖擋下迎春花的這一爪，那名清玄派弟子連滾帶爬地躲向一邊。此時此刻，正需大俠挺身而出，樂越沒帶兵器，臨時抓住身邊的一個人，扯過一把佩劍。洛凌之在樂越身邊飛身而起，掠向場中，抽出腰間長劍，向妖獸的前爪斬下。

妖獸怒吼一聲，猛揮利爪，甩開靜緣方丈，向洛凌之迎面撓去，那名四處亂爬逃命的清玄派弟子顫聲喊：「大師兄當心！」

洛淩之舉劍抵擋，就在此時，他身邊突然響起一聲大喝：「迎春花！」迎春花似乎很認自己的名字，愣了一愣，在他閃神的瞬間，一道劍光重重斬在他的前爪上，他爪下的那個人也不見了。

樂越一手拉著洛淩之，一手舉著沾著黑血的長劍吹了聲口哨：「迎春花小乖乖，人在這裡……」

迎春花明白剛才受到了欺騙，他的前爪在流血，他憤怒了。

他嗷的一聲，露出獠牙，口噴黑霧，向樂越撲了過去！

在遠處的空地上，青山派的弟子們急得團團亂轉，但他們武功太差，去了只能添亂，就只能在一旁乾著急。

幾大門派的掌門都被安順王招走；六個評判中，五個都是不懂玄法的普通江湖客，只有靜緣禪師能下場擋怪。

當樂越衝進論武場時，昭沅就開始拚命地推著琳箐：「樂越打不過那個怪物，妳快幫幫他！」

琳箐笑嘻嘻地道：「哎呀，不用著急，區區一隻小妖怪，還不夠我動動手指頭的，如果我把他打死，就顯示不出樂越的英雄氣概了。樂越吃了我的鱗甲，我可以把自己的法力借給他使用，這樣樂越他就……」

昭沅急得快要撓樹了：「那妳就快點借給他啊！」

場中噬骨怪一爪又一爪地拍下，每次樂越等幾人都是堪堪避過，昭沅十分恨自己法力太弱。琳箐不緊不慢地道：「要在最關鍵的時刻爆發法力，才能顯出英雄氣概嘛。」她交疊起雙手，唸動法咒。

論武場上狂風大作，黑霧蔽天，黑色的陰影正罩在樂越幾人的頭頂，即將把他們覆頂吞噬。

靜緣方丈脫下袈裟，唸起佛咒，黑色陰影裡鋒銳的寒光如閃電般罩頂落下，琳箐彈指喝道：

「轉！」

樂越手中的長劍被狂風捲脫，寒光直向他頭頂刺來，洛凌之猛地將他向後一扯，靜緣方丈拋起禪杖，勉強將黑影擋得頓了一頓，堪堪護著他二人滾到一旁。

琳箐呆呆地僵住了：「法力傳不過去……爲甚麼……他明明吃了我的鱗甲，爲甚麼我的法力傳不過去……」

樂越啐了一口嘴裡的砂土：「迎春花實在是太火辣了！」

洛凌之無力地苦笑道：「越兄，這種情況下，就不要再說笑話了……」

樂越也苦笑兩聲，正要再開口，眼角突然瞥到寒光，只來得及大喝一聲快閃，一手抓起洛凌之的長劍抵擋，一手猛地把洛凌之和靜緣方丈向邊上一推。

一股巨力擊在他身上，撕裂開他手臂和肩膀的皮肉，天昏地暗中，似乎是靜緣方丈的禪杖砸上甚麼的一聲脆響，還有誰護住他右側的身體向一邊拉扯，幾點液體滴答落在他臉上，帶著刺鼻的腥臭，好像是迎春花的口水。樂越有些恍惚了，有甚麼已經割開了他胸前的衣衫，剜向他的肉，樂越的胸口處忽然熱了熱。

微弱的，熒熒如螢火蟲般的微光。

樂越被一股勁氣捲起，重重地拋在半空，砸落地面。迎春花咆哮得驚天動地，樂越聽見有個熟悉的聲音喊道：「乖徒兒，你還好麼！」

樂越勉強睜開眼，發現師父鶴機子、清玄派的重華老兒、華山派的掌門和幾位玄法大派的掌門長老一起，在半空中將迎春花團團圍住，合力大戰妖獸。

樂越勉強挪動了一下：「還好，只是你老人家再不來，徒兒就要變成迎春花的點心了。」

樂越身邊一個虛弱的聲音道：「少年人，你真厲害，本來你已經要被那妖怪吞下做點心了……結果，他居然又把你吐出來了。」

樂越掙扎著向旁邊看，只見靜緣方丈和洛凌之都躺在他旁邊不遠處，這兩人也都很狼狽。洛凌之的左肩處有一道深深的傷口，正血流不止。

在這樣的時刻，樂越看著洛凌之的傷口，忽地想到了一件事。

血，洛凌之的血，正好可以拿來塗一塗那隻傻龍的龍珠！

樂越努力挪到洛凌之身邊，關切地道：「洛兄，你還好吧。」

他扯出脖頸上掛的錦囊，將龍珠和幾顆藥丸一起倒在手中，去碰洛凌之的傷口：「我這裡有點傷藥，敷在傷口上可能會好些。」

他手臂上的血流進拳頭，順著指縫滴下。一瞬間，樂越的血、洛凌之的血和龍珠，三者同時觸碰融匯。

大功告成！

洛凌之神色變了變，樂越笑道：「啊，藥被我的血弄髒了，算了，你還是先把傷口包……」

洛凌之猛地伸手將他向旁邊一扯，樂越被他按著翻了個滾兒，迎春花震耳欲聾的咆哮近在咫尺。

樂越側頭看那越來越近的黑影，苦笑一聲：「不會吧。」師父與一堆掌門長老都沒降住，迎春花未免太剛猛了。

黑影來得太迅速，根本躲避不及，樂越只來得及擋在靜緣方丈和洛凌之身前，眼看粉身碎骨在即，一代大俠還未橫空出世就要黯然隕落，他正自哀自傷時，突然有耀眼的七彩光芒在眼前鋪開。光芒絢爛如虹、繽紛流轉，又有一道耀眼的金光瞬間包裹在七彩光外，七彩光便漸漸淡去，金光變成一個光罩，把樂越、洛凌之和靜緣法師三人罩在其中。

這時，天上忽然有一聲空靈的鳴叫，迎春花悲嘯一聲，縮成了一團。

一隻火紅大鳥舒展雙翅，從觀武閣方向飛來，三根長長的尾羽，顏色如最濃重的晚霞，祥光繚繞。迎春花在地上瑟瑟發抖，越縮越小，似乎對那耀目的光華畏懼萬分。

罩著樂越幾人的金光顫了顫，漸漸地變淡、變弱，匯成了一個張著雙臂擋在樂越身前的人影。那人放下手臂，向後退了一步，喃喃道：「鳳凰，是鳳凰……」

這個人，居然是昭沅。

樂越感嘆，沒想到傻龍竟能在關鍵時刻大展神威救了自己一命。難道是龍珠沾血後起了作用？看來洛凌之的確是他要找的人。

靜緣方丈道：「啊，這位小少俠原來是樂越少俠你養的靈獸，他一直在你們門派中站著，我還以為是青山派的掛名弟子。」

昭沅仍呆呆地站著，樂越急忙笑道：「哈哈，是啊，因為他比較喜歡變成人形。」

靜緣方丈道：「你們手上還連著法線啊，怪不得少俠你有事，他能及時救你性命。」

法線？連著？

樂越困惑地抬頭，這才發現昭沅一直呆愣愣地站著，並不是在看鳳凰，而是在看他。昭沅的左手在胸前抬著，手腕上繫著一根耀目的金線，金線很長，另一頭似乎連著這邊的某個方向，是連著……

樂越僵僵地看著自己的左腕。有一根金線繞成的圈，很亮很耀眼。

樂越愣愣地道：「爲……爲甚麼……」

昭沅也愣愣的：「爲……爲甚麼……」

不是洛凌之嗎？

不是洛凌之嗎？

爲甚麼是你？

爲甚麼是我？

樂越看昭沅，昭沅看樂越，一人一龍瞬間都成了石雕。

金線在風中搖曳著，樂越感到掌心中攥著的龍珠熱了熱，金線漸漸淡去，隱沒。

迎春花已經變成了一隻小貓大的虎崽，把頭緊緊貼在地上，如篩糠般地抖著。

紅色的鳳凰不見了，虎崽的面前立著一個穿紅色長袍的男子，就是曾經出現在觀武閣上，安順王身後的人。

他似乎懶得看眼前的虎崽，反而向樂越這邊走來，微挑的雙目輕輕瞇起：「原來這位少俠也是豢養靈獸之人。」

他的目光落在昭沅身上，浮起微笑：「我對靈獸一向甚感興趣，不知能否看看少俠這隻靈獸的原身。」他抬起右手，手心中聚起一團紅光。

樂越來不及阻止，昭沅來不及躲閃，那團紅光把他從頭到腳籠住。

昭沅感到自己在慢慢地縮小，變回原形。

父王、母后、大哥、大姐、弟弟、妹妹，我沒有用，我要被鳳凰抓住了。

昭沅眼中滾出兩滴淚，在地上蜷曲起身體。

紅光消散，鳳凰面無表情地盯著地面。

地上匍匐著一條圓滾滾的、不到半尺多長的……銀白色小蛇。

樂越眨眨眼，不是龍，是蛇。

昭沅緊緊閉著眼，貼著地面趴著。樂越噌地捏起他，噌地塞進懷中，手臂重傷還能如此飛速，他很佩服自己。

靜緣方丈道：「少俠的這條小蛇挺可愛的，老衲感覺他的氣息純淨，秉性十分良善。」

樂越扯著僵硬的面皮道：「嘿嘿，大師過獎了，只是條普通的蛇精而已，還小，不成氣候，我上山砍柴的時候撿的。就是不知道是土蛇，還是水蛇。」他抬眼看那紅衣人。「這位公子，你好像很有見識，你覺得他是土蛇還是水蛇？」

鳳凰淡淡道：「我對蛇並無研究，不過少俠的這條蛇倒是忠心。」轉身拂袖離去。

樂越暗暗鬆了口氣，悄悄把手裡攥的龍珠塞進懷中。他感到懷裡的小蛇伸出頭，從他的指間叼住龍珠，噝了。樂越才徹底鬆了一口氣。

師父鶴機子和三位師叔趕過來，師弟們也從遠處空地跑向這裡，眾人合力扶起樂越。少林和清玄派的弟子們也都擁上，各自扶起靜緣方丈和洛凌之。

樂越斷斷續續地道：「這麼一鬧……今天的玄法比試可沒法比了。」

樂吳道：「大師兄你還不知道呢，都不用比了。論武大會已暫停了。安順王喊師父和其他掌門過去就是說這個的。」

樂越很詫異，鶴機子沉聲道：「京城傳來消息，皇上病勢嚴重，不宜再興動刀劍之事，論武大會暫停，各派返回本門，修習玄道的門派，皆要做法會為皇上祈福。」

洛凌之被清玄派眾人攙著，向另一方去，他傷得不如樂越重，還向樂越道別道：「多謝越兄捨命相救。」

樂越道：「洛兄不用客氣，今天你也救了我的命，大家算是有了同生共死的交情，雖然論武大會暫止了，但你我之約我還記著，等養好了傷，挑個好日子，大家再賞劍論武。」

洛凌之微微笑道：「好，定不負約。」

清玄派的人漸漸走遠，忽然有穿著藍色官服的人匆匆迎來，將他們迎面攔住。

為首的人捧著黃色卷軸，樂越和青山派其餘人遙遙聽見他朗聲道：「安順王世子慕禎接旨。」

樂越和師弟們立刻目光炯炯地向那方望去。捧著聖旨的人對著的，似乎是洛凌之的方向。清玄派的人群分開，洛凌之身側一人走出，跪倒，是洛凌之的師弟維清。

清風捲著讀聖旨的聲音，送進樂越及其餘人的耳中。也飄進樂越的懷裡，鑽進盤成一團的昭沅耳內。

「……收安順王世子慕禎爲朕子，賜和姓，易名和禎，立爲太子，即日起可入東宮……」

維清，應該是原安順王世子慕禎，新太子和禎雙手接過聖旨，起身。

紅衣人站在宣旨官員身側向他微笑：「恭喜太子殿下。」

風很暖，春已很濃，快近晚春，離夏天已不遠了。

第四章

龍、麒麟、鳳凰、玄龜。

傳說中的四大護脈神像趕集一樣一個接一個地冒出來，不到幾天的工夫，居然讓他見識齊全。

青山派，正殿，殿中。

一張四四方方的木桌，桌上擺著一只紅色漆盤。青山派的弟子們圍在木桌邊，探頭看向盤內。

昭沅在漆盤中的棉布上蜷起身體，一根手指伸來，戳了戳他的腦袋，昭沅立刻哆嗦一下，再縮得緊些，那根手指又戳戳他的身體。

「眞的是蛇耶。」

人圈外不遠處，樂越粗聲道：「樂鄭，你別嚇他。」

樂鄭轉身，委屈道：「大師兄，我摸摸而已嘛，你別那麼小氣。我都不知道他居然是個妖怪，大師兄你連我們都瞞，太不厚道了。」

樂越從竹榻上勉強撐起身：「別當著人家的面妖怪妖怪的，要不是他，你每年清明就要給大師兄我燒紙錢了。蛇怎麼了？妖怎麼了？」

樂鄭縮縮脖子，比如現在。

樂吳及時插嘴：「樂鄭，大師兄說的有道理。大師兄，樂鄭也是看著昭沅……昭沅師弟原形的模樣很可愛而已。」

樂鄭立刻點頭：「昭沅……師弟的原形眞可愛，呵呵，我從來沒見過這麼小小胖胖的蛇。他的脖子那裡還有個金色的圈圈。」說著，情不自禁又伸手去摸，感到大師兄犀利的目光從旁側扎來，連忙又縮回去。

昭沅把腦袋緊緊貼在棉布上，樂鄭說的金色圈圈就是琳箐借給他的那只金項圈，項圈現在變成一道細細的金環箍在他的頸項處。他沒有被鳳凰的法力打回原形，而是變成了一條蛇，應該就是這只項圈的功勞。

樂越的眾師弟們還是目光灼灼地圍觀著他，紛紛附和誇讚小蛇很胖很可愛，樂魏咬著手指幽幽道：「如果燉成蛇羹肯定很好吃。」

樂吳立刻抬手給了他後腦勺一下。

樂魏揉著被敲的地方，神情幽怨：「我現在看見甚麼東西都想拿來做菜吃。」

殿中一時沉默，連樂越都有點心虛。

參加論武大會時，他一直覺得有件甚麼重要的事情忘記了。直到他躺在擔架上，被師弟們從論武大會抬回青山派大門前，他才恍然想起，似乎，大家都滿腦子論武大會，把重傷在床的小十二樂魏遺忘了……遺棄在師門裡……

他們在廚房裡找到了正在煮野菜的樂魏，樂魏被拋棄在師門中一天一夜後，飢餓終於戰勝了傷痛，奇蹟般地爬了起來，吃光廚房裡的餘糧，靠著水煮野菜活到如今。

樂魏在一片寂靜中幽幽地道：「我不恨大家，眞的，畢竟論武大會最重要。」

樂吳咳了一聲，迅速岔開話題：「呃，大師兄，昭沅師弟他究竟是……還有，怎麼沒有看見琳箐師妹？」

樂越癱回竹榻上，揉了揉隱隱發脹的額頭，含混地說：「他半夜潛到我們門派中來找吃的，被我發現了，然後見他怪可憐的，就收留了他。因爲他可以變成人形，原本打算帶他去論武大會湊數，可惜師父說會被別人看出來，所以就另找別人了。」

他這番話大部分是實情，只是依然隱瞞了昭沅是龍的事實。

樂越閉上眼，覺得頭更疼了。

從論武大會回來到此時，他一直被一個問題纏得寢食難安。

爲甚麼傻龍龍珠認定的人會從洛凌之變成了他樂越？

一定是哪裡出問題了。

樂越不相信自己會和皇帝家扯上關係，他覺得大概是當時自己的血和洛凌之的血混在了一起，導致龍珠辨別錯誤。

晚上，各自回房睡覺時，樂越把昭沅從床角拎起來，戳戳他的肚子：「喂，我覺得這事是出錯了，你覺得呢？」

昭沅在他手掌中有氣無力地趴著：「我、我不知道。」

自從變成蛇後，他就再也沒有辦法變成人形。被樂越的師弟們圍觀讓他覺得很苦惱，他偷空就縮在樂越懷中，連睡覺時都蜷縮在樂越的床角。

樂越抓抓頭：「你要找的是皇帝家的人，我不可能是，我父母都是生意人，而且你看我，一點和皇帝家沾邊的樣子都沒有。是不是因爲塗龍珠時我的血和洛凌之的血混在一起，所以出了點錯？」

昭沅晃晃頭：「我不知道。」

樂越皺眉：「你怎麼一點都不著急，你不是很希望快點和洛凌之定血契嗎？」

昭沅抬起眼皮看看他。

他確實一點都不著急，不知道爲甚麼，龍珠定下的人不是洛凌之而是樂越，這件事讓他有點……歡喜。

迎春花要吞下樂越的瞬間，他下意識想要救對方，而後他發現自己和樂越之間連上了法線，那時，他的確很驚愕。

但是，當他變成蛇，樂越在鳳凰面前保護他、把他藏進懷中時，他縮在樂越懷裡，感覺很溫暖、很幸福。

他很欣賞洛凌之，不過他更喜歡樂越。他只是覺得很對不起琳箐，這樣做，算不算和琳箐搶人？他答應過琳箐，不會動樂越，琳箐對他這麼好，如今他成了一條沒有遵守承諾的龍。

而且，樂越的夢想是做大俠，他連琳箐的大英雄都不願意做，肯定更不願意當皇帝。

所以，昭沅現在心情很複雜。他一時之間，不知道該如何是好。

樂越長吁短嘆：「你知道的，我就想當個大俠，造反做皇帝這種事情我一點也不想扯上。可以把龍珠裡的血洗掉重新灌別人的不？」

昭沅點點頭：「把我的龍珠打爛就行。」他張開嘴，把龍珠吐到樂越手心裡，龍珠中盤旋浮動的金色龍形上有了一條絲線般粗細的殷紅，從龍首處蔓延到龍尾。

昭沅小聲說：「你如果不喜歡，可以把它打爛。」

樂越再皺眉：「打爛龍珠不是和毀了你沒兩樣？你覺得我是這種人？我是在問，除了打爛龍珠外，還有別的方法嗎？」

昭沅又低頭：「我不知道。」

樂越搗了搗胸口：「快被你堵死了！」

昭沅小心翼翼地問：「如果，我是說如果，確實沒有出錯，你就是我要找的人，你是不是不願意做皇帝？」

樂越立刻回答：「廢話，當然不願意！你知道造反在人間是多大的罪？萬一被發現，我們整個師門都會被滅掉。而且你當造反是很容易的事情？」

戲文話本裡都說過，但凡造反，肯定要手裡有重兵、麾下有猛將、帳中有謀士，得天時地利人和。出身寒微者，如漢高祖，手下有蕭何、韓信。落魄者，如劉皇叔，也有張飛、關羽兩兄弟，外加請得孔明定關中。

唉，這些凡間的道理，這條傻龍肯定不會懂。

樂越只能再肯定地道：「絕對出錯了，我不可能是你要找的人。」

昭沅唔了一聲，悶悶地把龍珠吞回肚子裡，又垂頭趴下。

樂越再皺眉想了想：「對了，你好像和我說過，天上的神仙可以把龍珠裡的血洗掉，重新塗上對吧。」

昭沅腦袋微微動了動。

樂越將他放回床角被褥上，掀開被子下床：「我有事出去一趟，你先睡吧。」

昭沅鑽進被子裡，聽著樂越的腳步聲出了房門，苦惱地用腦袋蹭了蹭被褥。

到底該如何是好？

樂越出了臥房，順著迴廊繞向另一側的廂房，直奔鶴機子臥房而去。

他身上的傷還挺疼，走得一跛一拐，好不容易來到了鶴機子門前，敲了敲房門。

半晌後，鶴機子方才睡眼惺忪地開門：「小混帳，有甚麼事情不能等到明天說，非得半夜三更打擾爲師好夢？」

樂越鑽進房：「弟子急躁，打擾師父休息，請師父不要怪罪。只因弟子晚上參悟道法時，忽然想到一事，特來請教師父。」

鶴機子在床沿上坐下：「你居然會半夜參修道法，爲師甚是欣慰，有何不解，說來聽聽。」

樂越正色道：「弟子想到，天下修道者甚眾，有種種不同法門，但最終殊途同歸，都是要去穢濁、存清氣、融通自然，至境者，可白日飛升。想達到白日飛升，到底要修到甚麼程度？」

鶴機子捻著鬍鬚道：「修道首先要心無旁騖，唯有專才能靜，唯有靜才能清。你此時根基未牢，離著白日飛升尚有十萬八千里遠，徒然幻想只能增添雜念。況且，爲師也在修行中，白日飛升於我都是不能想之事，所以無法回答你。」

樂越眨眨眼：「呃，那麼，我們青山派當年那位白日飛升做了神仙的師祖，他飛升時是甚麼情形？還有，他老人家做了神仙後，還管不管凡間事，比如我們這些徒子徒孫們想求他老人家辦點事甚麼的，有沒有方法可以聯繫上他？」

鶴機子瞇起眼：「樂越，你老實點說，你打聽那位師祖的事情，到底想做甚麼？」

樂越僵了僵，師父果然厲害，不過他想找神仙師祖洗掉龍珠裡的血這種事，師父他老人家應該想不到。

他立刻乾笑兩聲：「師父眞英明，一下就看出了弟子的小算盤，我是在想……這次論武大會上，那條龍差點被鳳凰認了出來，今後萬一有甚麼厲害角色來找我們青山派晦氣，可不可以乾脆請神仙師祖幫忙，修理掉他們算了。」

鶴機子悠悠說：「所謂仙，就是拋卻了凡俗。既已拋卻，怎麼還會重新撿起。」

樂越摸摸鼻子：「偶爾仙恩普照，拯救一下我們這些凡夫俗子也算仙功一件吧。」

鶴機子道：「仙與仙各有不同，可能師祖恰巧不用管這個。」

樂越只好又摸摸鼻子。

他告辭準備回房，忽然心中一動，又從門口折回：「師父，弟子還有一件事想問一下。關於我的爹娘……除了師父曾告訴我的那些，還有別的麼？比如我還有沒有親戚之類的。」

他本來怕師父疑心昭沅的來歷，不想把這兩件事放在一起問，但到底沒忍住。

鶴機子倒沒有表現出甚麼疑惑，只是搖頭：「當時我偶然路過那裡，恰好在亂軍之中救了你。後來我也曾回去打聽過，你父親姓李名庭，是兩江一帶還算出名的商賈，據說是孤兒出身，沒有親戚。你母親劉氏父母早逝，有兩個哥哥，都跟隨你父親一起做生意，當時也死在戰亂中，所以我才將你帶回了青山派。」

樂越抓了抓後腦：「這樣啊……那麼弟子沒有別的事情了，師父繼續休息吧。」

他轉身向門外去，身後鶴機子道：「對了，那位龍公子，還好否？」

樂越回身道：「還好吧，能吃能睡的，就是還是條蛇的模樣，變不了人也變不回龍，可能和琳箐姑娘送他的項圈有關，估計只有她能幫他取下來。不過她從論武大會上妖獸鬧場後就不見蹤影了。」

鶴機子微頷首，淡淡地說了句：「你這幾日暫且好好照顧他。」

樂越應了一聲，暗中觀察師父的神色，沒發現甚麼異樣，偷偷鬆了口氣。

從師父房中出來時，夜風微涼，此時三更已過，庭中月色清幽。

樂越走到廊下抬頭望了望天。天高而開闊，星繁而明亮，吸一口清涼的氣，瞬息間，從頭到腳都舒爽起來。

「長夜漫漫，原來大師兄也睡不著，出來賞月觀星。」

樂越身側的老樹後，突然傳來人聲。

樂越詫異轉頭，只見樹影中走出一人，單儒衫，髮未束，手握一卷書，頭頂一隻龜。原來是那位神叨叨的掛名師弟杜如淵。

樂越遂道：「我不是睡不著，是臨時有事找師父，順便站一站，杜師弟你大晚上的還拿著書，能看得見字麼？別看壞了眼。」

杜如淵捲了捲手中的書冊：「哦，我是到庭院中隨意走走，這書，是平日裡拿慣了。」他將手負在身後。「大師兄覺得今晚的夜色如何？」

樂越道：「挺好。」

杜如淵仰首：「星辰又如何？」

樂越道：「挺亮。」

杜如淵嘆息：「我方才略觀星象，近日天下恐怕會有大變故。」

星象這東西，樂越知道些皮毛，身爲修眞門派的弟子，像這種看個面相星象、摸個骨、卜個卦、觀個風水、測個生辰八字之類，都是必備之技，在關鍵時刻可以賺錢餬口，比參透虛無縹緲的玄道之術更爲實際。

此時的星，樂越看來並沒有甚麼不尋常，太白星北斗星方位很正，明亮璀璨，既沒異色，也無晦暗，四方天空，星位也無動盪。看來杜書生又在裝模作樣。樂越懶得辯駁，打了個呵欠。

杜如淵依然仰首看著天：「正北天色有異，紫垣閃爍，白天時我見天主星光中隱隱有變，再加之鬼方忽明，變亂之相。」忽而話題一轉。「那天在論武場中親眼見到了新太子，大師兄以爲如何？」

樂越道：「不錯啊，一表人才。」

杜如淵搖頭：「但不知以後天下究竟是姓慕還是姓和。」

樂越想了想道：「杜師弟，我覺得我們平頭百姓，少問國事爲妙。皇上要認誰做兒子，是他的家務事，皇上高興就行。只要是能讓大家過好日子的皇帝，管他原本姓甚麼，現在姓甚麼。」

杜如淵側身看他：「我記得大師兄曾說，自己的志向是濟世扶弱，想來胸中定有天下。假如有一天，你做了皇帝，會怎樣治理天下？」

樂越心中一驚，猛地看向杜如淵，他和那隻龜在夜色中不甚清晰，看不出甚麼異常。樂越謹慎地道：「杜師弟，這種話可不能亂說，被有心人聽到了要抓去砍頭的。」他撓撓頭，露出有些爲難的表情。「不過現在也沒旁人哈……我覺得吧，皇帝不是隨隨便便誰都能做的，要看是不是那塊材料。像我，做個大俠，快意江湖，就心滿意足了。做了皇帝估計還會覺得活受罪。管大臣、批奏摺、處理政務甚麼都不會，那不就是個昏君麼？讓我天天穿著龍袍裝模作樣地蹲在皇宮裡，我肯定憋得難受。」

杜如淵笑了一聲，沒再說甚麼。

樂越又站了片刻，再打了個呵欠：「杜師弟，我要先回房去睡了。夜深有露水，你也別在外面站太久。」

杜如淵點點頭：「我再稍微站一站便也回去了。大師兄請便吧。」

樂越轉身回房，杜如淵站在原地，望著他離去的身影，似在沉思。

昭沅縮在床內側的被子裡已經睡著了，迷迷糊糊中感覺到樂越躺回床上的動靜，下意識地往他身邊湊了湊。樂越瞄瞄酣睡中的他，嘆口長氣，熄滅油燈。

昭沅作了個夢，他夢見自己站在初見樂越的曠野中，樂越拉著洛凌之眉飛色舞地向他道：「我找到把龍珠中的血洗掉的方法了，馬上你就可以和洛兄重定血契，開不開心？快點把龍珠拿出來，快點快點！」

他掏出龍珠，樂越拿出一塊布，使勁擦著龍珠，龍珠中金色龍脈上的那條殷紅果然一點點消去，每消去一些，樂越的臉上就多出一分開心的笑。

不知道爲甚麼，他的心裡卻越來越悶，好像被壓上越來越多石頭。

樂越一邊擦一邊興高采烈地說：「從今往後，大家就各走各路，各不相干了！你們被鳳凰抓住，千萬不要說認識我啊！」

龍脈上的殷紅全部沒有了，樂越抓起洛凌之的手，用刀割破，擠出幾滴血。

鮮紅的顏色忽然鋪天蓋地，龍珠和洛凌之驀然不見，他驚惶四顧，周圍的鮮紅色化作一片七彩絢爛，一隻花得不能再花的大鳳凰從天而降，抓住了樂越的肩膀！

他衝上前，拚命想把樂越從鳳凰爪下拽出來，樂越卻扳開他的前爪，一臉很熟的樣子笑咪咪地對鳳凰說：「鳳兄，你終於來了！」

鳳凰抓著樂越飛到了高高的天上，越變越小，向著太陽飛去。陽光刺痛了他的眼，他努力去追，突然腳下一絆……

昭沅打了個哆嗦，猛地睜開眼。

四周黑漆漆的，很靜，樂越熟睡的呼吸聲近在咫尺。

昭沅望著樂越沉睡的臉，又向枕頭邊湊了湊，把頭靠在樂越的肩旁。

第二天，樂越起床後，得知了一個大消息和一個小消息。

小消息是，杜如淵向師父辭行，要離開青山派，繼續踏上進京趕考之路。

大消息是，今天天剛亮時，慕王府的親兵送來一張拜帖，說新太子和禎殿下要前來拜會青山派掌門鶴機子道長。

大消息讓青山派上下都很詫異，自從青山派衰敗後，便沒有再和官府打過交道，這麼多年來連附近小縣城中的七品縣令都不曾接待過，新太子居然要大駕光臨，實在令人震驚加費解，不知是福是禍。

樂越的師弟們蹲在一起猜測：「難道是要表彰大師兄在論武大會上奮不顧身大戰妖獸？」「我覺得不是，太子殿下說是來找師父，可能太子殿下在圍剿妖獸時發現師父他老人家比重華老兒厲害得多，所以想請師父做護國法師之類的。」

樂越心中有些惴惴，太子和那隻鳳凰是一伙的。難道他們回去後左思右想，還是察覺到了不對，特意上山來抓昭沅？

鶴機子道：「不管是福是禍，反正橫豎躲不過，平常心應付吧。」

吃完早飯，鶴機子、三位長老，以及青山派弟子們一起爲杜如淵餞行。

杜如淵在祖師殿中取下束髮的黃木簪，與弟子服一齊奉還與鶴機子。

樂越道：「杜公子幫了我們青山派很多忙，我們感激不盡。只要杜公子不嫌棄，我們永遠會把你當同門兄弟看待，將來若有我們能幫得上忙的地方，說句話就行。」

杜如淵微笑，文謅謅地回道：「吾承蒙幾位道長及各位師兄搭救，又有幸得入道門，這幾日眼界開闊不少，更得了很多見識。至於吾的一點作爲，皆是舉手之勞，師兄無須太客氣。」

樂越也笑笑，又抱抱拳頭：「多謝多謝。」他這句話實際上是對杜如淵頭頂那隻烏龜說的，謝過他在論武大會上告之答案。這一舉止在不明內情的人眼中略顯突兀，杜如淵微挑眉，但沒說甚麼。

樂吳、樂晉等幾個弟子接著道：「杜公子，你這次進京趕考，如果能金榜題名，將來做了大官，可別忘了我們啊。」

杜如淵微笑：「一定一定。」

青山派上下人等要趕著把門派上下打掃收拾一遍，以恭候太子大駕。樂越身上有傷做不了重活，遂由他送杜如淵出門。

到了下山的小路前，杜如淵停下腳步，抬袖爲禮，向樂越道：「樂越師兄，你傷未痊癒，不便多勞累，送到此處便可。承蒙照顧，不勝感激。就此別過，望多珍重。」

昭沅從樂越懷中探出腦袋，杜如淵頭頂的烏龜睇著小眼睛端詳著他和樂越，對他點點頭。

樂越露齒笑道：「客氣客氣，祝杜公子你一路順風，這次科舉能中個狀元。」

杜如淵揹著行囊書箱向山下行去，樂越待他背影漸遠，方才轉過身，剛要往大門處走，身後忽然傳來一聲呵斥：「站住！」

是女孩子的聲音，好像是琳箐。

樂越立刻回頭，只見山路上站著一名少女，身穿一襲紅裳，手握軟鞭，正是琳箐。

她那聲「站住」，不是對樂越喊的。

琳箐站在山路正中，攔住杜如淵的去路，玩弄著手中的軟鞭，挑起雙眉：「你，不能走。」

杜如淵怔了片刻，方才詫異道：「琳箐姑娘爲何要攔住在下的去路？」

琳箐冷笑一聲：「少和我裝模作樣，我已經查清楚了你的底細。你走這麼急，是不是趕著去通風報信，投靠鳳凰那邊？」

這下連樂越和他懷中的昭沅都怔住了，杜如淵的聲音依然很詫異：「琳箐姑娘，在下不明白妳在說甚麼。」

琳箐的眉梢再挑得高了些：「不明白？」她手中的軟鞭突然閃電般甩出，鞭身燃著火焰，重重抽向杜如淵。

樂越大驚，電光石火之間，杜如淵身周驀地出現一圈綠褐色光罩，擋下琳箐的鞭子，鞭身的火焰在觸碰到光罩的瞬間嗤地熄滅。

琳箐再一揚手，把鞭子收回手中：「不愧是護脈龜家的大長老，好硬的龜殼。」

光罩淡去，杜如淵頭頂的烏龜動了動，開口道：「小麒麟不要太無禮。」

琳箐哼了一聲，明亮的雙眸直視著杜如淵：「書生，不用再裝模作樣了，你頭頂的這隻烏龜，其實你看得見吧。」

樂越和昭沅雙雙驚了。

杜如淵從容地站著，嘴角微揚：「看得見如何，看不見又如何？」

琳箐揚起下巴：「很簡單，你留下，我們就是盟友；你走，我們便是敵人。看來你心中已經有決定了。」

樂越終於忍不住走到近前，插話道：「二位，暫且停一停，可不可以容我先問一句，你們說的究竟是……」

琳箐看了看樂越，待看到他懷中的昭沅，便立刻別開臉，將視線投到路邊樹幹上，咬了咬嘴唇，用手中的軟鞭一指杜如淵，簡潔明瞭地道：「他頭上的那隻龜是這一代的護脈玄龜，他就是玄龜選上的人。」

樂越「啊」的一聲，驚詫之下，張開的大嘴闔不上了。

龍、麒麟、鳳凰、玄龜。傳說中的四大護脈神像趕集一樣一個接一個地冒出來，不到幾天，居然讓他見識齊全。

樂越抓抓頭，反覆把杜如淵和那隻龜看了幾遍，方才恍然道：「原來如此，怪不得龜兄和杜兄都如此有學問。」

琳箐再哼道：「不用誇他們，他們正準備趕去抱鳳凰的大腿，賣了你和這隻傻龍。」

杜如淵皺眉：「琳箐姑娘……」

烏龜慢吞吞道：「小麒麟，言語不要太刻薄。」

琳箐撇嘴：「難道我有說錯？」她一指杜如淵的鼻子。「你！我看到昨天晚上你套樂越的話，就知道你沒打好主意，果然如此！」

樂越莫名。昭沅小聲道：「原來這幾天琳箐妳都在啊。」

琳箐又把臉別向一邊，不看他，昭沅低頭，往樂越衣襟裡縮縮。

杜如淵道：「琳箐姑娘，據我所知，玄龜一族和你們麒麟族規矩不同，改朝換代時可以在各方勢力中任意選擇。也就是說，龜兄選中的在下不管是去輔助新太子還是留下幫助樂越少俠，都合情理。琳箐姑娘又有何立場來斥責我們？」

琳箐將雙手環在胸前：「選擇站在哪一邊是你們的自由沒錯，但你既然已經選了樂越這邊，又臨陣倒戈，還是帶著這邊的祕密去投靠鳳凰，這就有些卑鄙了。」

琳箐和杜如淵你來我往，樂越和昭沅在這兩個吵架的中心點實在插不上話，樂越帶著傷，不能久站，索性在路邊草叢中坐下，昭沅從他的懷裡鑽出來，趴在他的身邊。

杜如淵挑起嘴角：「琳箐姑娘的話在下不能苟同。在下一直以爲樂越少俠是姑娘選中的人，護脈龍挑中的人選尚未確定，何來龜兄與我已站在這一方之說。現下，不管是鳳凰那邊的新太子，還是和龍有緣的樂越少俠，都是論武大會時才見分明，我比較之後，選擇覺得好的一方，有何不可？」

琳箐瞪起眼：「喂，你不要狡辯，樂越救過你嘜，明明之前你們一臉很欣賞他的樣子。鳳凰挑上的那個新太子哪裡好了，連這隻傻龍一開始盯上的洛凌之都不如。和鳳凰一樣，一副小肚雞腸的陰險嘴臉，根本不是光明磊落的大丈夫！」

杜如淵慢悠悠道：「琳箐姑娘說的還是只重匹夫之勇的梟雄標準。從古至今，成爲帝王的，鮮少這種熱血勇夫。」

一旁坐著觀看口水戰的樂越忍不住挖了挖耳朵。

就算本少俠是只有匹夫之勇的莽漢，能不能至少看在我本人就在現場的份上，不要說得這麼直接。熱血勇夫怎麼了？白送我張龍椅我還不願意坐哩。

琳箐也很惱火：「呵，說得好像你很懂的樣子。我看上的人雖然做不了梟雄，卻成了皇帝備選。而護脈龜居然挑上了你這種只會耍嘴皮子、裝神弄鬼的書生，果然是老眼昏花了。」

烏龜淡然不動。杜如淵道：「也是，也是，龜兄的眼光是不如麒麟姑娘這麼獨到，把別人的看成自己的，費盡無用功，以至眞正的人選到今日也未擇定。當然，樂越少俠一直沒答應妳的事兒就不提了，呵呵，龜兄確實與妳差了甚遠。」

琳箐幾乎要跳起來：「你！」

樂越和昭沅大眼小眼一起瞪著出神地看，口水戰已經走題到互相人身攻擊了。

幸而烏龜又開口，適時地正回了話題：「鳳凰的行事作爲老夫並不贊同，但樂越少俠似乎志向不在皇位上，徒然勉強，對他並非好事，老夫也無可奈何。」

琳箐的唇動了動，沒再說甚麼，只是看向樂越，杜如淵和烏龜也隨之向他望來，目光都很複雜沉重。

樂越摸摸鼻子道：「那個……我的血進了龍珠一事，我覺得可能是哪裡出了問題，我怎樣不重要。你們應該討論到底幫不幫昭沅，而非我。」

盯著他的六道目光更複雜、更沉重了，連昭沅都從草中抬起頭，用那雙清亮亮、黑漆漆的眼睛望著他。

烏龜慢吞吞道：「少年，你錯了。」

杜如淵搖頭：「樂越兄還沒有接受現實啊。」

琳箐垂下眼簾，低聲道：「樂越，雖然我不甘心，但，沒有錯的，沒有出錯，不可能出錯。」她咬咬嘴唇，直視著樂越的雙眼，一字一句道。「護脈龍神的龍脈，從存在的那天起，直至如今，從沒有出過錯。」她的眼中有甚麼在閃爍，很亮。「我和傻龍打的賭是我贏了，我的眼光，是比他好，洛凌之的確不是他要找的人。註定和護脈龍神有緣的人，是你。」

那亮亮的東西終於漫出了眼眶，順著她的臉頰流下，琳箐抬袖捂住嘴，哇的一聲哭出來：「可是我眞的不甘心！憑甚麼啊……明明是我先看上你的，明明只有我眞的喜歡你欣賞你……就因爲龍有天庭賜給的權力，就因爲天命冊上寫好的註定，我連和你定血契的資格都沒有，憑甚麼……」

樂越站起身，走向琳箐：「對不起，聽妳這樣講，我很……很感動。我一直以爲，妳是爲了哄我做那甚麼亂世梟雄，才一直誇我……」

看著痛哭的琳箐，他終於明白，原來琳箐一直以來說的話，都是眞的。即使他有時候愛理不理，敷敷衍衍地應付，琳箐也還是眞心實意地誇著他，用盡辦法幫助他，假裝不在意地跟在他身邊。

樂越站在琳箐面前，用手輕輕扶住她的肩：「琳箐，妳是個好護脈神，妳是我見過的最好的女孩子，眞的。」

琳箐撲進他的懷中，泣不成聲：「我……我……第一次這麼用心地對誰……憑甚麼……那隻傻龍看上的明明是洛凌之，烏龜也覺得你不是當皇帝的材料……看不上就讓給我啊！我喜歡你……我覺得你比誰都好……讓傻龍去找洛凌之，讓烏龜去幫著他捧洛凌之當皇帝……把你讓給我不就好了嗎……爲甚麼不可以……」

樂越感到琳箐的眼淚濕透了他的衣襟，心中湧起一種說不清道不明的、從未有過的感覺，他輕輕扶住琳箐的後背，低聲道：「對不起，琳箐，我之前，有時候對妳很不好。假如給我選擇的權力，我會選妳。」

琳箐吸吸鼻子，慢慢抬起頭。

樂越從懷中翻出一條綴巴巴的汗巾，替她擦了擦眼淚。

四周的一切好像瞬間都凝固住了。

樂越和琳箐的腦子在這時候也都凝固住。他們兩個都遺忘了，樂越不單不想當皇帝，更不想當琳箐的亂世梟雄。

杜如淵注視著樂越和琳箐，頗有感觸地向烏龜感嘆道：「眞是悲劇啊。」

烏龜慢慢晃晃腦袋：「凡間的世事通常都很無奈。」

昭沅蜷縮在草叢中，遠遠地看著這一切，心裡很悶。琳箐哭了是他的錯，如果沒有他搶了樂越，琳箐就可以高高興興地做樂越的護脈神了。

樂越的那句「假如給我權力選擇，我會選妳」，在他的心上戳了一下。

他知道了，樂越不喜歡他。

他不像琳箐那樣強，可以幫樂越很多忙，可以保護他。他一直都在麻煩樂越，能定下血契，也是因爲樂越的努力和誤打誤撞，他甚麼都沒做。

而現在，他既不知道該如何幫助樂越當皇帝，也不知道目前自己最該做甚麼。

他壓根沒有資格做護脈神。

所以他對琳箐很愧疚，很鄙視自己，連光明正大地告訴樂越——「其實比起洛凌之我更喜歡你，我覺得你非常合適，我想做你的護脈神」都不敢。

他也在迷惑，爲了從鳳凰爪中奪回護脈神的位子，便讓樂越去做皇帝到底是對是錯。樂越一點也不想當皇帝。他想做大俠。

昭沅把頭插進草裡，覺得很混亂。

琳箐深吸一口氣，抬袖用力地擦擦眼角：「就算不甘心，也改變不了事實。我決定想開了。」她望著樂越，目光堅定。「雖然我不是你的護脈神，我也一樣會幫助你。烏龜愛投靠鳳凰就去投靠吧！你放心，我不會讓我們這邊輸。我要再去找一個有潛質的人，把他培養成大英雄，讓他和你一起打拚出天下！」

樂越低頭看著她，誠懇地說：「琳箐，謝謝。」

琳箐燦爛地笑起來：「不用，這是我該做的呀。誰讓我是個稱職的護脈神呢。」

樂越也跟著笑起來：「麒麟神的境界的確和我們凡人不同，佩服佩服。」

就在一笑之中，又有了新的默契。

樂越指指一旁的草叢：「目前就有件事要麻煩琳箐妳。那隻傻龍被鳳凰施了法術，原本要現原形的，可能是妳借給他的項圈護住了他，結果他變成蛇的模樣。但他之後就既變不回龍也變不了人形了。」

「那個項圈上有變形法咒。」琳箐快步走過去，蹲到昭沅身邊。「這個法咒是我父王和我們族中的十大長老一起設上的，只能用特定法術解，昭沅自己當然變不回本形。」說著，她將右手的食指和中指併攏，放在昭沅頸項處的金線上，閉上雙眼喃喃唸了句甚麼。

緊緊箍住昭沅的金線暈出一層薄薄紅光，漸漸變大，還原成原本的項圈模樣。

昭沅從項圈中爬到一邊，在心中唸動仙訣，燦爛的金光中，白色的小蛇漸漸變成金色，長出龍鱗，化出龍爪，腦袋變幻形狀，還原成了那隻小小的金龍。金光越來越亮，越擴越大，小龍的身影淹沒入其中，拔高、變長、化形，最終變成了那個熟悉的少年。

樂越站在他身邊，抬手在他的頭頂敲了一記：「嘿，總算變回來了，不容易。」

昭沅揉揉被敲的地方，不好意思地笑了笑，再看看琳箐，頭抬起又低下，小聲說：「謝謝。嗯……對不起。」

琳箐哼了一聲：「對不起甚麼啊，你沒有甚麼對不起我的。雖然你把樂越給搶了，我很不高興。不過，這也不是你能決定的事情。」她也在他頭上敲了一下。「但是，現在你是樂越的護脈神了，就不要再惦記那個甚麼洛凌之，我就告訴過你嘛，那人很平庸，遠遠不如樂越。你要好好做樂越的護脈神喔，一定要讓他當上皇帝！」

昭沅嗯了一聲，點點頭，悄悄看看樂越。他剛要開口，琳箐一把抓起他一隻前爪，再拉住樂越的一隻手，自信滿滿地道：「讓我們三個從現在起，爲打拚出另一番天下努力吧！」

樂越張了張嘴，話未出口已被插進來的聲音打斷。

「要麼……也算上在下吧。」

琳箐回身，瞪大眼看著杜如淵和烏龜：「你們不是要去抱鳳凰的大腿嗎？怎麼一會兒說走，一會兒要留的。痛快點，該去哪去哪！我就不信，我們這邊缺隻烏龜，便會輸掉這個凡間的江山！」

杜如淵抱起雙臂搖了搖頭：「麒麟姑娘，妳所謂的你們這邊，到底能不能爭到江山，眼下和妳的鬥志沒關係吧？最大的問題，似乎還沒擺平。」

琳箐眨眨眼，昭沅默默地看向樂越，樂越把拳頭放在嘴邊咳了一聲。

烏龜抬起眼皮，向樂越道：「少年人，你想做皇帝嗎？」

樂越再咳了一聲，很乾脆地回答了兩個字：「不想。」

昭沅垂下頭。

杜如淵呵呵笑起來：「看吧。」

琳箐瞪著樂越：「你呀，不要總是一根筋想著做大俠嘛，做皇帝多好啊！整個凡間你最大，想要甚麼有甚麼，說甚麼是甚麼……你爲甚麼就是想不開呢？」

杜如淵在一旁涼涼地道：「沒用的，他志不在此。妳如果勉強，反而是強人所難。我昨夜就是試探到他根本無心做皇帝，也發覺他確實不是這塊材料，方才決定去京城，再觀察觀察局勢。」

琳箐卻不放棄，又一把揪住昭沅：「你是樂越的護脈神吧，你也勸勸他啊！」扯著昭沅再瞪向樂越。「喂，樂越，你看看這條龍，多可憐，他的爹被鳳凰暗算，變成龍族之恥，只能全家擠在小河溝裡寄人籬下討生活。如果你不做皇帝，他們全家就都沒有希望了，會被嘲笑到死，永不翻身，你忍心嗎？你看他，可能就因爲從小到大被擠著，都吃不飽，才長這麼小，只有半尺多長。」

樂越眼中閃過一絲動搖，杜如淵在一旁涼涼插嘴道：「你這樣拿龍的可憐來逼迫他，也不是甚麼好辦法。沒道理他必須爲了龍，犧牲掉他想過的人生。就算他此時被妳哄得同意了，萬一將來後悔，還會怨恨這條龍。」

琳箐有種把杜如淵捏扁、塞進烏龜殼、埋進土裡、再踏上兩腳的衝動。

昭沅低著頭道：「我沒關係的，還是要看樂越自己的意思。」

琳箐頓時想把他和杜如淵一起捏扁：「口是心非地裝甚麼偉大！氣死我了！」她恨恨一跺腳。「好吧，我不管了。」

趴在杜如淵頭頂的玄龜突然從龜殼中探出頭：「有人來了。」

樂越、昭沅和琳箐都一驚，驀然醒悟已經在山道上糾葛耽誤了很長時間。樂越抬頭向青山派大門處看看：「可能是師弟們見我很久沒回去，過來找了。」

琳箐屏息凝神：「不對，人是從山下來的。有很多。」可能……

樂越皺眉：「可能是新太子和慕王府的人來了。」來得眞快。

說不定其中還有那隻鳳凰。

琳箐立刻掏出剛剛收起的金項圈，又噌地套回昭沅頸間。

樂越轉身道：「我們聚在山路上還是會惹他們疑心，先回師門吧。」琳箐和昭沅跟著他一起走。

杜如淵笑嘻嘻地道：「要麼，我也一起回去吧。我和龜兄被麒麟姑娘的精神所感動，決定留下來。我覺得這邊會有趣一些，也想見識一下，不可能的事情，能不能變成可能。」

琳箐斷定此人臉皮比龜殼還厚。此時，山下過來的人氣息越來越近，隱隱能察覺到鳳凰的鳥毛氣。琳箐便懶得再還口，和樂越、昭沅一道向青山派的大門處去。杜如淵笑嘻嘻地跟著。

杜如淵去而復返，青山派的眾人果然很驚詫。

看到琳箐和人形的昭沅，他們更驚詫。

杜如淵從容地胡扯道，方才和樂越一同下山時，忽然偶遇琳箐師妹，而後昭沅又忽然像吸收了天地靈氣一般，從一條蛇迅速變回了一個人。雖然已經知道昭沅師弟是個蛇精，但是親眼見到這種變化的情形，仍然讓他感覺到玄法的奇妙。

「在下頓時領悟，所謂世俗功名不過是虛浮的雲煙，天地造化神奇，玄道之法，奧妙無邊。此方是世間之根本。於是在下願意徹底放棄功名，鑽研玄道，但願此生，可窺得門徑一二。」

樂越再次對杜如淵裝模作樣的本事感到歎爲觀止，並爲他圓熟的謊技生出一種英雄惜英雄之情。

除樂越外，青山派的其他人都接受了這個謊話。

因爲太子殿下馬上就要到大門口了，大家都來不及去琢磨，爲甚麼在論武大會上的玄法比試、妖獸變形、鳳凰現身、昭沅化蛇等等大陣仗都沒能讓杜如淵死心塌地拜倒在博大精深的玄道法門下，反而在下山時，偶爾看見昭沅從蛇變回人就讓他頓悟了。

新太子和禎這次來訪，只帶了五、六個隨從、十餘名護衛，乘的小轎也甚是簡樸。看樣子的確是善意到訪，並非來找茬的。

青山派一干人等，在前殿階下恭迎。

小轎停在前院正中，一個隨從打起轎簾，太子下轎。

他此時的衣裝自然與當日在清玄派中做弟子時不同，頭束玳瑁冠，一身淡紫色長衫，襯得面如白玉，眉目風流，恰如唐時詩人筆下，一枝雨後的海棠。

他的舉止態度固然有些矜貴倨傲，與鶴機子等人說話時，神情言語倒也還算隨和：「本宮當日在清玄派時，便十分想到青山派看一看，只因兩派之間有些不睦，一直未能如願。鶴機子掌門和其他幾位道長本宮一向甚是欽佩，門下的諸位弟子也都少年有爲，未失昔日名門之風。」

鶴機子躬身道：「殿下謬讚了。鄙派只有幾間舊屋，貧道等三、四個老頭子，外加十來個不成氣候的弟子而已，『昔日名門』四個字，早已不敢提了。」

樂越和昭沅、琳箐、杜如淵及所有師弟們一道假裝恭敬地整齊排列站著。

樂燕小聲嘀咕道：「甚麼很想來我們青山派看看，滿嘴謊話。老欺負我們，拿白眼看我們的人裡總少不了有他。」

樂越低聲道：「小聲點，別被聽見，人家現在可是太子，未來的皇上，萬一惹到他，他動動手指就能要你的命。」

樂燕縮縮脖子不敢吭聲了。

樂越依然一副恭敬模樣地站著，不敢鬆懈地暗中觀察。

太子的轎後，還跟著一頂小轎，從那轎中下來的人，依然穿著一身刺眼得不得了的紅衣，是那隻鳳凰。

鳳凰自始至終隨在太子身後，樂越心中的那根弦就一直緊緊地繃著。

昭沅身上的每一片龍鱗也都充滿了戒備。

琳箐在他身邊小聲道：「你放心，看樣子不像是來抓你的。就算是，大不了打嘛，我們還能輸給他？」

太子被鶴機子讓入大殿，鳳凰依然跟在其後，看也沒看他們這群弟子。

進了正殿，太子在上首落坐，鳳凰陪在一旁。

鶴機子親自端上茶水，太子端起沾了沾唇，又閒話幾句，漸漸切入正題。

「鶴道長，本宮今日前來，是有件要事與道長商量，前日論武大會上突現妖獸，察訪後方才發現原來近一、二年精怪妖獸突然橫行，各地各州均有百姓傷亡。有的官員道，近日連京城中都常有匪夷離奇事出現，恐有妖孽污穢作亂；而父皇突然病重，恐也與此有關。因而本宮特意前來向鶴道長借一樣東西，攜往京中，以鎮穢氣，護持父皇龍體康健。」

聽了這話，樂越和師弟們都很驚訝。

太子上門居然是向青山派討要可以鎮妖降怪的寶貝。

這種東西難道不是應該找他自己的門派清玄派要嗎？看看青山派的這些破房舊屋，就知道肯定沒有那種東西。

樂越在心中道，如果有寶貝早八百年就被本少俠和師弟們挖出來賣錢換肉吃了。

鶴機子也顯得很驚詫：「平定妖禍，保護聖上龍體是修習玄道的門派應盡之責。但青山派已衰敗許久，貧道並不記得鄙派中還有甚麼可以鎮妖氣、去污穢的寶貝，不知太子所言，是指何物？」

和禎笑了笑：「本宮在清玄派時，時常聽師父提及，許多年前，青山、清玄還是一個門派時，有位白日飛升的師祖，留下一件降妖伏魔的法器，代代相傳，只有每代的掌門才知道這件法器究竟是甚麼，藏在哪裡。後來兩派分開，這件法器留在了青山派，想來已傳給了鶴道長。本宮今日來借的，就是這件法器。」

樂越與師弟們都驚訝了，居然還有這種事？師祖白日飛升的事蹟經常被師父、師叔們當作範本榜樣來教訓大家，樂越和師弟們都能倒背如流。

但，他們只知道這位師祖幫助天庭的神仙降伏了某個大妖怪之後，就在菜園子裡飛升成仙了，當時菜園裡的黃瓜白菜們沒有沾染他的仙氣，吃下那些白菜黃瓜的其他師祖們也沒有因此長生不老或者功力大增。所以，師父和師叔們總會在此處總結道，由此事可以得知，想修行成仙要靠自己努力，不要妄想投機取巧。

據說連用來斬殺大妖怪的劍都被那位師祖帶去了天庭，沒聽說他有留下甚麼寶貝。

難道是師父有意隱瞞？

樂越和師弟們各自考慮了一下，都覺得鶴機子有可能這麼做。

於是，眾弟子們都興致勃勃地睜大了眼，看向師父。

鶴機子卻好像的確不知情，神色中有迷茫有疑問有困惑，這些複雜的表情深深地刻在他的每一道皺紋乃至每一根鬍子裡，非常眞誠。

「太子殿下，貧道從未聽說過本門中有這件寶物。」

和禎微笑道：「道長是不是一時忘記了？此物對父皇十分重要，道長再好好想想。」

鶴機子搖頭：「飛升成仙的那位師祖的事蹟，本派任何一個小弟子都能倒背如流。當日先代掌門辭世時，所交托於貧道之事，貧道日夜銘刻在心，絕無遺忘。但確實沒有聽說過這件寶貝。貧道猜想，或是謠傳？」

和禎挑眉，鶴機子接著道：「而且，殿下請推敲一下，白日飛升，乃千載難逢之事，倘若那位師祖當日眞遺留下甚麼降妖伏魔的法器，必定驚動全派上下，流傳亦必廣，要如何做，才能將之變成祕密，只傳於各代掌門？」

和禎怔了怔，一時間無話可駁。

樂越和師弟們在心中道有理。

一直靜坐旁聽的紅衣男子語氣和緩地道：「道長的話，的確有道理。不過，也或許道長雖不知情，此物卻眞的有，只是先代的掌門忘記告訴道長了。」

鶴機子道：「或許如此，可是無從查證了。」

紅衣男子微微笑了笑：「查證的方法，大概還是有的。」他站起身，將右手平抬在胸前。「鶴道長，玄法之術，我亦曾學過些，尤其比較擅長找東西。」他右手中紅光聚起。「正好可以替道長和殿下找一找那件舊物，不知道長是否願意？」

他還客氣地問著，手中紅光已光芒大盛，聚集成一顆光球，懸浮至半空，瞬間化作一隻碩大的火鳳。

火鳳清啼一聲，舒展雙翼，飛出了止殿，在青山派的屋宇上空一圈圈盤旋。

樂越和師弟們忍不住好奇，紛紛跑出去看。殿內的其餘人等也隨即跟出。

琳箐暗自嘀咕：「雕蟲小技，只會在無知凡人面前賣弄。」

火鳳貼著屋頂緩緩滑翔，飛了一圈又一圈，樂越忍不住道：「萬一那件寶貝埋在地下，他在天上能知道？」

紅衣男子道：「無妨，既是寶物，一定會有仙氣。」原來那隻火鳳是在探測仙氣。

樂越沒想到鳳凰居然會和自己搭話，不由向他瞄了一眼，鳳凰的目光有意無意地向他一掃。

火鳳在天上五圈、六圈、七圈、八圈地飛著，樂越嗤笑道：「看樣子是查探不到吧。」

紅衣男子側身向太子道：「殿下，或者青山派中確實沒有這件寶貝。」

太子依然很堅持：「師父不會說無根據的話，此物對父皇異常重要。桐先生沒有別的辦法了？」

紅衣男子道：「辦法自然有，只是……」視線向青山派眾人一掃。

太子立刻道：「有辦法就用，無論如何，本宮今天要徹底弄清青山派中究竟有沒有此物。」

紅衣男子道：「既然如此……」抬手擊掌，天上的火鳳再次長啼一聲，呼地吐出一團火焰，直落有那樣法器了。」

紅衣男子淡定自若地道：「殿下，假如燒完之後，沒有甚麼東西剩下，那麼青山派中，就確實沒有那樣法器了。」

杜如淵將他的衣袖一拉：「此時不宜妄動。」

樂越大驚，怒道：「你們做甚麼！」

向青山派大殿的屋頂！

房屋一沾上火焰，立刻熊熊燃燒起來。太子向鶴機子微笑道：「鶴道長，這次暫且委屈貴派了，此事過後，本宮賞你們黃金千兩，重修殿閣。」

青山派的弟子們再也按捺不住，紛紛跳起來，想衝上前救火，太子的隨從中立刻有人拔出兵器，厲聲喝道：「大膽，誰敢違抗太子殿下的命令！」

話音未落，那幾位隨從手中的兵器突然啪啪斷成了數截。

半空撲著翅膀、搧風吐火的火鳳哀鳴一聲，雙翅一顫，險些從空中一頭栽下。

琳箐從青山派人群中走出，玩弄著手中的軟鞭：「我就是要違抗，怎樣？」她揚起柳眉，冷冷地看著紅衣男子。「讓那隻鳥把火熄了。」

紅衣男子依然淡然自若地道：「姑娘最好少管閒事。」

琳箐一揚手，長鞭脫手甩出，化成一條長滿荊刺的長鏈，像條活的長蛇一般，狠狠鞭向半空中的火鳳，那火鳳驀地淒厲悲鳴，長鏈緊緊纏上他的身體，猛地一扯——

火鳳在哀啼聲中被扯成數片，化作幾片殘光，落進熊熊燃燒的火焰之中。

紅衣男子冷笑一聲，一揮衣袖，燃燒的房屋火勢暴漲，轟地躥入半空，從火焰中竟然又聚集出一隻鳳凰的形狀，振翅飛出，向地上琳箐的方向撲來。

琳箐拍拍雙手，還在半天空的長鏈蜿蜒擰了個彎兒，再次又快又狠地抽中了鳳凰的身體，當那火鳳再度化作數片殘光時，琳箐抬手，長鏈落回手裡，再一抖，重重地甩向紅衣男子的方向。

一旁的眾人紛紛散開躲避，紅衣男子揮袖抵擋，抓向琳箐的鞭梢：「琳公主，何必為了區區幾間破屋傷了兩方的和氣？」

琳箐冷笑：「還輪不到你這隻小鳳凰來和我談和氣！」

她鞭勢再一甩，紅衣男子閃身避過，身形竟飄飄而起，升上半空，琳箐隨即追上。地上的眾人都目瞪口呆地看著那兩個身影在半空中纏鬥。

紅衣男子明顯敵不過琳箐，左右躲避，都只能算是堪堪避過。

但，他每一次閃身，就會順勢揮出一簇火焰，落向一旁尚未著火的屋頂，於是青山派不多的幾間房屋幾乎全燒了起來。

琳箐卻無法撲救起火的房屋，因為她是一隻火麒麟，只對放火比較在行。

昭沅握著拳在樂越身邊站著，再次感到了自己的無用。

他會噴水，懂得滅火的法術，房屋燒起的瞬間，他本想衝出去，卻聽見杜如淵頭頂的烏龜突然用凡人聽不見的密法音道：「你不能動。」

這四個字像道定身符定住了他的腳。他不能動，因為他是龍，一旦被鳳凰發現，可能整個青山派的人都會被連累丟掉性命。

他便只有站在這裡眼睜睜地看著，甚麼也做不了。

火勢越來越大，新太子被侍衛們護著從火場撤離。

他們走後，樂越和師弟們立刻撲向水井，想趕緊救火，鶴機子搖頭阻止：「這種術法之火用水撲不滅，趕緊出去，免得被燒傷。」幾位師叔拉著眾弟子向大門外跑。

樂鄭、樂魯等幾個年紀小的弟子邊跑邊回頭邊哭：「那怎麼辦，我們連住的地方也沒了。」

樂越握緊拳，按住腰間的佩劍，疾步邁出尚未燒著的大門，鶴機子在他身後沉聲道：「樂越，你去做甚麼？」

樂越腳步停了停，沒有回頭：「欺人太甚！」

杜如淵在不遠處道：「他是太子，未來的皇帝，和他過不去，等於和你自己過不去。」

樂越的拳攥得緊緊的，有些顫抖。

昭沅輕輕拉拉他的衣袖。

樂越大聲道：「我不信這世上沒有天理王法！」

杜如淵道：「在這塵世，皇上的話就是天理，就是王法。」

樂越攥著拳頭，慢慢回身。

師父師叔和師弟們在空地上沉默地站著，他們身後，據說從幾百年前傳下來、他幾乎從出生起便住著的青山派破舊房屋，已盡在火焰中燃燒。

前殿、正殿、祖師殿……

師父師叔們的臥房，他和師弟們住的廂房……

廚房、柴房、沖澡房……

相傳某師祖在此飛升的小菜園……

而在另一邊的空地處，太子那幫龜孫子們正優哉游哉地觀賞著火焰，等著屋子快點燒完。

鶴機子嘆氣道：「徒兒啊，要看開，這些不過是身外之物。舊的不去，新的不來。太子殿下不是說了要給咱們一大筆黃金麼，到時候就能蓋新房了。」

樂越僵僵地站在原地，昭沅仰頭看他，樂越眼中映著燃燒的火焰，臉上沒甚麼表情。慢慢的，他的手從腰間的佩劍上移開，大步走到一棵樹下，坐在地上，一言不發地注視著青山派的房屋一點點燃盡。

昭沅跟在他身後，挨著他坐下，他再拉拉樂越的衣袖，不知道該說甚麼好。

半空中琳箐和鳳凰猶在酣戰。

鳳凰知道自己不是琳箐的對手，對她的攻擊一概只避不接，琳箐大怒之下，力道難免拿捏不準，無意中把青山派的房子轟塌了幾座。

不知內情的觀戰眾人都對她的神勇十分驚歎欽佩。

樂越的師弟們苦中作樂，開始打賭琳箐到底甚麼來歷，是人是妖。

樂楚道：「琳箐師妹如果是人的話，她這麼厲害，不知哪位高人能娶她做老婆。」

大家在心中幻想了一下，都對琳箐未來的相公產生了深刻的欽佩之情。

樂晉小聲道：「其實吧，我覺得，琳箐師妹對大師兄很有意思。」

其他人紛紛贊同點頭，樂楚道：「但是大師兄肯定打不過琳箐師妹。」

大家偷偷看了看樂越，再點頭。假如琳箐師妹變成了大師嫂，大師兄一定很可憐。

另一廂太子眾人也在閒坐觀火並觀戰。

陪在和禎身邊的宦官道：「那個姑娘眞厲害，好像連桐公子都不是她的對手。」

和禎凝望著那抹和鳳凰打鬥的身影，似乎已經出神了。

侍衛們摸出弓箭，向天瞄準，躍躍欲試：「殿下，要不要小的們助桐公子一助，把那個小妞兒射下來。」

和禎猛斂眉喝道：「不得胡來！」

侍衛們諾諾低頭，手從弓弦上鬆開。

和禎仰首，繼續凝視著天上。

轟——

青山派最後一堵立牆塌下，鳳凰甩袖，向地上落去，笑吟吟向琳箐道：「琳公主，承讓承讓。」

琳箐雖然招招勝他，但礙於不能波及無辜，不敢放開手腳，始終沒有傷到鳳凰，還無意中幫著鳳凰讓青山派毀得更快些，不禁心中氣苦，罵道：「卑鄙無恥的禿毛鳥！」

鳳凰沒有還口，徑直落到太子等人所站之處。

琳箐只好忿忿地回到地上，大聲道：「等哪天方便時，我一定好好教訓你！」

鳳凰彎著雙目，遠遠道：「鳳桐隨時恭候琳公主指教。」

琳箐恨了一聲，跺腳向樂越那邊去，和禎自人群中走出，在她身後道：「姑娘。」

琳箐回頭：「幹甚麼？」

和禎向她身邊走了幾步，浮起微笑道：「姑娘，本宮今天火燒青山派，實屬無奈，還望姑娘諒解。方才，桐先生有得罪姑娘的地方，也望姑娘寬宏大量，不要計較。」

琳箐懶得多理會他，哦了一聲，轉頭欲走，和禎又趕上前一步道：「姑娘，本宮……」

琳箐再回頭，不耐煩地皺眉：「你老老實實說我不行麼，本宮本宮的，我偶爾聽不清楚，還以爲你在自稱本公公。」

和禎神色僵了僵，他身邊的綠衣宦官立刻呵斥道：「大膽，竟然敢……」

和禎抬手制止，又露出微笑：「琳姑娘只是在和本宮開玩笑。」繼續凝視著琳箐。「姑娘說的很是，本……我也是因爲僥倖當了這個太子，才不得不如此稱呼，自己說的時候，其實也覺得很拗口。」

琳箐更不耐煩了。

和禎卻假裝看不到，依然不屈不撓地道：「我在論武大會時就對姑娘印象深刻，但那時未有機會說話。不知姑娘妳家鄉哪裡，甚麼時候加入青山派的？」

琳箐揚起眉毛道：「哦，我的家離這裡挺遠的，我不久前才到這裡，爲了找人。」

和禎緊緊望著她道：「喔，找誰？」

青山派的眾人興致勃勃地看著這一幕，樂楚戳戳樂吳：「二師兄，現在的情形是不是應該叫作太子爺調戲民女？」

樂越在樹下坐著，心道，應該叫太子爺摸虎鬚，哦，不，是麒麟鬚，膽色過人。

昭沅在他身旁睜大眼睛看，那個太子喜歡上琳箐了，原來凡人雄的向雌的求偶，是這樣的。

琳箐玩弄著胸前的頭髮，甜甜一笑：「我來找我相公。」

一旁眾人下巴掉了一地。

和禎神色又僵了僵，然後勉強再微笑道：「琳姑娘妳這麼年輕，又做未嫁打扮，原來已經……」

琳箐雙頰酒窩深深的，像是不好意思地掩了掩口：「嗯，我們還沒有拜堂啦，但因爲從出生起就定了親，所以，我一直都喊他相公。」

她側身，在眾人直直的目光中像隻撲向菜花的蝴蝶般，徑直撲到還在地上撿下巴的樂越身邊，一把抱住他的胳膊，雙眼像兩彎幸福的下弦月：「相公，你還好吧，有沒有傷到？我剛才厲不厲害？」

樂越感到自己抖了一下，剛剛撿起的下巴和其他人的一起又掉回地上。

樂越的小師弟們變成了岩石，變成了風裡的沙。

昭沅抬爪揉揉眼，茫然地道：「爲甚麼琳箐妳……」依偎在樂越胳膊上的琳箐豎起眉毛，不露痕跡地剜了他一眼。昭沅是條識趣並有悟性的龍，立刻乖乖地閉上嘴。

樂越開始有點佩服和禎了，他居然還能掙扎著露出一個還算像微笑的表情：「原來……是這樣，本宮竟一直沒看出來。怪不得……琳姑娘一直在樂越少俠身邊。眞是伉儷情深。」

樂越呵呵了兩聲：「還好還好。」

鳳凰的法力之火非同一般，不到一個時辰，青山派所有房屋已即將燒盡，大片焦土裸露在外，火勢漸漸熄滅。鳳桐瞇起眼，走到煙霧瀰漫的焦土邊，浮起一抹淡淡的悅色：「青山派中，果然有寶物。」其餘的人都向他視線所落之處望去，只見光禿禿的焦黑荒土上，有一坨黑色的物體，靜靜地在一片平坦中鼓起，最後一簇微弱的火焰在其上跳躍了兩下，熄滅。

和禎喜色閃動，快步走上前，青山派的眾弟子也忍不住湊過去看熱鬧，這坨所謂的寶貝所在的位置，是原本的廚房。

連樂越的幾位師叔都面有詫異之色，看向鶴機子，他捋著鬍鬚站在原地，遙遙望向那方。

太子走到近前，迫不及待地彎腰，鳳桐抬袖攔住，緩緩俯身，拂去那坨物體上的黑灰。原來是一只圓滾滾的罈子，像一般的酒罈那麼大，黑褐色罈身，有一只圓蓋。

青山派的弟子們都大驚，樂晉結結巴巴道：「這……這不是我們天天拿來醃鹹菜鴨蛋、泡大蒜的罈子嗎？」

鳳桐嘴角的笑意又深了一些，緩緩撫摸著那個罈子，罈身完好無損，既沒有變色，也沒有裂痕，甚至連蓋下蒙著的那層粗布都原模原樣。鳳桐拿掉蓋布，呼啦倒出半罈冒著滾滾熱氣的水，二、三十個白皮或綠皮的鴨蛋骨碌碌四散滾開。

鳳桐拿起一枚鴨蛋，敲幾下，剝開蛋殼，露出白色的蛋清，是枚熟蛋。

樂魏幽幽地道：「昨天剛泡上留著過端午的鴨蛋都被煮熟了。」這個時候，他依然在心疼吃食。

鳳桐將布塞回罈內，蓋上蓋子，捧著罈子站起身：「青山派的道長們實在能想旁人所不能想。這樣一個平庸的罈子，成天在廚房內泡鹹菜，誰能料到它就是當日降伏天魔的寶物？」

和禎的雙眼中閃動著狂熱的喜悅：「今日多虧有桐先生，否則就算這個罈子放在本宮面前，本宮也不會想到它就是那件法器。」

樂越和他的師弟們心情都很複雜。

他們用這個罈子醃了無數的鹹菜大蒜鹹鴨蛋，從不曾想過它居然是個寶貝。

樂吳喃喃道：「怪不得我們廚房裡從沒鬧過耗子，原來有這個寶罈鎮著。」

樂越更加痛心，如果早知道它是件法寶，方才就用它把混帳太子混帳鳳凰和那些混帳小嘍囉們一起收了，倒進幾斤鹽巴，當鹹菜醃。

不對，如果早知這是件法寶，一早就用它打倒清玄派了，說不定青山派早已不是今天的局面，甚麼太子鳳凰的，也不敢如此明目張膽地欺人！

寶罈！這麼一件世間稀有的法寶就這樣白白浪費了許多年！

樂越眼睜睜看著鳳凰手裡的罈子，心在滴血。師父一直任由寶罈淪落爲鹹菜罈，他老人家真的傻到掉渣啊！

鐔子被裝入了一個墊著厚厚黃綢緞的銀箱內，太子和鳳凰帶著它揚長而去。

臨行前，太子還假惺惺地向鶴機子客氣：「原來確有法寶，本宮甚是意外，這件寶物本宮先借走了，重新修建青山派的錢款本宮會吩咐知縣衙門，讓他們盡快送來。」

鶴機子的神情依然很從容，對寶物最終落入太子之手並沒有表現出多少痛心：「此物在本門派中數年，一直無人識得它是昔日師祖傳下來的降妖寶物，致使它淪爲鍋間灶上的一件庸物。今日被太子殿下辨出，可見與它有緣，倘若寶物有靈，亦應欣慰。」

和禎負手道：「鶴道長，你的這番話，本宮很喜歡。你雖然有些迂腐，卻是個識時務的人。」

太子和鳳凰走了，青山派唯一的寶貝也沒了。

樂越站在焦土之上，驀然有種天地之間甚麼都空了的感覺。

師弟們問他：「大師兄，我們該怎麼辦？」「房子都燒沒了，錢和衣服，甚麼都沒了，從今天起我們要住在哪裡，吃甚麼？」

樂越木木地回答：「我不知道，問師父和師叔們吧，總會有辦法。我們守著這麼大一座少青山，還能沒地方睡，淋著餓著？」

琳箐轉著手中的鞭子道：「眞奇怪啊，那個鐔子居然是件法寶。你們那位做神仙的師祖很厲害嘛，我都沒有察覺出鐔子上有仙氣。你們的師父也眞是的，有法寶就要用，拿來泡鹹菜太可惜了，寶貝是藏不住的，早晚會被人家搶。」

樂越雖然也很心痛，不能理解師父的做法，但還是辯解道：「師父這樣做，肯定有他的理由，他大概是怕法寶引起某些人的貪念，也或者，那個罈子不是隨隨便便可以用的。總之，反正已經是別人的東西了，多說無用。現在先顧眼下再說。」

他從隨身皮囊裡翻出塊包袱皮，蹲下身，把地上被鳳凰從罈中倒掉的鴨蛋一個個撿起來。昭沅蹲在他身邊，幫他一起撿。

樂越一邊撿一邊道：「鳳凰倒也算做了件好事，幫我們把鴨蛋煮熟了。」

要不然，一時之間還眞不知道去哪裡找鍋來煮這些蛋，生蛋不好拿，容易破。

樂越把鴨蛋包好，塞給昭沅抱著，去和師父、師叔及師弟們一起商量，今後該怎麼辦。

大家坐在山坡空地的草皮上，望著不遠處的大片焦土，心中滋味萬千。

樂越撿了根樹棍，在地上畫道：「還好現在不是冬天，漫山遍野都是吃的。目前第一要解決的，是住在哪裡。」

太子雖然說會立刻命人辦理撥款事宜，但憑著他們所知道的官府衙門的辦事速度，估計至少要等三、四天後，補償款才能送到。

拿到了補償款，還要買磚瓦泥沙等材料，根據錢的多少來定如何重建門派、以及畫圖紙、挖地基、開始動工等等。

重建完畢可以住人，怎麼樣也要幾個月之後了。

這幾個月內，要住到哪裡？

這一、二十人，作爲一個門派，看起來人很少，但此時無處可住時，人就顯得多了。青山派的人都講尊嚴，不願暫時寄宿在別的門派屋檐下。

這麼多年從牙縫裡刮下的一點餘錢全在鳳凰的那把火裡化成灰了，沒錢去住客棧。城中的破廟廢屋是丐幫的勢力。

原本附近的山中有座廢棄的土地廟，勉強能讓他們這麼多人容身，但，算他們倒楣，一個月前下了場雷雨，那座土地廟好巧不巧被雷劈塌了。

樂越一一分析，最後道：「要麼，去山中找山洞住，要麼我們搭幾間茅屋棲身。」

茅屋，也不是隨隨便便一文不花就能搭的。要先做土坯磚、砍樹、削木頭，要有繩子或鐵絲把樹枝長草擰起來鋪屋頂，需要很多工具材料。

樂吳抓頭道：「大師兄，置辦這些好像也要花挺多錢。」

一直未出聲的杜如淵開口道：「吾的行囊裡還有些銀錢，雖然不多，應該也能解一時之需。」

樂越緊鎖眉心摸著下巴道：「但還是能不花錢最好。」

昭沅抬爪道：「我和琳箐可以用法術幫忙。」

樂越拍拍他的肩膀，心道，精神可嘉，但，你那點法術估計頂不了大用，琳箐比較擅長拆房子，蓋房子恐怕指望不上。

師叔松歲子道：「要麼還是先進深山裡找找有沒有大山洞吧。」

樂吳唉聲嘆氣：「可是少青山裡的山洞都比較潮，不知道會不會引師父和師叔們犯風濕。」

松歳子道：「已到如斯地步，哪還有許多計較？」

琳箐突然開口道：「我想到了可以不花錢住舒服地方的好辦法。」

樂越喜道：「眞的？甚麼辦法？」

大家都一起望向她，琳箐長長的羽睫眨了眨，笑盈盈道：「這一帶的山裡，應該有妖怪吧。」

狐老七是包括少青山在內，方圓數百里群山中最有錢的妖怪。

他做妖怪的追求和其他妖怪不同，他既不想做爲禍一方的大魔頭，對修煉成仙也沒多大興趣。他每天所想的，只是如何能活得更舒服些。

他勤勤懇懇，白手起家，養了一窩雞，種了點地，用收穫的作物餵雞，自給自足，再把雞吃不完的糧食和在山裡挖的草藥、野參等等拿到附近城裡的市集上，換油鹽醬醋及其他有用的小東西。

漸漸地，狐老七越來越富，如今他有了一座相當華美的洞府、一個大雞場，裡面有上百隻雞。很多畝地，各種雞愛吃的糧食及蔥薑等佐料應有盡有。狐老七還弄了兩個藥圃，種緊俏的藥材，甚至還有一個山洞做暗室，專門養銀耳、木耳和菌菇。

城中的人不知道他是妖怪，只當他是隱居在深山裡的商人，都喊他胡員外。狐老七很喜歡這個稱呼。他不算很風流，只有三位夫人，六個兒女。一家十隻狐狸在洞府裡過得幸福愜意。

直到今天，突然降臨的災禍打亂了狐老七神仙般的小日子。

一頭凶猛的母麒麟殺進了他的家，拿著鞭子恐嚇他，說要暫時借住幾天。

十幾個凡人隨後進了他的洞府，爲首的那個是大名鼎鼎的鶴機子道長，幾十年前曾經端掉過兩座山的妖怪窩，他認得。

狐老七的腿都軟了，他可憐巴巴地哀求道：「各位大仙道長，我們全家都是本分的好狐狸，從來沒傷過人。」

鶴機子笑咪咪地把手搭在他肩上：「狐員外，你放心，貧道知道你全家都是良善之妖。貧道的門派今天被一把火燒了，滿派上下無處可去，只得來你洞府中暫且借住一段時日，以後幾個月，要多叨擾你了。」

狐老七哪敢說個不字，他不知道自己到底造了甚麼孽，居然招惹上這麼一群大爺，他在角落裡偷偷地淚流滿面。

經過這段時日的種種之後，青山派的弟子們對於住進妖精洞這種小事已經能順理成章地接受了。進了狐老七的洞府後，樂越和師弟們開始饒有興趣地四處打量。

琳箐掏出一塊玉，放在狐老七面前的圓桌上：「這塊麒麟寶玉能保你全家平安度過天劫，就當房錢了，可別說我們是惡霸，強佔了你的窩。」

狐老七抬爪收下，這才消去了滿臉愁苦，露出笑臉，喊三位夫人出來一起招呼眾人，還殷勤地領他們在府中四處參觀。

狐老七是隻紅黃毛的狐狸，他的三位夫人一隻是白狐、一隻是紅狐、還有一隻灰狐，各個嬌媚美貌，滿頭珠翠，渾身綾羅。六個兒女還都是幼狐模樣，尚不會變成人形，圓滾滾的，黃毛紅毛白毛灰毛等等各色皆有，有幾隻蜷在椅榻上的雞毛墊子上睡覺，有幾隻在各處撲來撲去，像一堆滾動毛團。

狐老七的洞府建在數道山壁間的空隙處，數個大小山洞連在一起，又加蓋了幾間屋，居然比青山派的地方還大。

洞內屋中布置得富麗精緻，地上鋪設著厚厚的毛氈或精緻的花磚，桌椅案几、床榻屏風，應有盡有。牆角有花瓶、壁上有字畫，被當作正廳來用的那個最大的山洞裡擺設的寬屏風上，繪著一隻狐狸臥在奼紫嫣紅的牡丹叢中，是狐老七特意請城裡最有名的畫師畫的，還題著四個大字——滿門富貴。寬闊的庭院中有魚池、雞場和藥圃，最後面的院子裡還有一汪天然溫泉。

樂越的師弟們不禁感嘆：「狐狸過得比咱們好多了。」

吃午飯時，一張大圓桌上擺滿大盤小盤，炸雞、蒸雞、烤雞、燒雞、炒雞雜、醬翅尖……其間點綴著蒿炒麵筋、涼拌木耳等幾道素菜。狐老七親自捧著酒壺，殷勤勸酒，果酒芳香清冽，也是他自家釀造。

樂魏喝得臉紅撲撲的，擦著油汪汪的嘴角向鶴機子道：「師父，不如我們都做妖怪算了！修道修得一窮二白，哪有做妖怪滋潤。」

鶴機子沒說甚麼，三位師叔的臉色沉了沉，礙於正住在狐老七這裡，不好呵斥。

狐老七笑咪咪道：「小道長，修道才是正途，我們是沒辦法，天生異類，只能先做妖怪。其實，我冒昧說一句，你們這種門派，有很多掙錢的方法，只是各位道長沒想到罷了。比方說，青山派在人間算是百年名觀，如果接待香客拜神，光每月的初一、十五，就能掙不少錢。」

樂越本在盡情吃菜，一聽此話，頓時雙眼亮了：「員外，你說的太對了，事實上我們也曾想這麼做，可惜因爲門派衰敗多年，殿閣都又舊又破，香客不愛上門，當時也沒錢重建，所以只能越來越窮。我準備這次拿到補償款後，寧可別的地方先省點，也要將幾大殿閣蓋得大些氣派些，好多招攬香客。」

他遂和狐老七開始探討生意之道，越說越投機。

昭沅一面扒飯，一面聽樂越和狐老七討論青山派重建後，如何多多掙錢，一人一狐惺惺相惜，已開始稱兄道弟。

狐老七道：「……樂越老弟，還有一項，你們平時無事，可以幫那些城裡人看看風水、去點小晦小災，治些小病小痛之類，看似小買賣不起眼，賺得可不少。我自家種了不少藥材，還常進深山裡去，你們缺這些只管來找我拿，比市集上便宜得多。」

樂越灌下一杯酒，咂咂嘴：「多謝多謝，老七兄，不瞞你說，我還有個打算，我們有個師祖曾在菜園裡飛升成仙，我打算重修那個菜園，改叫懷仙園，讓香客們到園子裡許願，許一個願或還一個願都不上香，改種菜，種一棵菜二十文。園子裡的仙菜六十文一斤。」

狐老七的前爪重重一拍大腿，深表欽佩。

人狐之間的相惜之情越來越濃烈。

昭沅隱隱有些鬱悶。

樂越張口閉口都是他對青山派的重建及將來的想法，甚至已經想到了十多年之後，也就是說，他還是一丁點兒做皇帝的意思都沒有。

論武大會後，樂越就對他很冷淡，雖然會把他揣在懷裡，也讓他在自己床上睡覺，但一直一口咬定是龍珠出錯了。琳箐告訴他龍珠不可能出錯後，樂越開始避免說這件事，好像壓根不願意想，更沒有認可自己是他的護脈神。

像現在吃飯時，他坐在青山派弟子的最末尾，離樂越老遠，以前樂越都是拉他坐在一起的。是不是樂越正在想辦法趕他走、擺脫他？到底要不要努力說服樂越去做皇帝？要怎麼說服？

他非常苦惱，低頭扒飯。一雙筷子伸過來，把一隻雞翅放進他碗中。

昭沅抬起頭，看見坐在自己身邊的白狐夫人正對他盈盈地笑，溫柔地道：「你為甚麼老在扒飯，不吃菜？」

昭沅連忙嚥下口裡的飯道：「唔，我有在吃。」

白狐夫人眼波流轉：「你，也不是人吧，是甚麼呢？麒麟？」昭沅脖子上掛著的金項圈讓他全身散發著麒麟的氣息，故而白狐夫人如此問。

昭沅只好含糊地點點頭。

白狐夫人伸手捏捏他的臉頰：「你長得真可愛，將來我的富貴變成人形後也像你一樣漂亮就好了。」

三位狐狸夫人都抱著她們的小狐狸吃飯。白狐夫人的膝蓋上臥著一白一黃兩個毛團，她的話剛說完，那隻黃色的毛團便歪頭看著昭沅甩甩尾巴。

昭沅忍不住用前爪摸摸小狐狸的腦袋，小狐狸抬頭舔了舔他的手，從白狐夫人膝蓋上跳到他懷中，在他的衣襟上蹭蹭油汪汪的嘴，臥下盤成一團。

白狐夫人掩口笑道：「哎呀，富貴很喜歡你，這孩子比它弟弟愛和旁人親近。」

另外那隻白色的小狐狸果然比較冷酷，一直淡然地啃著雞肉，看都沒看昭沅一眼。它毛色雪白，異常漂亮，昭沅也想去摸一摸，小狐狸立刻炸起毛，昭沅拿了塊雞肉想討好它，小白狐噌地把頭扭到一邊。

白狐夫人捏捏小白狐的耳朵，嘆息道：「銀灡這孩子這麼孤僻，既不像我也不像它爹，到底像誰呢？」

灰狐夫人道：「相公不是說，他年輕的時候也是又傲氣又孤僻的麼？」

紅狐夫人嗤笑道：「你聽他吹吧，他還一直說他和我是一個顏色的，當年向我提親的時候說甚麼，因爲我們兩個一樣的紅，所以是天造地設的一對兒。我娘家都覺得他不是眼睛有毛病，就是腦子有毛病，一直攔著不讓我和他好。」

三位夫人吃吃笑成一團，黃毛小狐狸抬起頭叼住昭沅拿去逗小白狐的雞肉，吞了下去，舔舔嘴，又在昭沅胸前的衣襟上蹭蹭油油的鬍鬚，再次盤著趴下。

吃完飯後，狐老七安排客房，空房不夠一人一間，眾弟子們還是得兩個或三個住在一起。

大家商議怎麼湊著住，昭沅挪到樂越身邊站，樂越道：「一共十一間客房。師父、三位師叔和琳箐每人單住一間是肯定的。剩下的六間，樂吳、樂韓和我最年長，三個人睡一間吧。樂秦、樂晉、樂楚也是三人一間。剩下的四間房，其餘八個人每兩人一間。」

昭沅拉拉樂越的衣袖：「我不怕擠，我可以和樂吳或樂韓師兄換換。」

樂越神情很平淡地看了他一眼：「不用了，你還是和杜師弟兩人住一間吧。」

昭沅抱緊懷裡的鴨蛋包袱，低低應了一聲。

其餘人暫時去房裡歇腳，樂越喊了樂吳、樂韓一道留下和狐老七及眾夫人們一道收拾飯廳，到後廚洗碗。

紅狐夫人笑道：「你們是客人，不必做這些雜事。」

樂越道：「我們是來借住的，可不是甚麼客，老七兄與幾位夫人有甚麼日常瑣事只管喊我和師弟們做就是了，像是餵雞、澆菜、看地之類的我們都會做。希望這段時間別給你們添太多麻煩。」

紅狐夫人嫵媚的眉眼彎彎的：「要是那些凡人都像你們這樣就好了。」

昭沅依然跟在樂越身邊，看他幹甚麼，就幫著幹甚麼。

樂越道：「你先回房去歇著吧。」

昭沅拿了把掃帚和他一起掃地：「我不累。」

樂越看了看他外行的拿掃帚姿勢，以及亂七八糟被東掃西掃過的地面，道：「呃，你還是去歇歇吧，有時候幫忙幫不好，等於越幫越忙。」

昭沅怔住，慢慢地低下頭，慢慢地放下掃帚，慢慢地走了。

晚上，沖完澡後，眾人紛紛去泡後院的那汪溫泉。唯獨樂越身上有傷，不能去泡。他獨自躺在房間內打瞌睡，昭沅悄悄走到他房門前，探頭往裡看了看，敲敲房門。

樂越睜開眼：「你怎麼沒去泡溫泉？」

昭沅走到他床邊坐下，用亮晶晶的雙眼看著他。

樂越坐起身：「你找我有事？」

昭沅沉默片刻，像下了甚麼決心一樣地開口，聲音懇切：「樂越，做皇帝，很好的。比做……嗯，是和做大俠一樣好。我覺得很適合你。」

樂越好像被他這句話震到了，定定地瞧著他，吭地笑了，敢情傻龍是來做說客的，他倒是很會向琳箐學。只是，這種話從他嘴裡說出來，爲甚麼如此滑稽？

樂越環起手臂，挑眉：「喔？你倒是說一說，做皇帝哪裡好了？」

昭沅握起拳頭：「做了皇帝，凡間的所有人都會聽你的，都敬畏你。」

樂越道：「我不想讓別人都聽我的，而且，皇帝說的話並非人人都聽，有時候，很多人會偷偷罵他。」

昭沅道：「做了皇帝，你可以辦到很多你想辦到的事情。」

樂越道：「可也有很多一般人能做的事情皇帝不能做，還要早起上朝，聽大臣囉嗦，批成堆的奏摺，悶得要命。」

昭沅繼續不屈不撓地道：「做了皇帝，可以娶很多很多美女做老婆。」

樂越抓抓頭：「這個好處的確滿誘惑的。不過女人太多了也煩得慌，我覺得能娶個十個八個就可以了，後宮佳麗三千，實在有點多，招架不過來。」

樂越油鹽不進，昭沅鬱悶地垂下頭。

樂越道：「就算我願意做皇帝，憑著你我目前的能耐，你覺得我要怎樣才能當上？」

這句話重重戳進了昭沅的死穴，他一聲不吭地悶頭坐著。

樂越揉揉額頭：「我知道你很混亂，我也很混亂。這幾天事情太多，都沒有喘氣的工夫，我想先琢磨一下。」

昭沅點點頭。

樂越繼續揉著前額：「看見你，我就不知道該怎麼辦好。」

到此刻他還是不能接受自己真的和龍珠有關，更不敢相信他能和皇帝家扯上關係。如果他真是和氏的後人，那麼這件事情簡直比戲文裡唱的還精彩。

不過最近發生的事的確比戲文更離奇。

樂越長嘆一聲躺下。昭沅站起身，低聲道：「那我，先不讓你看見，我先走了。」他把懷裡抱的那包鴨蛋放在一旁桌上：「這個，你讓我拿的，我給你帶過來了。」轉身輕輕走開。

昭沅回到自己房裡，在床鋪上抱膝坐著，那隻叫作富貴的黃毛小狐從門外躥進來，跳到床鋪上，蹭了蹭他，鑽進他懷中。

昭沅坐著坐著，不知不覺睡著了。半夜時，他被懷中的蠕動感驚醒，剛睜開眼一動，一道白色影子已蹭地從床上躥下，閃進陰暗的角落。昭沅抬爪揉揉眼，發現黃毛狐還蜷成一團緊挨著他呼呼酣睡；杜如淵早已回來，在另一張床上睡著了；牆角的陰暗處有雙綠油油的眼睛，閃著陰森森的光。

昭沅倒頭，閉上眼睛，假裝睡著了。片刻後，有甚麼東西輕輕躍上了他的床，跟著，挨著他的黃毛小狐又開始蠕動。

昭沅偷偷睜眼，發現那隻名叫銀瀾的白色幼狐正用嘴叼住黃毛狐的尾巴，用力地拉扯。黃毛狐被拉得動了動，白狐一鬆嘴，它立刻又縮回來，挨到昭沅身邊，白狐不屈不撓地繼續湊過來，銜住黃毛狐的耳朵，再拉再拉。

昭沅不禁睜大眼，白狐似有所察，一抬頭，視線與視線恰好相遇。

對視了片刻，白色的幼狐別開頭，在一邊坐下。

黃毛狐好像甚麼都不知道一樣，繼續打著呼嚕縮在昭沅胸前。

白色幼狐背對著昭沅突然開口說話：「你小心點。」

昭沅吃了一驚：「啊？」原來小狐狸會說話？

白狐聲音生硬地繼續說：「你小心點，我哥哥沒安好心。它想偷你的項圈。我哥哥和我爹一樣，是個財迷，它最喜歡金子做的東西。」

一直像在熟睡的黃毛狐噌地跳了起來：「你污蔑我！我喜歡這個哥哥，才來找他。」

白狐坐直身體：「我才沒有污蔑你。我在窗外看見你偷摘項圈，聽見我進來的動靜你才裝睡。你再不回去睡覺，我就告訴娘親。」

它跳到地上，頭也不回地向門外走，黃毛小狐耷拉下腦袋，耳尖動了動：「哥哥，對不起，我看你的項圈很好看，想借去玩玩。我保證我只是想借，說不定會還。拜託不要告訴我娘親。」它用水汪汪的眼凝望著昭沅，舔舔他的臉。「我也很喜歡哥哥，哥哥身上有股魚味。我喜歡吃魚。」

它也跳下床，追向白色幼狐：「銀瀾銀瀾。」白狐頭也不回地鑽出門縫，黃毛狐緊跟在它身後鑽了出去。

一旁床上突然響起烏龜的聲音：「如今的孩子們真讓人憂心。」

杜如淵坐起身：「不過，龜兄，他們的兄弟感情還是很好的。」他轉過頭看昭沅。「是吧，昭沅師弟。」

昭沅嗯了一聲。杜如淵又問：「對了，昭沅師弟你家中可有兄弟姐妹？」

曾經，樂越也問過他這句話。昭沅點點頭：「有一個哥哥、一個姐姐、一個弟弟、一個妹妹。」

杜如淵道：「哦，真讓人羨慕。」

昭沅重新躺下，狐老七一家和樂融融的模樣讓他有點想家了，想父王母后與哥哥姐姐弟弟妹妹。

如果樂越真的不願意做皇帝，真的趕他走，他該怎麼辦？要不要還是回家算了？

可是回家後該怎麼說？他沒能完成託付，沒臉回去。

等杜如淵又睡著後，昭沅悄悄下床，拉開門走了出去。

夜已深，月亮很亮，他走到最寂靜的後院，在溫泉池邊坐下。

樂越睡到半夜醒來，起身去上茅房，途經後院，發現傻龍正蹲在溫泉池邊，像一匹荒野中的孤狼一樣，寂寞地望著月亮。

樂越從茅房出來後，想了想，還是向溫泉邊走去：「喂，你怎麼不睡覺在這裡發呆？」

傻龍好像被嚇了一跳，等他走到近前，又露出受氣小媳婦一般的神情，道：「哦，我這就回去。」

樂越抓抓後腦，幾步外一個聲音道：「哎呀，你就答應做個皇帝怎麼了，你看他，多可憐。」

昭沅又吃了一驚，樂越無語地轉頭：「琳箐，妳甚麼時候在的？」

琳箐從樹後繞出來：「剛剛嘍，我去房裡找傻龍，他不在，又去找你，你也不在，我猜你們就是出來看月亮了。」

她晃晃手裡的包袱，在昭沅身邊坐下：「我去你房裡時，順便把這包鴨蛋帶出來了。這東西不禁放的，乾脆當宵夜吃吧。」

樹後跟著走出一人道：「很是很是，有星有月有宵夜，眞乃快意的人生。」

居然是杜如淵，頭頂上依然趴著烏龜。

琳箐道：「我去房裡找傻龍時他就跟著了。我想，我們三個護脈神、兩個人，還沒湊在一起說過話，趁這個機會商量下前程也好。」

杜如淵在池邊坐下，毫不客氣地拿起一枚鴨蛋，剝開咬了一口。

琳箐也抓起一枚敲了敲，向樂越道：「哦，對了，還沒和你道歉，今天被那個太子纏上，我拿你當了幌子，不好意思哈。」

樂越立刻道：「沒關係沒關係，可以理解的，江湖救急嘛。」只是拜託姑娘妳以後別亂認別人當相公了，尤其大庭廣眾下，還是讓人有點不好意思。

琳箐剝著鴨蛋殼，又拿起一枚遞給昭沅，盯著樂越道：「我真搞不懂你，幹嘛死都不願意做皇帝。你當了皇帝，起碼不會讓那個甚麼安順王世子小人得志，你們師門也不會再被人欺負啊，否則，你做再厲害的大俠，始終也沒辦法跟朝廷作對。」

樂越愁眉苦臉地嘆氣。

杜如淵道：「我能理解樂越師兄，人各有志，他的確不適合做皇帝。如果是洛凌之，頂多是希望渺茫。樂越師兄的話，不管他願不願意，都是絕望。」

樂越覺得這話有點刺耳。

琳箐立刻又瞪起眼：「喂，你……」

杜如淵抬手道：「麒麟姑娘，我不和妳爭論，反正他也不願意做，爭也沒意義。」

琳箐恨恨咬了一口鴨蛋：「是啊，樂越你不願意做皇帝，這隻龜還能去投靠鳳凰，傻龍和我都不知道該怎麼辦。」

樂越嘆息道：「我……」

昭沅小聲道：「我沒關係，總會有辦法的。」

這話讓樂越不由自主有種負罪感。

杜如淵慢條斯理地剝著蛋殼：「說到辦法，在下倒是有一個，應該挺好用。就算樂越師兄想做皇帝，這個辦法也比幫他當皇帝實際得多。」

琳箐和昭沅眼睛立時亮了：「甚麼辦法？」

「就是選另一個人。」

昭沅道：「可是，龍脈已經是樂越的血，不好改。」

杜如淵正色道：「不用改。」

昭沅疑惑皺眉。

杜如淵慢吞吞道：「從現在起，樂越師兄愛做甚麼便做甚麼，我們別的不插手，只負責抓緊時間給他找個媳婦。」

琳箐慢慢露出恍然的神色，頷首道：「高明。書呆子，你還眞有些好辦法。」

昭沅依然不明白，爲甚麼要給樂越找個媳婦。

杜如淵微笑道：「給他找個媳婦，讓他快點成親，早點生個兒子，我們就有下一個人選了。」

昭沅終於明白了，他異常欽佩地看著杜如淵，這個辦法太好了，杜如淵不愧是被烏龜選中的人。

杜如淵一一詳細分析。

這樣的話，一來，龍脈的問題可以解決；二來，樂越的兒子長大成人，大概只需十五、六年的時間，假如努力點，應該這一、兩年內就能給他找到媳婦，讓兒子出生。加在一起，也就近二十年。對昭沅、琳箐和烏龜來說，不過是眨眼工夫，那時候的杜如淵也才三十多歲，正當壯年；第三，這個孩子由他們幾個一起從小培養，一定不會像他爹那樣令人絕望。

樂越擰起眉毛，甚麼叫不會像他爹那樣令人絕望？

杜如淵、琳箐、昭沅和烏龜已經完全把他拋在一邊，興高采烈地分析。

杜如淵繼續滔滔不絕：「這個孩子，在我們的栽培下，一定會德才兼備、文武雙全，絕對不可能是那種事事無成、遊手好閒之徒，首先，他肯定飽讀詩書兵法與治國之道，胸懷韜略。」

琳箐立刻插道：「而且一定會有好武藝，懂很多厲害法術，是心中有大志，在戰場上所向披靡的大英雄、偉丈夫。」

昭沅跟著道：「嗯，也一定會有帝王氣質，有君臨天下、讓凡人臣服的魄力和才能。」

烏龜慢吞吞地接道：「心可懷萬壑，氣可折山河。」

他們越說越興奮，似乎口中的那個嬰兒已經在眼前。

琳箐雙眼閃閃發亮地道：「完美，太完美了，這種人，才應該是開啓一代盛世的人選。」

杜如淵道：「是啊，在下一直都說，皇帝不是隨隨便便誰都能當的。可惜，樂越師兄身上沒有一項符合需要的長處可以傳給他兒子，我們給他找的這個媳婦，一定要是個知書達理、聰穎美貌，比很多男子都要強的那種百年難遇的奇女子才行。」他有些憂慮地摸摸下巴。「不好找啊。」

琳箐說：「是耶，就算找到了，萬一孩子生下來，不幸比較像樂越怎麼辦？」

不幸比較像……這叫甚麼話？

杜如淵道：「不要緊，一般兒子隨娘，就算再不像，起碼也能有一、兩分相似的地方，總勝過一點都沒有吧。」

琳箐贊同地頷首：「那就這樣定了，我天亮就著手去找。」她拍拍昭沅的肩。「你要躲鳳凰，不太方便出去，樂越就交給你盯，在我們找到合適人選前，不要給任何雌性留下和樂越好上的機會。」

昭沅用力點頭。

琳箐和杜如淵都僵住。

被忽視在一旁的樂越臉色越來越青：「你們……」

昭沅忽然想到了一件事：「萬一，樂越生不出兒子怎麼辦？」

琳箐和杜如淵都僵住。

現在和氏的皇族就是老生女兒，沒有兒子，鳳凰才要重新找人。

樂越他應該是和氏的後人……萬一他也……這種生不出兒子的毛病，好像姓和的人大部分都有。

杜如淵面露沉思之色：「是哦，雖然我們要對樂越師兄有信心……不過為防萬一……我們要不要多給他找幾個媳婦？」

琳箐道：「總生女兒，毛病是在他身上耶，關人家女孩子甚麼事！生不出來的話娶誰都一樣。我看還是我傳信回去讓族裡的長老想想辦法，找找看有沒有可以生兒子的藥……」

樂越終於鐵青著面孔，噌地站起身：「夠了！」

昭沅、琳箐、杜如淵、烏龜都抬頭無辜地看他。

樂越咯咯地磨牙：「你們這是在討論養小豬的種豬麼？」

昭沅小聲道：「沒有，我們在想另一個人選而已。」

杜如淵笑吟吟地道：「這是為人間的江山社稷著想啊，樂越師兄。」

琳箐說：「是呀，你沒得商量，我們商量你兒子還不行嗎？」

樂越青著面孔，重重點頭：「好，你們慢慢商量吧，反正看到我就絕望，我就不參與了，各位繼續！」轉身大步離去。

昭沅扯扯琳箐：「他生氣了？」他們剛才討論得太投入，可能一不留神傷到了樂越的自尊。

昭沅有點愧疚，思索要不要去找樂越道歉。

琳箐和杜如淵對望一眼，琳箐挑挑眉，杜如淵微笑。

琳箐打個呵欠站起身：「今天先這樣吧，我回去睡了。」

樂越回到房中，倒頭睡了一覺，第二天，心中仍然莫名地微堵。

昭沅在他身邊轉來轉去，一直試圖和他說話，樂越假裝沒看見，不理會。

他靜下之後也曾想過，昨天晚上是不是杜如淵等人有意串通起來激將他。樂越承認，這個激將法很成功，他的確有點被激了。

他的確一點當皇帝的意思都沒有，但被請著去當不願意當，和被指著鼻子說你壓根沒能耐當，所帶來的感受差別是很大的。

為甚麼本少俠去當皇帝就是絕望？本少俠起碼也是個天生的大俠，就算徒有匹夫之勇、一無所精、沒甚麼大長處，起碼也光明磊落、有智慧、很果敢、有魄力。比那個小人太子和溫開水一樣的洛凌之肯定強出十萬八千里。

吃飯的時候，昭沅湊到樂越身邊坐，討好地幫他挾菜，挑了一隻最大的雞腿放進他碗中。

樂越回了他一筷木耳炒蛋，假裝不在意地問：「琳箐呢？」

昭沅低頭把炒蛋送進嘴中：「不知道，早上就出去了。」

不會眞的去幫本少俠找媳婦了吧。樂越在心裡冷笑一聲，也罷，如果眞找到一個傾城傾國的美女，本少俠可以考慮勉強接收。

結果，到了傍晚天快黑時，琳箐沒等到，倒是也一早出去的鶴機子和松歲子回來了。

鶴機子還帶回一個好消息，知縣衙門破天荒地辦事迅捷了一回，賠給他們的重建門派費已經發了，太子殿下很大方，撥給他們幾千兩黃金。

青山派弟子們歡欣鼓舞。

樂越摩拳擦掌：「師父，那我們一定要好好計畫一下這筆錢怎麼花，弟子一定盡力重建門派，把我們青山派修得氣派無比。」

其餘弟子們紛紛跟著表態。

鶴機子面色平和地道：「此事可以慢慢商議，不用急於一時。」看了樂越一眼。「晚飯後，你到爲師房中來一趟。」

晚飯後，樂越到了師父房內，鶴機子神色肅然，示意他插緊房門。

樂越很少見師父神情如此鄭重，便依言關門，鶴機子第一句話先問他：「樂越，被帶走的寶罈中，原本醃的那些蛋，你收起來後，都放在何處？」

樂越沒想到師父擺出如斯陣仗居然是爲了打聽幾個鴨蛋，愣一愣後才道：「吃了。」

鶴機子驚道：「吃了？誰吃了？」

樂越摸摸鼻子：「來狐狸洞的時候，有師弟肚子餓，就拿了幾顆吃，剩下的昨天晚上弟子和杜師弟、琳箐姑娘，還有昭沅在後院聊天，當宵夜了。」

鶴機子道：「全吃光了？」

樂越想了想，猶豫道：「應該吧，不清楚，我一邊吃一邊說話也沒留意。反正今天我沒再看見還有了。」

難道師父其實對失去寶罈很不甘心，想研究研究寶罈中醃過的鴨蛋和尋常鴨蛋有無差別？

鶴機子面無表情地沉默半晌，忽而長長嘆息：「也罷，可能一切都是命中註定，隨緣吧。」他再看向樂越，神色復又肅然。「樂越，你不能再留在青山派了。」

天地瞬間靜止，樂越覺得自己沒有聽懂：「師父，你說甚麼？」

鶴機子再次道：「樂越，你不能再留在青山派了，也不能留在此地，明天，你就必須走。」

樂越雙耳嗡嗡作響，眼前有無數金色銀色的斑點飛舞：「師父，爲甚麼？」他腿一軟，下意識地跪倒。「師父，是不是弟子做錯了甚麼。請師父儘管責罰，我……」

鶴機子再長長嘆息：「樂越，你幾乎從出生起就跟在我身邊，我把你一手養大，今日對你說這話，我又何嘗不痛心。但，事已至此，爲你、爲青山派，爲師都不得不這樣做。」

樂越抬頭，鶴機子的目光中全是無奈和沉痛：「樂越啊，雖然你不說，但那條龍是甚麼，論武場上戰妖獸時究竟發生了甚麼，你當爲師眞的不知道麼？」

樂越立時僵住，一種鈍鈍的麻木感從頭頂開始漸漸向下蔓延。

鶴機子轉過身去，仰首看著萬丈虛空：「這些天爲師一直在猶豫，你是我最喜歡的徒兒，像我的親兒子一樣。你從小到大爲了青山派吃了很多苦，幾乎沒過上甚麼好日子……但，就算鳳神一族現在沒發現你是誰，只要他們將種種跡象串在一起，稍作推敲，就可能猜到那條龍的來歷，和你的身分。」

樂越閉上眼。

師父的話鑽進耳膜，鑽入心裡：「樂越，每個人都有需要他去做的事，也有註定爲他而生的機緣。三大護脈神都在你身邊，你的將來，誰也不知道會怎樣。」

樂越拖著沉重的腳步走在迴廊上，他走得很慢，迴廊很長，好像每走一步，他在青山派中度過的十幾年便像穿過篩網的砂土一樣，流去一些。

他想到過會有這麼一天，因爲他和昭沉勢必會引起鳳凰的注意，留在青山派中只會拖累整個門派，他們也會更加麻煩。

可這一天眞的到來時，他還是很難接受。

樂越走到一扇門前，抬手敲了兩下。

片刻後，門開了，昭沅站在門邊驚訝地看著樂越，他身後的房裡坐著琳箐和杜如淵。

樂越走進房內，插緊房門，向昭沅道：「我要離開青山派了，你也不能繼續留下，你要和我一起走麼？」

昭沅一時沒有反應過來，愣愣地看他。

樂越再向另一邊轉身：「琳箐，我有件事想請妳幫忙，我今天夜裡就必須離開，要無聲無息地走，不被師弟們和狐老七一家發現，妳能幫我麼？」

琳箐倒顯得不是很驚訝，點頭道：「可以呀，包在我身上。」

杜如淵站起身：「那麼在下也要收拾一下行李了，還好，沒怎麼把箱子裡的東西拿出來，立即就能收完。」他笑了笑。「我這幾天一直在疑惑，爲甚麼鶴道長沒有動作，他的決定比我想的慢了些許。」

昭沅走到樂越身邊：「我肯定和你一起走，你到哪裡我都和你在一起。」因爲我是你的護脈神，從今後我會保護你、你的子孫，直到有你血脈的最後一個人。

樂越的身影在燈光下半晦暗半清晰：「我也許會考慮去做皇帝，起碼不能讓安順王世子那種人禍害天下。不過只是也許，我不是當皇帝的材料，我還沒考慮清楚。」

杜如淵收著書冊道：「沒關係，我們可以陪你慢慢考慮。」

琳箐道：「是呀，反正你不行，我們還能再培養你兒子嘛。」

樂越笑了一聲。昭沅碰碰他：「你，不要太難過。」

樂越揚眉：「小看我這個天生的大俠？」

昭沅看看他，搖頭。

樂越又笑了一聲，道：「實際上，我確實很難受，不過，要連這種小關口都過不去，還算甚麼大丈夫？」

福禍兩相依，他會離開青山派，註定是必然會發生的事。既然如此，就要向前看。大丈夫要心懷天下。青山派，師父、師叔和師弟們，即使離別，也一直都在這個天下中。

清晨，第一抹紅光劃開天幕時，樂越站在荒野中向某處遙望。

琳箐的駕雲術很厲害，此時他們已在青山派的數百里外。琳箐坐在草地上擦汗：「累死我了，沒想到帶著凡人駕雲這麼累，耗盡我全部的力氣才走這一點路。」

杜如淵拿著書冊搧風：「幸虧在下有龜兄。」

琳箐瞟著昭沅：「是呀，也幸虧這條龍會駕雲。要不然一下帶三個，我肯定飛不了兩里路就掉下來。」

樂越又望了望青山派的方向，終於回過身，也在草地上坐下。

杜如淵道：「越兄，你接下來打算怎樣？如果真的決定拚殺、爭取皇位的話，在下收回曾經說過的話。你也不是完全絕望，辦法還是有的。」他掏出一張紙，鋪開。「待我來給你分析一下如今的天下局勢。雖然皇上病重，朝中大權看似都落在安順王手裡。其實縱觀全局，天下勢力被分成了四份，握在四位藩王手中，安順王的勢力最大，又有護脈鳳凰的支持，但倘若你能將另外三個藩王的勢力全部收爲己用，勝算也很大……」

琳箐揮手道：「行了，樂越他剛離開師門，情緒還沒好起來，你的天下局勢留待以後分析不遲。」

昭沅跑到一邊小溪，裝滿一水袋水，遞給樂越：「你喝。」樂越接過，道了聲謝，喝了兩口。

昭沅露出牙齒開心地笑了笑，又從懷裡摸出一樣東西，再遞到樂越面前：「你吃。」是一枚青綠色的鴨蛋。

樂越接過：「你居然還留了一個當存糧，我還以爲吃完了。」說起來，師父昨天還曾問起鴨蛋。

昭沅道：「前天晚上我老剝不開這個蛋的蛋殼，就把他留下來了。」

琳箐撇嘴道：「被你揣在懷裡一天兩夜，不知道有沒有悶壞，現在天熱，如果是個生蛋，說不定都孵出小鴨子了。」

昭沅不好意思地撓撓頭。

樂越拿著蛋往地上砸了兩下，砰砰的，像堅硬的石頭砸地的聲音。蛋殼絲毫未破。

樂越皺眉，舉著蛋看了看：「奇怪，這蛋挺結實的。」

他再用力往地上砸砸砸砸，無論橫砸豎砸、砸大頭砸小頭、使內功砸、搬石頭砸，蛋都絲毫不損，堅如磐石。

琳箐捲起袖子：「看我來用火燒燒它。」

她把蛋放在掌心中，手上冒出火焰，一刻鐘後，琳箐燒得有點手痠，蛋依然是剛才那個蛋。

樂越擰眉端詳，肯定地道：「這不是一般的蛋。」

杜如淵頭頂的烏龜緩緩吐出幾個字：「有不一般的氣息。」

像證實這句話一樣，蛋自己在琳箐掌中打了個圈，咕嚕嚕滾到地下，又來回轉圈滾動。

琳箐向後退了一步：「呀，它是活的！」

杜如淵彎腰觀察：「不會眞的孵出小鴨子了吧。」

樂越拔下根草戳戳蛋身：「就算是鴨子，也肯定不是一般的鴨子。說不定裡面睡著一隻絕世大妖怪。」

他話音剛落，蛋殼突然喀拉一聲，裂開一條縫隙。

天地之間，忽然有聲音響起。陰沉、晦暗，帶著修羅地獄般的森冷。

「少年人，有些眼色。」

風，突然陰冷了，變得如刀般鋒利。原本的朗朗晴空在轉瞬間抹去碧色，鋪滿重雲。漆黑的雲霧翻滾，遮蔽了整片天空，似乎立刻便要將地面壓覆吞噬。

綠皮鴨蛋抖動了一下，裂開的縫隙處，一塊蛋殼掉了下來。

「爾等究竟是何人，敢打擾本座安眠？」

《龍緣　卷壹》完

大風颳過談《龍緣》

大風颱過談《龍緣》創作緣起

《龍緣》是我最早寫的一個字數上算大長篇的小說。（雖然拙作《張公案》和《再也不要做怨婦》之前已有幸由蓋亞出版，但其實《龍緣》的寫作時間在這兩部之前。）

我早期的長篇文字數都不算多，大概在十幾萬字到二、三十萬字左右，而且基本都是講愛情的故事。當時有很多讀者大大評論說，我的文故事性不是很強。我就生出了雄心壯志想挑戰一下劇情流。在寫這篇文不久前我剛剛完成了一部以神仙爲主角的小說《如意蛋》，裡面有個護脈神的設定。我覺得這個設定可以拿來擴一下，就有了《龍緣》的最初設想。

大風颱過談四大護脈神設定

護脈神這些設定雖然沿用自我的另一部小說，但從根本上來說是源自於傳統的中華神話。龍和鳳凰在古代是象徵帝王和皇后的圖騰，麒麟則代表武將，其實文臣的象徵圖騰是仙鶴這些更多一些，但是我又參考了青龍、白虎、朱雀、玄武四方神的設定，而且仙鶴與鳳凰在形象區別上沒有玄龜與鳳凰差別大，所以我最後是定了玄龜作爲文臣謀士的護脈神。

幾個護脈神的具體形象，龍神這邊的昭沅是想體現一種反差感，因爲龍在一般人的印象中應該是很英武霸道的，護脈龍神又是守護帝王的龍。然而這條肩負改朝換代使命的霸氣龍神卻是一條不諳世事的小奶龍，我自己覺得這樣會很有趣。而且當時想要寫成長線，小龍和少年一起成長才夠熱血嘛！

鳳凰的設定就比較複雜一點，我其實很喜歡鳳凰，所以鳳凰族的顏值都非常高，智商也很高，但是性格上更多樣。

麒麟守護武將，武力值一定是最高，但是設定成很能打的男生就比較經典款。爲什麼最能打的一定要是男生呢？漂亮的女孩子更是可以超厲害的！

四位護脈神中，最符合原本神形設定的應該就是玄龜商景了，非常有智慧看得開的老人家。不過玄龜族中也是有很多不讓老人家省心的小龜呢～～

〈小花絮〉未完待續

龍緣

下集預告

護脈神陣營確立，龍與鳳的對峙已避無可避！
被迫離開師門的樂越帶著小夥伴們尋求人界強力友軍，
卻意外牽扯出一段段匪夷所思的身世之謎。
這些謎的背後，還直指一句與四神傳說同樣悠久的讖語——
千秋業，萬古城，始於龍，亂於鳳，破於百里，亡於慕。

萬戶死絕的鬼域，何以連神也著了道？
人間藩王勢力暗潮洶湧，句句驚心、步步交鋒。
以小年輕們爲核心的三神同盟，
該如何應對這些老謀深算的心計？

《龍緣》卷貳．三神同盟
春季上市，敬請期待！

國家圖書館出版品預行編目資料
龍緣.卷壹, 龍與少年的相遇 / 大風颸過 著.
— — 初版.— —台北市：蓋亞文化，2019.12
冊；公分.

ISBN 978-986-319-448-4（卷1：平裝）

857.7 108015417

大風颸過 作品

龍緣 卷壹 龍與少年的相遇

作　　者　大風颸過
封面插畫　見見
裝幀設計　莊謹銘
責任編輯　盧韻亘
主　　編　黃致雲
總 編 輯　沈育如
發 行 人　陳常智
出 版 社　蓋亞文化有限公司
地址：台北市103承德路二段75巷35號1樓
電話：02-2558-5438　傳真：02-2558-5439
電子信箱：gaea@gaeabooks.com.tw
投稿信箱：editor@gaeabooks.com.tw
郵撥帳號 19769541　戶名：蓋亞文化有限公司
法律顧問　宇達經貿法律事務所
總 經 銷　聯合發行股份有限公司
地址：新北市新店區寶橋路二三五巷六弄六號二樓
電話：02-2917-8022　傳真：02-2915-6275
港澳地區　一代匯集
地址：九龍旺角塘尾道64號龍駒企業大廈10樓B&D室
電話：+852-2783-8102　傳真：+852-2396-0050
初版一刷　2019年12月
定　　價　新台幣 250 元
Published and printed in Taiwan

ISBN 978-986-319-448-4

龍緣

卷壹 龍與少年的相遇

蓋亞文化 讀者迴響

感謝您在茫茫書海中選擇了蓋亞，您的支持是我們最大的動力。
不要缺席喔，讓我們一起乘著夢想的羽翼，穿越時空遨遊天地！

姓名： 性別：□男□女 出生日期： 年 月 日
聯絡電話： 手機：
學歷：□小學□國中□高中□大學□研究所 職業：
E-mail： （請正確塡寫）
通訊地址：□□□
本書購自： 縣市 書店
何處得知本書消息：□逛書店□親友推薦□DM廣告□網路□雜誌報導
是否購買過蓋亞其他書籍：□是，書名： □否，首次購買
購買本書的動機是：□封面很吸引人□書名取得很讚□喜歡作者□價格便宜 □其他
是否參加過蓋亞所舉辦的活動： □有，參加過 場 □無，因爲
喜歡出版社製作什麼樣的贈品： □書卡□文具用品□衣服□作者簽名□海報□無所謂□其他：
您對本書的意見： ◎內容／□滿意□尚可□待改進 ◎編輯／□滿意□尚可□待改進 ◎封面設計／□滿意□尚可□待改進 ◎定價／□滿意□尚可□待改進
推薦好友，讓他們一起分享出版訊息，享有購書優惠 1.姓名： e-mail： 2.姓名： e-mail：
其他建議：

GAEA
蓋亞文化有限公司　收
103 台北市承德路二段75巷35號1樓

GAEA

GAEA